ullstein

Vera Zischke

AVA LIEBT NOCH

Roman

Ullstein

Besuchen Sie uns im Internet:
www.ullstein.de

Ungekürzte Ausgabe im Ullstein Taschenbuch
1. Auflage Januar 2026

Bei Fragen zur Produktsicherheit wenden Sie sich bitte an
produktsicherheit@ullstein.de
Umschlaggestaltung: zero-media.net, München
Titelabbildung: © 2021 Evgeny Potapkin / Artmajeur.com
Satz: Pinkuin Satz und Datentechnik, Berlin
Gesetzt aus der Arno Pro
Druck und Bindearbeiten: CPI books GmbH, Leck
ISBN 978-3-548-07344-6

Hinweis zum Inhalt

Liebe Leser:innen,

ich möchte euch darauf aufmerksam machen, dass *Ava liebt noch* das sensible Thema Brustkrebserkrankung enthält.

Eure Vera Zischke

Ich bin Frau.
Ich bin unbesiegbar.
Ich bin erledigt!

Siri Hustvedt

1
Endlose Kreise

Es ist ein Donnerstag im Mai, als ich merke, dass ich noch am Leben bin. Ich stehe am Babysachen-Regal, weil ich Windeln brauche. Eigentlich gehöre ich gar nicht mehr in diese Ecke des Supermarkts, aber mein Jüngster ist auch mit fünf Jahren nachts noch nicht trocken. Die Windel ist jeden Morgen so voll, dass sie sich wächsern anfühlt. Sie ist ein Sinnbild für alles, was mir an meinem Leben nicht passt. Es läuft nichts direkt schief, es geht einfach nur nicht weiter.

Ich spüre ein leichtes Bedauern, als ich den Mann in dem Supermarkt-Shirt bitte, zur Seite zu treten, damit ich mir eine Großpackung aus dem Regal ziehen kann. Eine Frau, die Windeln kauft, ist für einen Mann unsichtbar. Erst recht für einen wie ihn.

Er sieht aus, wie ich mir Adonis zu seinen besten Zeiten vorstelle: jung, schön, eine Silhouette, die man in Marmor meißeln möchte. Unter seinem T-Shirt zeichnen sich kräftige Schultern ab. Ich weiß nicht, ob mir jemals die Muskeln eines Mannes unter seiner Kleidung aufgefallen sind, aber seine kommen mir vor wie eine Erinnerung daran, dass es so etwas überhaupt gibt: schöne Männer, junge Männer. Frauen, die sich für Männer interessieren.

Dreh dich um, denke ich, und er tut es. Er ist vielleicht Mitte zwanzig, und alles an ihm wirkt so unbekümmert, so mühelos, seine Augen himmelblau. Mit zwanzig hätte ich mich Hals über Kopf in ihn verliebt und mich nie getraut, es zuzugeben. Nicht bei einem wie ihm. Und jetzt stehe ich in Leggings und XXL-Pullover an einem Windelregal vor ihm und werde vor seinen Augen verschwinden. Weil eine Frau wie ich für einen Mann wie ihn nicht existiert.

»Das sind andere«, sagt er.

»Was?«

»Diese Windeln.« Er deutet auf die Packung in meiner Hand. »Die sind anders. Zum Hochziehen.«

»Sie kennen sich mit Windeln aus?«

Er lacht, als fände er den Gedanken genauso abwegig wie ich. »Eben hat sich eine Kundin beschwert, dass es keine normalen Windeln mehr gibt. Es sind wohl die falschen geliefert worden. Ich sag's nur, damit Sie sich nicht ärgern.«

Er sieht mich aufmerksam an, als würde es ihn ernsthaft interessieren, was ich über den Windel-Vorfall denke. Ich will nicht mit ihm über so ein Thema reden. Ich will nicht, dass er mich für eine Expertin auf diesem Gebiet hält. Ich überlege, ob ich mich als Au-pair ausgeben soll, das für eine fremde Familie einkauft. Aber wie viele dreiundvierzig Jahre alte Au-pairs kann es geben?

»Ach, das ist doch nicht wichtig.« Meine Hand macht eine alberne Abwärtsbewegung.

»Na, dann.« Adonis dreht sich um und schiebt Breigläschen ins Regal. Ich beiße mir in die Wangentasche und merke es erst, als es wehtut.

»Ich meine, vielen Dank. Das ist wirklich sehr nett von Ihnen.« Nett. Das schlimmste Kompliment von allen. Wann bin ich so eine Niete in Small Talk geworden? Vermutlich, seit ich Kinder erziehe und versuche, in kurzen Hauptsätzen zu reden. Verständlich. Unmissverständlich. Unspektakulär.

Ich betrachte seinen Rücken, diese Furche, die zwischen seinen Schultern entsteht, wenn er die Breigläschen vom Palettenwagen hebt. Ich möchte mit dem Finger daran entlangfahren.

»Schon gut«, sagt er.

Auf dem Weg zur Kasse reibt der Stoff auf meiner Haut, kitzeln die Haare in meinem Nacken. Ich spüre noch dem Kribbeln nach, als ich bereits an der Kasse stehe. Die Hitze pulsiert noch in meinen Wangen, als ich die Einkäufe ins Auto räume. Selbst als ich in der Küche stehe, kehrt die Erinnerung an die Begegnung zu mir zurück. Als Bild vor meinem inneren Auge und als Gefühl auf meiner Haut.

—

»Hey, wofür koche ich eigentlich?« Ich nehme Nico im Vorbeilaufen die Packung mit den Cornflakes ab, die er heimlich ins Wohnzimmer vor den Fernseher schleppen will.

»Ich hab Hunger«, mault er.

»Halbe Stunde, dann ist das Essen fertig«, rufe ich dem Rücken meines Fünfjährigen hinterher und kann spüren, wie er Grimassen schneidet.

Die Spülmaschine. Da war ich gerade. Ich ziehe die Besteckablage raus. Links sind die Gabeln aufgereiht, dahinter Servierbesteck. Rechts die Messer und die Löffel. Erst die großen, dann die kleinen. Ja, ich habe eine Ordnung in der Besteckablage meiner Spülmaschine, an die ich mich penibel halte. Ungefähr dreimal am Tag räume ich Sauberes aus und Schmutziges ein. Und ich sortiere mein Besteck nur deshalb so gewissenhaft, damit es schnell geht. Denn ich hasse es, die Spülmaschine auszuräumen.

Alles in diesem Haus ist ein Kreislauf ohne Anfang und ohne Ende. Es ist nie aufgeräumt, es ist nie sauber, es ist nie etwas erledigt. Schmutziges rein, Sauberes raus und wieder von vorn. Und jetzt stehe ich vor dem grauen Spülmaschinenkorb und habe das Gefühl, unendlich viel Lebenszeit in dieser Maschine wegzuwaschen. Wenn ich noch ein einziges Mal diese Spülmaschine ausräume, zerfalle ich zu Staub, denke ich. Ich kann es vor mir sehen, wie mein Körper sich in Partikel zersetzt, wie alles in Bewegung gerät, erst noch seine Form behält und dann in der Luft verwirbelt. Ich kann förmlich spüren, wie ich in winzigen Einzelteilen zu Boden sinke. Dann fange ich an. Die Gabeln zuerst.

»Scheiße!«

Mia reißt die Arme hoch und rückt mit dem Stuhl nach hinten. Sie hat ihren Orangensaft umgeschmissen. Klebriges Gelb läuft übers Schulheft und tropft auf den Boden.

»Mensch, Mia, du bist doch kein Baby mehr.« Ich schiebe meine Zwölfjährige mit der Hüfte beiseite und tupfe mit dem Spüllappen das Heft ab. Morgen werden die Seiten dick und wellig sein und sauer riechen. »Das ist hin!« Ich halte eine Hand unter das Papier, das gelb-nass vor sich hin tropft.

»Lass mich!« Meine Große rupft ein paar Küchentücher ab und tapeziert den Tisch damit. Dann setzt sie sich wieder hin, ohne einmal zu ihrem Tischnachbarn zu blicken.

Ich bereue sofort, dass ich geschimpft habe. Rufus ist zum

ersten Mal bei uns. Nur wegen Mathe, hat Mia gesagt. Weil sie da noch Nachholbedarf hat. Ich hätte sie auch gleich vor seinen Augen nackt ausziehen können. Das wäre nur ein kleines bisschen peinlicher gewesen, als sie vor ihm zurechtzuweisen.

Lana kommt nahezu lautlos in die Küche geschlichen und holt sich etwas zu trinken. »Schön, dich mal wieder zu sehen«, sage ich, und das ist natürlich auch falsch, denn sie zieht die Oberlippe hoch und erwidert nichts. Lana ist zehn und verbringt die Tage neuerdings auf ihrem Zimmer. Manchmal habe ich bis zum Abend vielleicht drei Sätze mit ihr gesprochen. Ralf meint, dass ich sie stärker ins Familienleben einbinden soll. Wie immer überschätzt er meinen Einfluss maßlos.

»Was gibt's zum Essen?« Sie nuschelt neuerdings. Ich kneife die Augen zusammen, als könnte ich dann besser hören. Bloß nicht nachfragen, dann kommt garantiert nichts mehr. Die Pubertät beginnt heute fünf Jahre früher.

Im Kühlschrank starrt mir der Reis von gestern entgegen. In dem Moment fällt mir ein, dass seit dem Morgen eine Ladung weiße Wäsche in der Maschine darauf wartet, in den Trockner verfrachtet zu werden. Ich habe sie komplett aus meinem Gedächtnis gestrichen, jetzt kann ich sie noch mal waschen. Und dabei denke ich nur an eins, immer und immer wieder: Ich bin für dieses Hausfrauendasein nicht geschaffen. Mein Kopf kann hundert Seiten im Speed-Reading-Verfahren in zehn Minuten durchscannen, aber ich kann mir nicht merken, dass ich eine Maschine Wäsche angeschmissen habe. Ich kann es einfach nicht. Mir fällt schwer, was doch eigentlich nicht schwer ist, was doch jeder machen kann, was alle anderen doch auch schaffen. Warum war mir nicht vorher klar, dass das Leben einer dreifachen Mutter in erster Linie das einer Haushälterin ist?

»Ich mache Nudeln«, sage ich und lasse die Tür vom Kühlschrank zufallen, ohne mir auch nur eine einzige Zutat gemerkt zu haben. Ich weiß nur, dass ich heute nichts mehr schälen werde, nichts fein raspeln, nichts auf irgendeinen Garpunkt bringen oder auf allen Platten kochen.

Lana verschwindet wortlos Richtung Treppe wie ein Geist.

»Rufus, willst du mitessen?«

Er winkt ab. »Kann ich Sie mal was fragen?«

Ich nicke und hoffe, dass er nichts über Mathematik von mir wissen will.

»Was ist Ihr Lieblingsfilm?«

»Mein was?« Ich blicke auf meine Finger, die mich seit Neuestem an die meiner Mutter erinnern. »Das müsste …« Ich überlege kurz, *Dirty Dancing* zu sagen, finde es aber albern, einen Film zu nennen, den ich seit fünfzehn Jahren nicht mehr gesehen habe. Mein letzter Kinofilm handelte von Hundewelpen auf einer Rettungsmission.

Welches Buch habe ich zuletzt gelesen? Welches Lied hat mich zuletzt berührt? Ich krame in meinem Kopf und finde nichts. Ich bin dreiundvierzig und weiß nichts über mich. Als wäre ich mit der Geburt meines ersten Kindes eingefroren. Und jetzt, wo meine Älteste zwölf, die Mittlere zehn und mein Jüngster fünf ist, taue ich wieder auf, ohne zu wissen, wer mein dreiundvierzigjähriges Ich überhaupt ist. Wer bin ich geworden in all der Zeit?

Die Begegnung mit dem Fremden im Supermarkt drängelt sich in meinen Kopf. Bestimmt hat er einen Lieblingsfilm, weil er jederzeit ins Kino gehen kann. Und danach geht es in eine Bar oder in einen Klub, und wenn er Glück hat, spielen sie dieses Lied, das er gerade ständig hören muss.

Ich sehe ihn vor mir, rotes T-Shirt auf beleuchteter Tanzfläche, die sorgenfreie Stirn, der unverstellte Blick, unendliche Möglichkeiten. Ich denke an die Schultermuskeln und die Muster, die sie in den Stoff gezeichnet haben. Ich will das Kribbeln noch mal spüren. Der Moment im Supermarkt kommt mir plötzlich vor wie ein Lebenszeichen. Wie ein Beweis dafür, dass da noch etwas in mir ist, das lebt. Etwas, das einfach nur ich bin.

–

Wocheneinkäufe sind so ähnlich wie der Straßenverkehr. Entweder fährt man Rad oder Auto und kann die andere Fraktion nicht leiden. Nur in einem Punkt sind sich alle einig: SUV-Fahrer sind die Pest. Ich bin die SUV-Fahrerin im Supermarkt. Ich verstopfe mit meinem übervollen Wagen erst die Gänge, dann erzeuge ich Stau an der Kasse, und alle unterstellen mir, dass ich es nur mache, um anderen die Zeit zu stehlen. Die Wahrheit ist, dass der Supermarkt für mich ein Arbeitsplatz ist und ich Akkord arbeite. Außerdem fahre ich keinen SUV, sondern einen verdammten Radlader.

Wenn im Baumarkt jemand im Blaumann seinen Wagen an die Kasse schiebt, blicken alle ehrfurchtsvoll in den Wagen, um zu gucken, was ein Profi denn wohl kauft. Wenn Berufseinkaufende wie ich an der Supermarktkasse stehen, nervt das einfach nur. Ich hasse Großeinkäufe, und doch erledige ich sie seit zwölf Jahren ungefähr zweimal pro Woche.

Aber jetzt hat sich etwas verändert. Jetzt gehe ich in den Supermarkt, und anstatt stumpf mein Programm abzuspulen, suche ich nach ihm. Statt den Blick auf die Regale zu heften, lasse ich ihn schweifen. Ich suche eine Statur, halte Ausschau nach blauen, ernsthaft blickenden Augen. Ich erwarte ein Kribbeln, von dem ich glaubte, dass ich es nie mehr fühlen würde. Ich will nicht mit ihm sprechen. Ich will nicht einmal wissen, wie er heißt. Ich will ihn nur bestaunen, seine Konturen mit meinen Blicken nachzeichnen und spüren, was sein Anblick in mir anrichtet. Die Wahrheit ist: Ich bin hingerissen von dem Gefühl, von jemandem hingerissen zu sein.

Gestern noch im Permafrost, jetzt aufgetaut und aufgewärmt. Und das alles hat dieser namenlose Kerl geschafft, ohne auch nur die geringste Ahnung von seinen Superkräften zu haben. Manchmal, wenn ich ihn heimlich zwischen Konserven-, Brot- und dem notorischen Windelregal bei der Arbeit begaffe, sinniere ich darüber, dass er ahnungslos banale Dinge tut, während in mir etwas zu neuem Leben erwacht.

Meistens schiebt er irgendwelche Sachen ins Lager oder aus dem Lager heraus oder räumt Regale ein und unterhält sich mit den anderen Studenten, die dort arbeiten. Wenn es eine der jungen Frauen ist und wenn sie auch noch gut aussieht, hasse ich sie. Eine von ihnen steht eines Tages am Pfandautomaten, der mal wieder eine Störung hat. Sie entschuldigt sich dafür, dass ich warten musste, und ich sage, dass es eine Unverschämtheit ist, dass das Ding ständig kaputt ist und allein das ein Grund ist, in einem anderen Supermarkt einzukaufen. Als könne sie etwas dafür. Als könne ich diesem Supermarkt fernbleiben. Aus mir spricht der Neid der Dreiundvierzigjährigen, die erkannt hat, dass sie sich von nun an ausschließlich mit Melancholie an ihre Jugend erinnern wird. Schön war sie, aber jetzt ist sie vorbei. So sehr vorbei, dass sich die junge Blüte vom Pfandautomaten nicht mal vorstellen kann, dass ich auch mal geblüht habe. Sie lebt in einer Welt, in der sie einfach mit ihm sprechen kann. Würde ich mich so mit ihm unterhalten, ihm zuzwinkern und in die Seite knuffen, würde ich aussehen wie eine verzweifelte Hausfrau in der Midlife-Crisis. Und das wäre noch nicht einmal falsch.

Am besten an ihm gefällt mir der Übergang von seinem Hals zu seinen Schultern, diese perfekt geschwungene Kurve. Dort würde ich mein Kinn hinlegen. Dort würde ich die Augen schließen und an ihm riechen. In meiner Fantasie tue ich es, wenn ich nachts endlich mit ihm allein bin. Wenn es dunkel ist und meine Gedanken auf Wanderschaft gehen können, weil niemand alle zwei Minuten nach etwas Essbarem, etwas frisch Gewaschenem oder der Fernbedienung verlangt. Manchmal stelle ich mir vor, ich könnte mit der Hand über die Schultern des namenlosen Schönen streichen, um mir die Linienführung einzuprägen. Sein Körper wirkt wie nach einem sorgfältigen Bauplan erschaffen. Er hat lange, kräftige Gliedmaßen, die aufrechte Haltung und das breite Kreuz eines Sportlers. Manchmal verwandeln sich seine Züge in meinem Kopf in weißen Marmor oder glänzende Bronze. Er ist nicht Adonis. Er ist Michelangelos David. Ein weltweit einmaliges Monument. Ein Sinnbild der Befreiung.

An all das denke ich, wenn ich den Schönen aus dem Supermarkt nachts in Stein meißle und in Bronze gieße, und dann denke ich noch an andere Dinge und bin froh, dass der Mann an meiner Seite durch Schnarchen anzeigt, dass er tief und fest schläft.

Die einzige Unordnung herrscht auf Davids Kopf. Er hat nicht wirklich eine Frisur. Die hellbraunen Haare hängen ihm in die Augen, über die Ohren und in den Nacken. Sie sind nicht direkt gelockt, eher gewellt. Es sind Haare, in die man hineingreifen will. Die man aus seinem Gesicht streichen will, um in seine schmalen blauen Augen zu sehen. Er schüttelt oft den Kopf, um die Haare aus dem Gesicht zu bekommen. Ich spüre einmal, wie die Finger meiner Hand dabei zucken.

—

Als wir aus dem Sommerurlaub zurückkommen, ist er verschwunden. Wir waren in einem familienfreundlichen Hotel in Griechenland mit fünf Mahlzeiten am Tag und einer Samstagabend-Show mit Klubtanz. In diesem Jahr hatte ich mich noch mehr auf die Rückkehr nach Hause gefreut als sonst. Doch egal, wie lange ich zwischen Gurkengläsern und Fertigsoßen hin und her schleiche, mein Blick findet ihn nicht. Nichts kribbelt in meinem Inneren. Derjenige, der diesen Lebensfunken in mir zünden kann, ist weg.

Drei Einkäufe widerstehe ich dem Drang, dann gebe ich ihm nach. »Wo ist der große junge Mann mit den braunen Locken, der hier gearbeitet hat?«, frage ich die Kassiererin. Sie weiß sofort, wen ich meine. Ich erkenne es an ihrem süffisanten Lächeln und der Langsamkeit, mit der sie sich auf ihrem Kassenstuhl zurücklehnt. Sie schürzt die Lippen, als würde sie einem besonders guten Geschmack nachschmecken. »Der Dreamboy gibt jetzt Schwimmkurse im Stadtbad. Echt schade um die Aussicht hier.«

Ich sage nichts, schüttele nur den Kopf. Wie kann sie so über ihn reden? Er ist mein David, nicht ihr Dreamboy. Sie lacht kehlig und hält mir den Bon hin. Ich werfe meine Einkäufe in den Wagen und lasse den Scheißbon liegen.

Nach diesem Erlebnis gehe ich eine Woche nicht mehr einkaufen. Es gibt nichts, was ich aus dem Supermarkt brauche.

—

»Wieder Nudeln?« Wir sitzen um Punkt sieben am Esstisch, und Ralf salzt die Soße nach, bevor er sie probiert.

»Ich bin nicht zum Einkaufen gekommen«, lüge ich. In Wahrheit hatte ich den gesamten Tag die Gewissheit vor mir hergeschoben, dass der Kühlschrank leer war. Erst wollte ich vormittags fahren, dann verschob ich es auf den Mittag, dann war es bereits Zeit, Nico aus dem Kindergarten abzuholen, und ich gestand mir ein, dass ich ohnehin nicht die Energie aufgebracht hätte, anständig zu kochen.

»Stressiger Tag?«, fragt Ralf. Die Wahrheit ist auch, dass ich es ihm hoch anrechne, dass er diese Tage hinnimmt, ohne die offensichtliche Frage zu stellen, was ich verdammt noch mal zwischen dem Befüllen der Brotdosen am Morgen und der Hausaufgabenzeit am Nachmittag gemacht habe.

»Morgen Abend ist Elternabend in der Schule und übermorgen in der Kita für die Vorschuleltern«, sage ich.

»Wie viel Uhr?«

»Morgen um halb acht, übermorgen um sieben.«

»Kein Problem, ich bringe die Kinder ins Bett.«

Er sagt es ohne jede Ironie. Mir zuliebe bringt er seine eigenen Kinder ins Bett. Damit ich freihabe, um zu einem Elternabend zu gehen. Ich sage schon gar nichts mehr. Ich habe dieses Gespräch schon zu oft geführt, und immer endete es mit dem schmerzhaften Gefühl, mich nicht erklären zu können. Als würde mir die Sprache versagen, als würde ich beim Sprechen vergessen, wie einfach die Wahrheit ist, die ich ihm anvertrauen will. Und wenn ich dann beim Elternabend sitze, fallen mir wieder lauter gute Argumente ein. Zum Beispiel, dass es nicht richtig ist, dass er die Schulen seiner Kinder nur durch meine Erzählungen kennt. Aber dann ist es zu spät.

Noch ein Elternabend und noch einer. Eine Schwere drückt mich in den Stuhl wie ein Stempel. Mein Leben wird immer so weitergehen. Es wird immer das nächste Lehrergespräch anstehen, die nächsten Ferien, das nächste Schuljahr. Mein Körper wird nur immer schwerer werden, die Glieder immer träger. Irgendwann wird es mich alle Kraft kosten, überhaupt von einem Stuhl aufzustehen.

Ich kann Ralf nicht erklären, warum dieses Leben so anstrengend ist. Ich kann es nicht einmal mir selbst erklären. Mein Gott, ein Elternabend. Man geht halt hin, hört zu, muss noch nicht mal etwas tun. Wo ist das Problem?

In Ralfs Kopf war die Sache immer klar: Die Kinder fallen in meinen Zuständigkeitsbereich. »Wenn etwas wichtig ist, kannst du es mir ja sagen.« Das ist einer seiner Standardsätze.

Als Nico in den Kindergarten kam, habe ich versucht, mit

ihm zu verhandeln, dass er zumindest die Kita-Termine übernimmt und ich den Schulbereich. »Ich sehe nicht, wie ich das neben der Kanzlei noch schaffen soll. Außerdem bist du doch in diesen Themen eingearbeitet.«

Er spricht oft über unsere Familie, als wäre sie ein Unternehmen, in dem ich die Abteilung für Kinder leite. Ich habe versucht, ihm zu erklären, dass Familie keine Organisation ist, sondern ein Organismus, der wächst, komplexer wird, sich ständig verändert.

Ich war oft genug kurz davor, ihm eine Skizze von einem neunarmigen Oktopus zu zeichnen. Und an seine langen Tentakeln hätte ich geschrieben: Schultermine, Arzttermine, passende Kleidung, Vereinsmitgliedschaften, Verabredungen, Geburtstagseinladungen, Weihnachtsgeschenke, Familienfeiern, Logopäde. Aber es gibt gar keine neunarmigen Oktopusse, und Ralf ist sowieso eher der Typ für Unternehmer-Metaphern. Also sagte ich zu ihm: »Dies ist ein Unternehmen, in dem alle Abteilungen von ein und derselben Person geleitet werden.«

Und Ralf antwortete: »Irgendwer muss halt der Chef sein. Ich bin es auf der Arbeit, du bist es hier.« Er hat die Kanzlei, und die läuft nun mal nicht von allein. Er hat Mitarbeiter, Klienten, Gerichtstermine, ist Teil einer Maschinerie. Natürlich kann er nicht mal eben freinehmen für einen Elternsprechtag um zwölf Uhr mittags. »Wie stellen die sich das vor?«, sagte er immer, als ich noch gefragt habe. Und ich frage mich selbst: »Wie habe ich mir das denn vorgestellt?«

Gegen die Kanzlei komme ich nicht an. Sie versorgt unsere Familie, ist die Grundlage für das schöne Wohnen im

Neubau, die drei Jahresurlaube und die Sorglosigkeit beim Geldausgeben. All das kann anscheinend schon ein einziger Elternsprechtag mittags um zwölf ins Wanken bringen. Und was sollte ich dann in der Zeit tun? Ich bin doch eh zu Hause.

Ich denke an die Worte meines Hausarztes: »Ich würde für Sie ja eine Mutter-Kind-Kur beantragen, aber mit drei Kindern haben Sie eh nichts davon.« Er riet mir dazu, mich dreimal pro Woche sportlich zu verausgaben. Das sei das Einzige, was gegen Bore-out bei Müttern helfe. So nannte er das. Meine mentale Erschöpfung war für ihn Langeweile.

»Was steht am Wochenende an?«, fragt Ralf, als wir beim Nachtisch angekommen sind. Er trinkt das Bier wie in der Werbung, immer drei große Schlucke auf einmal und ein erfrischendes Ächzen hinterher. Ich weiß alles über ihn. Ich könnte ihn synchronisieren. Ich kenne den Rhythmus seines Adamsapfels, der bei den langen Schlucken gemächlich rauf- und runtergeht.

»Die Kinder sind über den Sommer gewachsen wie Bohnenkraut. Alle brauchen neue Hosen und Schuhe für den Herbst«, sage ich routiniert und weiß auch da schon, was er antworten wird.

»Ich gebe dir meine Kreditkarte.«

Ich beschließe, diesmal etwas anderes zu machen, als resigniert meinen Mund zu einer geraden Linie zu verziehen. Ich sage: »Wir könnten alle zusammen am Wochenende ins Einkaufscenter fahren.«

»Au ja, bitte!«, nuschelt Mia, den Mund voller Joghurt.

»Mit allen drei Kindern? An einem Samstag? Auf gar keinen Fall!«

»Ach komm, Papa«, bettelt Mia.

»Wir wollen unsere Sachen selber aussuchen. Wir sind keine kleinen Kinder mehr, denen Mama irgendein Zeug aus dem Internet bestellen kann«, erklärt Lana.

Ich lehne mich zurück und blicke in die Runde der Kinder wie in ein Wolfsrudel, das sich wie erwartet auf den Küken-Eimer gestürzt hat. »Siehst du?«, sage ich nicht ohne Genugtuung.

Aber so schnell gibt er nicht auf. Er legt den Löffel beiseite und betrachtet der Reihe nach seine Kinder. Dann fällt sein Urteil: »Hört zu, ihr Mädels macht am Wochenende einen schönen Shopping-Trip, und wir Jungs bleiben hier.«

Alle Beteiligten am Tisch bekunden Beifall. Alle außer mir. Es überrascht mich nicht, dass er es vermeidet, mit zwei pubertierenden Mädchen Modefragen zu klären. Aber ich frage mich, ob er das Schauspiel nicht zumindest einmal miterleben sollte, um zu wissen, dass *Shopping-Trip* eine gnadenlose Verharmlosung dieser von Selbstzweifeln und TikTok-Schönheiten zersetzten Materialschlacht ist. Genauso wie ein Elternabend in der Schule keine nette Plauderrunde ist und das Aussuchen von Weihnachtsgeschenken für die gesamte Familie nicht wie freie Auswahl an der Losbude. Auch dann nicht, wenn er mir das Geld dafür gibt.

»Vielleicht suchst du dir auch was Hübsches aus«, sagt er zu mir.

»Ich werde kaum dazu kommen. Unsere Töchter dazu zu kriegen, sich etwas halbwegs Anständiges zu kaufen, wird hart genug.« Ich schiebe meinen Stuhl zurück, um mit dem Abräumen zu beginnen.

»Mama trägt nur langweiligen Kram«, urteilt Mia.

»Stell dir vor, Mia. Wenn man erwachsen ist, gibt es Wichtigeres, als sich nach der neuesten Mode anzuziehen.«

»Du findest, dass ich mich langweilig anziehe?« Ich blicke an der Jeans und meinem blau-weiß gestreiften Baumwoll-Shirt herunter.

»Na ja, du kleidest dich deinem Alter entsprechend«, meint er.

»Das klingt, als wäre ich hundert!«

»Ach komm, willst du etwa bauchfrei tragen wie die jungen Dinger heutzutage?« Er lacht kurz und spitz.

»Das wäre lustig«, gluckst Nico.

»Das wäre voll peinlich.« Lana verzieht das Gesicht, als wäre ein Blick auf meinen entblößten Bauch die reinste Zumutung. Immerhin der Bauch, in dem sie alle den wundersamen Weg der Menschwerdung vollendet haben. Aber auch sie kommt jetzt in das Alter, in dem mein Körper kein schützendes, wärmendes Multitool mehr für sie ist, sondern ein potenzieller Auslöser für Fremdscham.

Ich gehe in die Küche und schiebe die Essensreste von den Tellern direkt in den Küchenmülleimer, in dem bereits die ungegessenen Schulbrote von heute Mittag liegen. Es ist die pure Vergeblichkeit, die mir entgegenblickt.

Ich weiß nicht, ob ich Ralf dafür bewundern oder ob es mich in den Wahnsinn treiben soll, dass er so stoisch seiner Lebensmitte entgegenlebt. Als sein Haar auf dem Hinterkopf schütterer wurde, hat er beschlossen, dass es nun Zeit war, es abzurasieren und einen *Jason-Statham-Schnitt* zu tragen, wie er es nennt.

Für mich war es ein Schock. Für ihn war es einfach logisch. So laufen die Dinge nun einmal mit fortschreitender Lebenszeit. Wir haben Kinder bekommen, jetzt werden wir langsam alt, und irgendwann ziehen wir in eine ebenerdige Wohnung. Wir werden ein tatteriges Pärchen, das nur deshalb Hand in Hand geht, um sich gegenseitig davon abzuhalten, sich beim Stolpern am Bordstein das Genick zu brechen. Wir werden uns permanent anmeckern, weil jede Geste, jedes Seufzen, jeder Blick mit so viel Vergangenheit aufgeladen ist, dass allein die Gegenwart des anderen reicht, um genervt von ihm zu sein.

Ich schubse die Mülleimertür mit dem Knie zu. Ich bin gerade mal dreiundvierzig Jahre alt, die letzten zwölf davon war ich eingefroren. Ich will auf keinen Fall als die Frau alt werden, die ich gerade bin.

2

Frühere Leben

Ein paar Tage später stehe ich im Eingangsbereich des Stadtbades. Der Satz der Kassiererin ist schuld. Nicht der mit der Aussicht. Der mit dem Schwimmkurs. Als Mia mir verkündete, dass sie Tennis schmeißen und stattdessen etwas mit ihrer Freundin machen will, schlug ich Schwimmen vor. Es rutschte mir einfach so heraus, und Mia mochte die Idee. Es ist also nicht allein meine Schuld, dass ich jetzt im Schwimmbad stehe und nach einem Männerkörper suche, den ich schon voll bekleidet für anbetungswürdig halte.

Als er im gleißenden Licht der Schwimmhalle in Badehose und T-Shirt auf mich zukommt, schaltet mein Kopf in Zeitlupe um. Er ist es. Er ist immer noch schön. Es war keine optische Täuschung im künstlichen Licht des Supermarktes, es lag nicht nur daran, dass ihm rote Poloshirts stehen. Dieser Mann ist eine Offenbarung. Und jetzt bekommt er einen Namen.

»Hey, ich bin Kieran. Ich leite den Kurs hier.«

»Wie?«

»Kieran.«

Nicht Dreamboy, nicht David, nicht so etwas Majestätisches wie Alexander oder Maximilian. Er ist Kieran.

»Ich bin Mias Mutter.«

»Hallo, Mias Mutter.« Zum ersten Mal seit dem Moment am Windelregal schenkt er mir diesen Blick aus schmalen

Augen. In dem lichtdurchfluteten Raum sind sie so azurblau wie das Meer in Griechenland, und augenblicklich ist es mir egal, wie er heißt. Selbst *Gisbert* oder *Knut* könnten nichts an seiner Anziehungskraft ändern.

Ich habe ihn so oft im Supermarkt betrachtet und mir so oft die wildesten Dinge mit ihm vorgestellt. In meinem Kopf gab es ein geheimes, zweites Leben mit ihm. Nun suche ich in diesen Augen nach einem winzigen Zeichen des Wiedererkennens, aber sein Blick bleibt flüchtig.

»Sehen Sie dahinten die Glasfront?« Sein Finger deutet auf den Imbiss des Hallenbades, der sich völlig zu Unrecht Restaurant nennt. »Sie können dort warten. Wenn der Kurs zu Ende ist, bringe ich die Kinder hoch.«

Mein Blick scannt noch einmal seine klar gezeichneten Konturen. Kein Zweifel, man müsste ihn in Stein meißeln, um diesen Anblick für die Ewigkeit zu konservieren.

»Ist noch was? Wollen Sie noch was über mich wissen?«

»O ja«, sage ich und denke: *Alles, einfach alles!*

»Und was?«

Mir wird klar, dass ich das gerade laut ausgesprochen habe. Und dass er meinen Blick gesehen hat. Und dass das jetzt wirklich peinlich ist. Ich sollte etwas sagen. Irgendwas, was Mütter in diesen Kursen normalerweise fragen. »Können Sie … richtig gut schwimmen?«

»Richtig gut.« Er grinst breit. Ich will irgendwohin versinken, seine Arme wären gut.

»Hat Mia Bronze oder Silber?« Er hält ein Klemmbrett hoch und zückt einen Stift. Ich versuche, mich wie eine erwachsene Frau zu benehmen.

»Bronze.«

Er sucht ihren Namen auf der Liste und beginnt zu schreiben. »Ihre Handynummer?«

»Mia hat noch kein Handy.«

»Ich meine Ihre Handynummer, Mias Mutter. Falls mal was ist.«

»Ach so, klar.«

Ich bin erleichtert, als ich endlich in Richtung Imbiss verschwinde, hinter die Trennscheibe in den Zuschauerbereich zu den anderen Muttis. Dort, wo ich hingehöre und in aller Seelenruhe vor mich hin starren kann.

Niemand spricht über die Gier der Mütter. Wie sehr sie sich danach sehnen, ihre nach Schwangerschaft, Geburt, Stillen und Tragen zurückeroberten Körper wieder für sich zu haben. Wie dringend sie die Ekstase brauchen, weil nur so etwas Extremes wie ein Orgasmus dieses Gedankenkarussell stoppen kann. Wenigstens für eine Runde. Weil sie Grenzerfahrungen wollen, weil sie rauswollen. Raus aus dem Kopf, raus aus der Haut, raus aus der Rolle, die von ihnen verlangt, dass sie gütig und milde und zärtlich sind. Gierig wollen sie sein, rücksichtslos, ohne Kontrolle und unkontrollierbar. Es ist ein Geheimnis, über das ständig gesprochen wird, aber nie richtig. Frauen reden viel über den Sex der anderen. Auch im Schwimmbad ist es an diesem Tag nicht anders.

»Es ist eine Pornoseite für Frauen. Warum wird den halben Clip lang gezeigt, wie sie ihm einen bläst?«, sagt eine, von der ich nur weiß, dass sie zwei Töchter hat, die so ziemlich alle Vereine der Stadt besuchen.

»Umgekehrt sehe ich es mir ja gerne an«, gibt eine Blusenträgerin mit Sohn zu.

»Männer sehen lächerlich aus dabei«, meint eine Schwarzhaarige, die zu übermäßiger Kritik neigt.

»Deshalb machen es vermutlich die wenigsten. Weil sie in den Pornos gesehen haben, wie sie dabei aussehen«, sagt die mit dem Sohn.

»Es ist eine Schande«, raunt irgendwer.

»Es gibt diese Toys, die sollen das richtig gut simulieren«, weiß die mit den Töchtern.

»Es ist trotzdem nur ein Gummilappen«, sagt die Schwarzhaarige mit der miesen Laune. »Und teuer sind die Dinger. Ich bin fast tot umgefallen.«

Ich lasse das Gespräch an mir vorbeirauschen und lehne an der Glasscheibe. Erst als sich eine von ihnen neben mich stellt, höre ich wieder hin. »Ich wette, er ist sich nicht zu schade dafür.« Es ist die mit der Bluse. Sie blickt hinunter auf das Objekt ihrer Begierde in Badehose und engem weißen T-Shirt.

»Ach, kommt schon, wir wissen alle, dass der nicht auf Dörrfleisch wie uns angewiesen ist«, sagt irgendwer. Bei dem Wort *Dörrfleisch* zucke ich zusammen. In meiner Zeitrechnung bin ich noch irgendwie postpartum. Dies ist immer noch ein After-Baby-Body, der prinzipiell wieder in seine alte Form gebracht werden kann. Ich bin noch nicht bereit für einen Weg ohne Rückkehr.

»Mir egal, mir reicht es schon, ihn anzusehen«, sagt die Frau neben mir und lehnt sich an die Scheibe.

Eifersucht schmeckt bitter unter der Zunge, da, wo sich

der Speichel sammelt. *Er gehört mir,* pulsiert es durch meinen Kopf. *Er gehört mir, weil ich ihn mehr brauche als ihr alle.*

Kieran. Ich nehme ihn an diesem Tag und an allen weiteren Tagen mit zu mir nach Hause. Ich nehme ihn mit ins Bett, unter die Dusche, manchmal tagsüber, manchmal mitten in der Nacht, wenn mein Mann neben mir schläft. Er kann immer, macht immer alles richtig, und nachher hält er mich fest und sagt mir, dass ich die Schönste bin. Und einmal in der Woche himmele ich ihn leibhaftig hinter dieser Scheibe an und präge ihn mir ein, auf dass die Erinnerung eine weitere Woche lang reichen möge. Ich denke zu viel an ihn, aber ich komme damit zurecht. Es ist gerade genug, um den Kopf über Wasser zu halten.

—

Es passiert vier oder sechs Wochen, nachdem Mia ihren Schwimmkurs begonnen hat. Die Kinder üben Sprünge vom Dreimeterbrett, und ein Junge wartet nicht ab, bis Mia weggeschwommen ist. Er landet direkt auf ihrem Kopf. Sie taucht sekundenlang nicht auf, und ich starre nur auf die Wasseroberfläche, weil ich nicht glauben kann, was da passiert. Durch die Glasscheibe ist es, als wäre ich Zuschauerin eines Films. Ich sehe zu, wie Kieran mit Anlauf einen Kopfsprung ins Becken macht und mit Höchstgeschwindigkeit auf die Stelle zuschwimmt, an der Mia im Wasser verschwunden ist. Erst danach beginne ich, vom Restaurant Richtung Becken zu laufen. Als ich dort ankomme, hat er sie bereits an den Rand gezogen. Er legt sie auf die Seite. Die Leute vom Schwimmbad kommen angerannt, und er ruft ihnen etwas zu. Die Sanitäter sind irgendwann einfach da, als wären sie vom Himmel gefallen.

Erst steht die Welt still. Ich höre nichts, ich fühle nichts, ich sehe nichts außer die plötzlich winzig wirkende Gestalt meiner Tochter. Als Mia die Augen aufreißt und gleichzeitig Wasser ausspuckt, ist es, als würde ich mich in Zeitlupe bewegen. Ich spüre an der Bewegung meiner Lippen, dass ich ihren Namen rufe, aber ich höre mich nicht.

Ich erinnere mich nicht daran, wie wir aus der Schwimmhalle nach draußen gehen, wie wir über den Parkplatz laufen oder in den Krankenwagen einsteigen. Ich sehe nur die Augen meiner Tochter, deren Blicke sich an mir festkrallen, und die ich mit meinem Blick fixiere, als könnte ich sie damit am Leben halten.

Bei der Untersuchung ihrer Atmung und ihrer Reflexe halte ich ihre Hand. Sie steht unter Schock und kann sich an nichts erinnern. Den Ärzten gefällt das nicht. Ich merke es daran, dass sie sich wegdrehen, um zu reden. Sie wollen sicherheitshalber ein CT machen. Ich soll solange im Warteraum der Ambulanz bleiben. Ralf ist mit den beiden kleineren Kindern zu Hause, und wir beschließen, dass es nicht richtig wäre, die gesamte Familie ins Krankenhaus zu verfrachten. Es hilft Mia nicht, wenn ihre überdrehten Geschwister im Wartezimmer der Ambulanz die Wände hochgehen. Es ist richtig so, sage ich mir immer wieder.

Ich bemerke ihn nicht sofort. Erst als Mias Goretex-Jacke in leuchtendem Türkis in meinem Augenwinkel auftaucht, wird mir klar, dass Kieran in die Ambulanz gekommen ist.

»Hey, wie geht es ihr?« Er klingt, als wäre er gerannt, und in seinem Blick liegt eine Ernsthaftigkeit, die ich dort noch nie gesehen habe.

»Sie machen ein CT. Nur zur Sicherheit, hat der Arzt gesagt.«

»Okay.« Er fährt sich mit der Hand über das Gesicht und atmet so tief aus, als hätte er den Atem vom Unfall bis zu diesem Moment angehalten. »Als Chris auf sie draufgesprungen ist und sie nicht wieder auftauchte … das war … o Gott …« Er schüttelt den Kopf, als könnte er damit die Bilder vor seinen Augen vertreiben.

Ich stelle mir für eine Sekunde vor, wie es wäre, sich jetzt einfach in seine Arme fallen zu lassen und gehalten zu werden. Nur kurz, einen Atemzug lang. Stattdessen höre ich mich selbst sagen: »Sie haben das wirklich toll gemacht.«

Kieran sortiert Mias Sachen in seinen Händen und hält sie mir hin. »Ich habe es ganz schnell zusammengepackt. Ich hoffe, es ist alles dabei.«

Seine Hand berührt meine, als er mir die Sachen übergibt. Sie ist warm, und ich möchte mich sehr klein machen und hineinrollen. Der Schreck fällt von mir ab und lässt ein Frösteln zurück, das bis auf die Knochen geht. Es kommt mit der Erkenntnis, dass dieser Tag auch hätte anders ausgehen können.

»Danke. Für alles«, sage ich. Kieran hat das Leben meiner Tochter gerettet. Jetzt werde ich ihn für den Rest meines Lebens nicht mehr vergessen können.

»Nichts zu danken.« Er nimmt mich in den Arm, als wäre es keine große Sache. In mir bricht alles zusammen. Ich schließe die Augen, und es fühlt sich an, als würden mich in diesem Moment nur seine Arme davon abhalten, in meine Einzelteile zu zersplittern. In dem Moment bin ich nichts mehr. Nicht Hausfrau, nicht Mutter, nicht eine Mittvierzigerin, die einen Schwimmlehrer anhimmelt. Ich bin einfach nur ein Mensch, der eine Umarmung braucht. Und dann fließt es ganz leicht von meinen Lippen, obwohl ich sonst nie darüber spreche. »Ich hätte Mia nicht retten können.«

Er hält mich noch fester und macht dieses beruhigende Geräusch, das wie »Schhhh« klingt. »Alles gut, dafür bin ich doch da.«

»Nein, es ist nicht gut. Ich hätte ihr nicht helfen können, selbst wenn ich am Beckenrand gestanden hätte.«

Er hält mich ein Stück von sich weg, sodass er mich ansehen kann, und ich gebe es einfach zu: »Ich kann nicht schwimmen.«

Er schaut mich an, als würde er mich zum ersten Mal sehen. Es muss ihm absurd vorkommen, dass ein erwachsener, mitten im Leben stehender Mensch so etwas nicht kann. Es kommt mir ja selbst merkwürdig vor. Es ist mein Makel. Ein Versäumnis, das ich mir selbst nicht erklären kann. Seit ich denken kann, versuche ich im Sommer, Freibad-Verabredungen zu umgehen. Jedes Mal, wenn die Mädchen mit Freundinnen schwimmen gehen, fühle ich mich ohnmächtig und bete, dass sie sicher wieder nach Hause kommen. Einfach so habe ich Kieran etwas verraten, was ich sonst unter allen Umständen für mich behalte.

»Warum?«

Ich verstaue Mias Jacke umständlich in ihrem Rucksack,

damit ich ihn nicht ansehen muss. »Ich weiß es nicht. Ich hatte als Kind Angst vor Wasser, und irgendwann war es zu spät. Dann war es einfacher, bloß nicht mehr ins Schwimmbad zu gehen.«

Er lacht. Dieser unverschämte Kerl lacht. Nutzt diese furchtbare Situation aus, in der ich nicht zu Selbstironie fähig bin.

»Was ist daran so komisch?«

»Gar nichts. Tut mir leid.« Er wischt sich mit der Hand übers Gesicht, und als er mich wieder ansieht, ist da nichts Hämisches. »Ungefähr mit dieser Logik habe ich mein Studium versaut. Es war irgendwann einfacher, gar nicht mehr hinzugehen.«

Wir stehen voreinander mit herabhängenden Armen, und mir wird klar, dass ich nichts über ihn weiß. Der Kieran in meinem Kopf macht weder Fehler, noch hat er Probleme oder so etwas Langweiliges wie einen Alltag.

Ich fahre mir mit der Hand durch die Haare, weil ich plötzlich nicht mehr weiß, wohin mit meinen Händen.

»Tja, dann haben wir wohl was gemeinsam«, stelle ich fest.

Die Besprechung der CT-Ergebnisse ist kurz. Die Untersuchung ist ohne Befund, aber Mia soll eine Nacht zur Beobachtung im Krankenhaus bleiben. Der Arzt redet von Blutgaswerten, die noch nicht optimal sind. »Wir brauchen Zahnbürsten, etwas Bequemes anzuziehen und Kleingeld für den Snack-Automaten«, fasele ich.

»Kommen Sie, ich fahre Sie zu Ihrem Auto zurück.«

Er hört Musik mit harten Bässen, die vermutlich an Laufbändern in Fitnessstudios gespielt wird und die sofort loswummert, als er die Zündung anschaltet. »Sorry«, sagt er und dreht das Lied gleich ganz aus, so wie man es macht, wenn ältere Verwandte mitfahren.

Mit ihm in seinem alten Polo zu sitzen ist, wie in einem Zimmer seiner Wohnung zu sein. Ich sehe mich vorsichtig um. Auf dem Rücksitz liegen irgendwelche Unterlagen und dazwischen eine Ausgabe von *Der Mann mit der Ledertasche.*

»Charles Bukowski?«

»Erstaunt?«

»Hätte nicht gedacht, dass das noch jemand liest.«

»Das Buch ist ein Klassiker der Untergrundliteratur. Es kann nie schaden, die Klassiker zu kennen, oder?«

»Untergrundliteratur? Ist das ein anderes Wort für: Ich lege es auf meinen Rücksitz und warte, bis es unter dem anderen Kram verschwindet?«

Er lacht und macht ein schnalzendes Geräusch mit der Zunge. Es gefällt mir, dass er den Kommentar nicht persönlich nimmt. Und es erfüllt mich mit einem gewissen Stolz, dass ich ihn zum Lachen bringen kann.

»Er ist einer der wenigen deutschen Schriftsteller, die es in den USA zu was gebracht haben.«

»Die Wahrheit ist, dass er in den USA wirklich keine große Nummer ist. Und wir in Deutschland interessieren uns nur für ihn, weil wir glauben, dass er in Amerika ein Superstar ist«, entgegne ich.

»Sie übertreiben.«

»Vielleicht. Vielleicht verstehe ich einfach nicht die literarische Ästhetik des Suffs.«

Er hält an der Ampel am Ortseingang. Im Rotlicht sind seine Konturen geschärft. Er sieht älter aus. Es kommt mir vor wie ein kurzer Blick in seine Zukunft.

»Das Buch ist für meine Bachelorarbeit.«

Er sieht immer noch nach vorn, und ich lasse meine Gesichtszüge ungeniert entgleisen. »Literaturwissenschaft?«

»Was haben Sie denn gedacht?«

»Sport«, sage ich ehrlich. Er lacht, und ich blicke zu Boden, um mir den Klang zu merken.

Als ich später neben Mia auf einem Klappbett in der Dunkelheit des Krankenhauszimmers liege und den fremden Geräuschen von Gummischlappen auf Linoleum lausche, macht es mir nichts aus, dass ich nicht schlafen kann. Es gibt mir Gelegenheit, die Bilder in meinem Kopf immer und immer wieder zu betrachten. Ich habe jetzt so viel mehr gesehen als durch die Glasscheibe oder in den Supermarktgängen. Ich weiß jetzt, dass er die Lippen schürzt, wenn er nachdenkt, und dass er eine Hand auf die Kopfstütze des Beifahrers legt, wenn er rückwärtsfährt.

Seit der Umarmung weiß ich auch, dass er nach blauem Duschgel riecht und ich gerade groß genug bin, um mein Kinn in diese Kurve zwischen Schulter und Nacken zu legen. Ich kann es spüren, so genau sehe ich es vor mir. Aber ich weiß, wo Fantasie endet. Die größte Form von Nähe, die ich zwischen uns herstellen kann, ist, ihn zum Lachen zu bringen.

–

Als er ein paar Tage später bei uns vor der Tür steht, bin ich kurz versucht, sie einfach wieder zuzuwerfen. Ihn in meinen Tagträumen in mein Bett zu fantasieren ist die eine Sache. Wahnvorstellungen sind etwas ganz anderes. Aber dann sehe ich den stämmigen Jungen mit dem angstverzerrten Gesicht neben ihm und kapiere, dass es doch das wahre Leben ist.

»Hey, wir wollen fragen, wie es Mia geht. Chris hier würde sich gern entschuldigen.«

Der kräftige Junge zu seiner Linken sieht jetzt aus, als würde er jeden Moment auf meine Fußmatte brechen. In unserer Küche stellt sich heraus, dass Chris der Junge ist, der Mias Unfall verursacht hat.

»'tschuldigung. Wollte ich nicht«, nuschelt er Mia entgegen, die sich an unserer Kücheninsel windet, als wäre sie ebenfalls gern woanders.

»Ich hätte noch ein paar Schokowaffeln und zwei Kakao. Wollt ihr im Garten snacken?«

Die Erleichterung liegt noch in der Luft, als sie bereits mit den süßen Sachen zur Tür hinaus verschwunden sind. Nico spielt in seinem Zimmer mit Playmobil, und Lana ist bei einer Freundin. Kieran und ich sind allein.

»Kaffee?«

»Trinke ich nicht.«

»Oh«, sage ich, und plötzlich kommt er mir noch viel jünger vor. »Was anderes?«

Er grinst durch seine Stirnfransen hindurch. »Ich könnte Ihnen Schwimmen beibringen.«

»Sehr witzig.« Ich schenke ihm Wasser ein.

»Ich habe mir ein paar YouTube-Videos angesehen. Ich glaube, ich könnte es.«

»Ein paar YouTube-Videos? So einfach stellen Sie sich das vor?«

»Wir könnten vormittags ins Schwimmbad. Ich habe Zeit.« Ich genehmige mir auch ein Glas Wasser und trinke daraus, um Zeit für eine elegante Absage zu gewinnen.

»Das ist keine gute Idee. Wer weiß, wen ich dort treffe.«

»Die Nachbarstadt hat auch ein Schwimmbad.«

Er fährt mit der Hand über meine Küchenarbeitsplatte. Ich folge ihr mit meinem Blick. Sich zu wünschen, von diesen Händen gehalten zu werden, ist etwas anderes, als zu wissen, wie sie sich auf meiner Haut anfühlen. Ich könnte untergehen, mit Haut und Haar.

»Wie alt sind Sie eigentlich?« Was rede ich, ich sollte diese Sache nicht machen. Ich will gar nicht schwimmen lernen. Ich bin bislang auch so bestens durchs Leben gekommen. Nein, das wäre aus so vielen Gründen eine ganz dumme Idee. »Was soll's. Wir probieren es«, höre ich mich sagen, und er antwortet gleichzeitig: »Vierundzwanzig.«

—

»Irgendwelche besonderen Vorkommnisse?«

Ralf kommt kurz nach mir ins Bett und lässt sich schwerfällig auf die Matratze fallen.

»Ich will schwimmen lernen.«

Ich liege auf meiner Seite des Bettes und sehe seinem Schatten dabei zu, wie er auf der Wand die Decke anhebt. Die Dunkelheit kommt als Welle auf mich zu.

»Wie kommt's?« Er rückt näher an mich heran. Ich spüre seine Wärme in meinem Rücken. Es ist wie eine unausgesprochene Einladung. Ich müsste mich nur umdrehen, und wir könnten so tun, als hätten wir eine ganz normale Ehe und wären uns noch nah.

»Ich weiß nicht. Mias Unfall …«

»Verstehe. Wie willst du es machen?« Seine Hand wandert meinen Oberschenkel hoch, und ich halte still, weil ich ihn nicht schon wieder enttäuschen will.

»Kieran hat mir Privatstunden angeboten.«

»Kieran?«

»Mias Schwimmlehrer, der sie gerettet hat. Er traut sich zu, einer Erwachsenen Schwimmunterricht zu geben.«

»Hm.« Seine Hand wandert weiter nach vorn auf meinen Bauch. Ralf hat mich nie gefragt, warum ich nicht schwimmen kann. Er nimmt es hin wie sein schütter werdendes Haar im Alter. Es ist, wie es ist. Er nimmt alles an mir hin. Die Nudeln, die getrennten Abende, die Abweisung. Manchmal empfinde ich es als Respekt, manchmal als Gleichgültigkeit. Manchmal habe ich Angst, dass es mir egal wird, was er denkt.

»Gut«, sagt er. »Wirklich gut. Er hat toll reagiert bei der Sache. Wir sollten ihn anständig für seinen Privatkurs bezahlen.«

Er schiebt sich an mich, bis ich seine Erregung in meinem Rücken spüre. Ich muss nur noch mitmachen. Seine Finger bahnen sich einen Weg in meine Mitte. Sie kneifen trockene Haut ein. Ich ziehe das Becken zurück, er beginnt, an meinem Ohr zu knabbern.

»Ralf«, sage ich und hoffe, dass es reicht und ich die Zurückweisung nicht aussprechen muss.

Seine Hand beginnt zu kreisen, mein Körper wird steif. Das schlechte Gewissen in mir will nicht Nein sagen. Nicht schon wieder. Aber ich fühle nichts außer Haut, die reibt.

»Tut mir leid.« Ich schiebe seine Hand weg.

»Komm, Ava, es ist so lange her.« Die Hand kehrt zurück.

»Heute nicht, Ralf.«

Er seufzt heiße Luft in meinen Nacken, dann gibt er mir einen kurzen Kuss hinters Ohr und dreht sich um. Das schlechte Gewissen schwappt über mich. Ich lege eine Hand auf seinen Rücken. »Tut mir leid.«

»Schon gut. Es kommen auch wieder andere Zeiten.« Er sagt es jedes Mal.

–

Am Tag der ersten Schwimmstunde ersetze ich das Frühstück durch die Entfernung meiner Körperhaare. Wenn man als erwachsene Frau nicht schwimmen kann, kennt man sich auch nicht mit den ungeschriebenen Gesetzen des Schwimmbadbesuchs aus. Soll ich zu Hause duschen oder dort? Brauche ich einen Bademantel? Werden meine Haare nass beim Schwimmen? Ich habe Badeanstalten gemieden, solange ich denken kann. Ich habe keine Ahnung, wie man sich dort benimmt.

»Wie geht's?«, fragt er zur Begrüßung.

»Furchtbar.«

»Wovor haben Sie Angst?«

»Mich lächerlich zu machen. Hauptsächlich.«

Er nickt zufrieden. »Das ist gut. Das ist besser in den Griff zu bekommen als die Angst vor dem Ertrinken.«

Als er mein entsetztes Gesicht sieht, lacht er wieder dieses sorglose Gewinnerlachen. »Keine Angst, niemand wird ertrinken, und niemand wird sich lächerlich machen.«

Er hat unrecht. Ich ahne es, als wir auf das Nichtschwimmerbecken zusteuern. Ich weiß es, als wir nebeneinander durch das hüfthohe Wasser waten und eine Gruppe Mütter mit Babys auf dem Arm und einer Schwimmlehrerin im Becken erscheint, als sich alle Blicke wie Magnete auf mich heften und ich es ablesen kann. Sie suchen den Grund, warum ich in diesem Becken stehe. Sie finden uns merkwürdig. Nicht ihn, sondern ihn mit mir. Kieran watet voraus, ohne ihre Blicke auch nur zu bemerken. Sie perlen an seiner jugendlichen Unbekümmertheit ab wie Tropfen an einem Blatt.

»Was ist?« Er bleibt stehen und mustert mich mit zusammengezogenen Augenbrauen.

»Vielleicht war das eine blöde Idee.«

»Stimmt«, entgegnet er, und ich bin froh, dass er es genauso sieht. Sein Blick wandert über meinen trockenen Bikini, der bislang nicht mehr aushalten musste als die Poolliegen in Griechenland, und streift dann all die Frauen um uns herum mit ihren kleinen Schwimmbojen. Schließlich sagt er: »Wir gehen ins tiefe Wasser.«

Ich folge ihm wie ferngesteuert. Ich lasse mich sogar auf drei Schaumstoffrollen sinken, die er als Nudeln bezeichnet, und treibe durch das Schwimmerbecken wie ein Ponton. Als Erwachsene schwimmen zu lernen ist ein würdeloser Akt. Einer, der Hingabe und die Fähigkeit zur Selbstironie erfordert. Beides zählt nicht unbedingt zu meinen hervorstechendsten Eigenschaften.

»Für jemanden, der Angst vorm Wasser hat, bist du ziemlich abgebrüht.«

Ich habe den Moment verpasst, als wir zum Du übergegangen sind. Aber was kümmert es mich. Meine Würde liegt längst am Grund dieses Beckens und stirbt einen einsamen Tod.

»Ich sage doch, ich habe keine Angst vor dem Wasser, ich habe Angst, mich lächerlich zu machen.«

»Weißt du, was man als erste Lektion lernt, wenn man wasserscheu ist?«

»Ich bin nicht ...«

»Man muss es einfach machen und merken, dass man nicht daran stirbt.«

Ich höre auf, meine Füße hin und her zu bewegen und baumele reglos im Wasser, mich an diese Nudeln klammernd wie Kate Winslet an diese verdammte Tür. »Wie lächerlich sehe ich aus?«

Er legt abwägend den Kopf schief. »Schon sehr.«

»Danke für deine Ehrlichkeit.«

»Siehst du? Und du lebst noch.«

Das ist der Moment, in dem ich weiß, dass ich schwimmen lernen werde. Ich habe nie davon geträumt, lautlos durch ein Gewässer zu gleiten. Nur das Vermeiden des Schwimmens hat mich gestört, die ewigen Ausreden. Aber jetzt in diesem Moment verstehe ich, dass ich wirklich schwimmen lernen will, und das hat nicht einmal etwas mit Mias Unfall oder Michelangelos David zu tun. Es geht um das Gefühl, loslassen zu können und getragen zu werden. Ich gebe die Kontrolle ab, an dem Ort, an dem ich es zuletzt erwartet hätte. Und es ist gut. Besser als gut. Es ist neu. Irgendwann werde ich ihn fragen, warum er das für mich tut.

»Also, was sagst du?«, fragt er später vor der Tür des Schwimmbads. »In zehn Stunden kannst du schwimmen. Deal?«

Zehn Stunden mit ihm. »Deal«, höre ich mich sagen. Ich werde untergehen, aber es wird sich anfühlen wie schweben.

—

Als ich vom Elternabend in der Kita nach Hause komme, ist es halb zehn Uhr abends. In der Küche steht Ralf, öffnet die Kühlschranktür und sieht ins Licht.

»Wie war's?«

Ich bin zu müde zum Sprechen, selbst Denken ist zu viel.

Er schließt den Kühlschrank und sieht mich an. »So schlimm?«

Hinter ihm steht die Tür zum Arbeitszimmer auf. Ich weiß gar nicht mehr, wann es anfing, dass ich abends auf die Couch ging und er ins Arbeitszimmer. Es gab diese Zeit, als die Kinder kleiner waren, als sie mich auf eine Art brauchten, die meine permanente Aufmerksamkeit erforderte. Als ich keinen Satz zu Ende denken, geschweige denn sprechen konnte. Damals war ich abends manchmal nicht in der Lage, mich einem weiteren menschlichen Wesen zuzuwenden. Die einzige Linderung meines Zustandes war, allein auf der

Couch zu sitzen, nicht reden, nicht reagieren, nicht präsent sein zu müssen. Aber diese Jahre sind längst vorbei, und ich weiß nicht einmal mehr, ob er dadrin wirklich arbeitet oder sich mit anderen Dingen die Zeit vertreibt. Wie sind wir gewesen vor dieser Zeit? Worüber haben wir gelacht? Ich weiß, dass es eine Zeit gab, in der ich dachte, dass diese Brust mein Zuhause ist. Ich habe ein Gefühl mit ihm verbunden, das bis in mein Innerstes reichte. Wann habe ich vergessen, wie es sich anfühlt, meinen Kopf auf seine Brust zu legen? Wann habe ich vergessen, wie Zuhause riecht?

»Wollen wir noch einen Film gucken?«

»Das ist ein großer Fall.« Er deutet hinter sich auf die Tür.

Mich überkommt der dringende Wunsch, mich zu erinnern. Etwas wiederzufinden, was mal uns gehörte, was uns ausgemacht hat, nicht die Institution, die wir geworden sind.

»Lass uns ein bisschen mehr leben, Ralf«, sage ich und fasse seinen Arm.

Er beugt sich zu mir herab und gibt mir einen Kuss auf die Schläfe. »Aber wir leben doch, Ava. Wir haben ein schönes Zuhause, drei tolle Kinder, und die Kanzlei steht besser da denn je.«

Ich sehe ihm hinterher und frage mich, ob wir uns schuldig gemacht haben. Unsere Ehe ist wie eine Zimmerpflanze, über deren Pflege wir nichts wissen, weil ihr immer ein bisschen Wasser gereicht hat, um zu überleben. Und jetzt lässt sie die Blätter hängen, und wir stehen staunend davor, sehen zu, wie sich die Blätter gelb verfärben und einrollen, und fragen uns, was sich verändert hat. Ich starre auf die Tür des Arbeitszimmers, die hinter ihm zufällt, und bekomme das bleischwere

Gefühl, dass wir diesmal zu lange mit dem Gießen gewartet haben.

—

Es dauert nicht lange, bis ich mit einem Schwimmbrett meine erste Bahn ziehe. Es dauert ebenfalls nicht lange, bis ich beginne, auf den Freitag hinzuleben, und ab Montag die Tage rückwärts zähle. Es ist wie ein Kick, mich Woche für Woche auszuliefern, um diesen Schwebezustand zu erreichen. Aber schon nach drei Terminen behauptet er, ich könne mich nun ohne ihn über Wasser halten. Es geht mir zu schnell. Ich mag auch den neuen, lehrerhaften Tonfall nicht, den er seitdem anschlägt. Kaum droht mir nicht mehr der unmittelbare Tod durch Ertrinken, geht er auf professionelle Distanz.

»Beine lang, gleichmäßige Bewegungen«, ruft er mir zu, während er mühelos neben mir herschwimmt.

»Gerade halten, nicht ins Hohlkreuz gehen. Warte.« Er legt eine Hand auf meine Schulter, was sein Zeichen dafür ist, anzuhalten. Inzwischen gelingt es mir, nicht jedes Mal zusammenzuzucken, als wollte er mich mit seinen Fingern verbrennen. Das heißt nicht, dass ich in seiner Gegenwart entspannt wäre. Jedes Mal, wenn ich Seite an Seite mit ihm durchs Becken gleite, stelle ich mir vor, dass es nicht das Wasser ist, das meinen Körper umspielt, sondern seine Hände. Es passiert automatisch, ich kann nichts dagegen tun. Und so aufreibend es ist, so sehr hält es mich bei der Sache. Der Gedanke an ihn verdrängt meine Angst. Ich bekämpfe Wasser mit Feuer.

»Dein Hintern erzeugt zu viel Widerstand«, sagt er, während ich würdelos auf der Stelle herumzappele und mich am Schwimmbrett festklammere.

»Was?«

»Wenn du nicht waagerecht im Wasser liegst, hast du keinen Antrieb. Du verschwendest Energie.«

Ich starre ihn an und versuche, noch immer den ersten Satz zu verarbeiten.

»Ich zeig's dir.« Er hebt mit einem Arm meine Beine an und legt eine Hand auf meinen Rücken, bis ich gerade im Wasser liege. Dann zieht er mich am Schwimmbrett regelrecht die Bahn entlang. »Merkst du den Unterschied?«

Ich schließe die Augen und spüre dem Gefühl nach, wie ein Surfer auf der Welle zu schwimmen. Einfach durchs Leben durchgleiten, es geschehen lassen, keinen Widerstand bieten. Es kann leicht sein, es kann alles so leicht sein. Der Gedanke ist noch nicht zu Ende gedacht, als ich Wasser schlucke. Scharfes, kratziges Schwimmbadwasser, das in meiner Nase brennt. Ich schlucke und pruste und versuche, etwas durch das Wasser in meinen Augen zu sehen.

»Alles gut, alles gut.« Irgendwie bin ich in seinem Rettungsschwimmer-Klammergriff gelandet. »Ich dachte, du schmierst mir ab.«

»Ich habe vergessen, dass ich untergehen kann«, sage ich mit brüchiger Stimme, durch die noch Chlorwasser fließt. Ich kann es selbst kaum glauben.

Er drückt mir wieder das Schwimmbrett in die Hände, richtet meinen Körper erneut im Wasser aus. Ich sehe mir selbst dabei zu, wie er meinen Körper bedient, als wäre er eine Gerätschaft, mit der er tun und lassen kann, was er will.

»Die Wahrheit ist, dass wir alle intuitiv schwimmen können. Es hat etwas mit Vertrauen zu tun.«

»Ich vertraue dir«, beteuere ich.

»Nicht mir, Ava.« Ich sehe einem Wassertropfen dabei zu, wie er seine Wange hinabläuft und sich zu all den anderen Tropfen gesellt, die zusammen Wasser ergeben.

Am Ende der Stunde kündigt er an, dass wir das Brett beim nächsten Mal weglassen werden. »Keine Angst, du lernst schnell. Du bist so weit.«

Sätze wie diese erinnern mich daran, dass unsere Vertrautheit ein Verfallsdatum hat. Wir hängen am Beckenrand und besprechen kurz die Stunde, danach wird er gehen.

»Wie läuft's mit der Uni?«, frage ich, um Zeit zu schinden.

»Das letzte Mal, als ich nachgesehen habe, stand sie noch brav an ihrem Fleck.«

»Sehr witzig. Und wann war das?« Es war als Small Talk gemeint, klingt aber nach Verhör.

»Reicht dir die Kalenderwoche, oder möchtest du das genaue Datum und die Uhrzeit?«

»Das Jahr reicht.«

Er sieht mich sekundenlang mit ausdruckslosem Gesicht an, dann verzieht sich sein breiter Mund zu einem Grinsen.

»Das war witzig.«

»Das war keine Antwort.«

Er steigt aus dem Becken und nimmt das Schwimmbrett entgegen. »Nächste Woche schwimmst du frei«, sagt er, und während er Richtung Dusche geht, schaltet der Countdown in meinem Kopf wieder auf sieben.

3
Hotel California

Die Spüle steht voll mit Zimmerpflanzen, in deren Töpfen das Wasser bis zum Rand reicht. Genau so habe ich sie vor einer Woche stehen lassen. Nur dass sie jetzt nicht mehr vertrocknet aussehen, sondern verfault. Ich stelle die Einkaufstaschen auf den Boden und öffne den Kühlschrank. »Warum hast du nichts gesagt?«, rufe ich über die Schulter.

»Was denn?«

»Die Birne im Kühlschrank ist kaputt.«

»Ach, Kieran, das geht auch so.«

Ich drehe die Birne heraus, um eine neue zu bestellen. Dann räume ich alles raus, was nicht mehr essbar aussieht, und tausche es gegen frische Lebensmittel, die ich demnächst in dem gleichen erbärmlichen Zustand wegwerfen werde. »Das Einzige, was bei dir nicht schlecht wird, ist das Kaffeepulver«, rufe ich und höre schon ihre Schritte.

»Du musst mich nicht bemuttern.«

»Wer macht es dann?« Ich gebe ihr einen Kuss auf die Wange und sehe in der Abstellkammer nach. Das Altglas stapelt sich in zwei Einkaufstüten. »Ich nehme das gleich mit«, sage ich.

»Brauchst du nicht. Jetzt setz dich. Ich habe Kaffee gemacht.«

»Mama, ich trinke immer noch keinen Kaffee.«

»Dann mache ich dir Kakao.« Sie holt die gelbe Nesquik-Dose aus dem Schrank mit den Konserven, und ich lasse sie.

»Ich habe Tarek getroffen. Er lässt dich grüßen.«

»Was macht er jetzt?«

»Lagerist. Er sagt, es wäre ein guter Job. Ich habe gesagt, du studierst.«

Ich bleibe am Fenster stehen und blicke auf den Spielplatz vor der Tür, der von hier oben winzig aussieht. Als wir hierhergezogen sind, war ich schon zu alt für Spielplätze, aber ich habe an den Turnstangen meine ersten Klimmzüge gemacht. Damals war man hier entweder Kiffer oder Skater. Wer nichts davon war, gehörte nicht dazu.

»Tarek wollte immer ein Autohaus aufmachen. Am liebsten Porsche.«

»Das sind große Träume.«

»Findest du das groß? Autos verkaufen?« Ich sehe sie an und weiß, dass sie mir die Welt zu Füßen legen würde, wenn sie könnte.

»Das sind die Jungs vom Block. Du bist anders.«

Ich ziehe einen Stuhl zu mir heran und schlage mit der Handfläche gegen die Stelle, in der die Holzstifte in den Rahmen übergehen. »Das muss man wieder leimen.«

»Ach, lass doch.« Sie winkt ab und stellt mir meine Tasse hin. »Du hast genug zu tun mit der Uni.«

»Mama, das sind alles nur kleine Dinge. Aber wenn wir uns nicht darum kümmern, funktioniert hier irgendwann nichts mehr.«

Sie rührt in ihrem Kaffee, obwohl weder Milch noch Zucker drin sind. Sie sieht müde aus wie immer. »Wie läuft es denn?«

»Gut.«

Sie nickt.

Wir trinken zum Ticken der Küchenuhr.

»Wir könnten mal im Sozialkaufhaus vorbeigehen. Die haben immer Stühle da«, schlage ich vor.

»Für wen denn? Es kommt doch niemand her.«

»Wir sind hier.« Ich beuge mich noch ein wenig vor, um die Stuhllehne zu entlasten und ihr nicht endgültig den Gnadenstoß zu geben.

»Papa fand es immer so lächerlich, wenn Leute alle zehn Jahre neu tapeziert und neue Möbel gekauft haben. Weißt du noch die Pfeiffers von gegenüber? Alle paar Jahre gab's ein neues Wohnzimmer aus dem Möbelhaus. Papa hat immer gesagt, mit dem Geld könnte man die tollsten Reisen machen.«

»Hat er aber nicht.«

»Die wollte er machen, wenn er in Rente geht.«

»Ist er aber nicht.« Es tut mir leid in dem Moment, als ich es sage. Sie steht auf und schenkt sich noch eine Tasse von dem Filterkaffee ein. Ich könnte diese Küche mit verbundenen Augen zeichnen, weil sich in all den Jahren absolut nichts daran verändert hat.

»Ist dir klar, dass du schon vierzehn Jahre hier wohnst?« Es kommt mir immer noch vor, als wäre das alles noch gar nicht so lange her. Und gleichzeitig fühlt es sich an wie ein weit entferntes früheres Leben.

»Es sind dreizehn Jahre. Wir haben noch eine Zeit lang zu Hause gewohnt nach Papas …« Sie spricht nicht weiter.

Sie spricht diesen Satz nie zu Ende, auch nach all den Jahren nicht.

Die Stühle hat sie damals mit hierhergebracht. Genauso wie das riesige Büfett, das sie mit Papa beim Antiquitätenhändler gekauft hat.

»Das einzige Möbelstück, in das wir je investiert haben«, sagt sie oft. Mein Vater hat es auf dem Heimweg von der Arbeit gesehen und ist gleich am nächsten Samstag mit uns hingefahren. Ein paar Wochen ist er immer mal wieder dort gewesen und hat verhandelt, bis der Preis für ihn akzeptabel war. Das weiß ich nur, weil sie es immer wieder erzählt. Es ist eine Secondhand-Erinnerung wie die meisten.

Ich stehe wieder auf und schaue auf den Spielplatz. Das Kind ist weg, jetzt sind ein paar Jugendliche da. Das ist die Zeit des Tages, wo die Spielplätze den älteren Kindern gehören. Zum Musikhören, Blödsinnlabern, Kiffen und um sich gemeinsam zu langweilen. Ich habe nie dazugehört, aber ich gehörte auch nirgendwo anders mehr hin.

»Weißt du, wie die Siedlung in der Stadt genannt wird?«, frage ich meine Mutter, während ich weiter zum Fenster hinausschaue. »Hotel California.«

»Warum das denn?« Ich höre ihre schlurfenden Schritte, für die sich die Sohlen der Pantoffeln kaum vom Boden heben. Sie stellt sich neben mich und sieht auch hinaus, allerdings in den Himmel, nicht auf den Boden.

»Wegen der Songzeile von den Eagles: Du kannst jederzeit gehen, aber du kommst nie wirklich weg.«

4

Kursiv

»Ich glaube, er lebt.« Es ist die vierte oder fünfte Woche unseres Schwimmkurses. Wir haben eine Fahrgemeinschaft gegründet, nachdem Kierans alter Polo in die Werkstatt musste. An unseren Autos kann man besonders gut ablesen, wie unterschiedlich unsere Leben sind. Seins ist eine Ablage für Sportbekleidung und Uni-Unterlagen. Meins ist vollgepackt mit Kindersitzen und hat einen Bodensatz aus Brötchenkrümeln, Bonbonpapieren und Matschresten.

Nun rollt ihm ein halb ausgetrunkener, bräunlich verfärbter Smoothie mit Schimmeleinlage zwischen die Füße.

»Das ist Nicos Werk.« Er ist einer von denen, die vergessen, dass der Körper ab und zu auch mal etwas zu sich nehmen muss.

Als ich Kieran das erste Mal in meinem Wagen mitnahm, hatte ich mir noch die Mühe gemacht, die Spuren der Kinder zu beseitigen. Ich dachte, wenn sein erster Blick auf Comichefte und Süßkram-Papier fällt, macht mich das noch uninteressanter für ihn. Als wären neunzehn Jahre Altersunterschied und ein glänzender Ehering an meinem Finger nicht Trennlinie genug.

Inzwischen ist mein Auto wieder genauso ein rollendes Feuchtbiotop wie vorher. Er hebt die Glasflasche auf und begutachtet den verdorbenen Saft.

»Er spricht zu mir. Er mag Bukowski.«

»Endlich jemand!«, rufe ich aus. »Wie läuft es mit der Uni?« Ich kann es nicht lassen.

Er legt die Flasche zurück und sieht zum Fenster hinaus.

»Ich habe dir erzählt, dass ich nicht schwimmen kann. Du könntest mir ruhig auch etwas von dir verraten.«

Es dauert. Eine Ampelphase lang. Als sie auf Grün umspringt, sagt er: »Ich habe meine Bachelorarbeit nicht abgegeben. Zufrieden?«

»Was ist passiert?«

»Ich kann's nicht.«

»Was macht dich so sicher?« Er weicht meinem Blick immer noch aus.

»Keine Ahnung, ich weiß überhaupt nicht, wie das geht.«

»Ich könnte sie mir mal ansehen.«

Er lacht bitter. »Weil du Bukowski so magst?«

»Weil ich Lektorin bin.«

Jetzt habe ich seinen Blick. »Echt jetzt?«

Ich muss über seine plötzliche Ehrfurcht lachen. »Was dachtest du denn? Dass ich immer nur Hausfrau war?«

»Ja. Nein! Was weiß ich.«

»Na, schönen Dank auch.« Ich biege auf den Schwimmbad-Parkplatz ein und nehme die erstbeste Parklücke.

»Sorry, ist das eine Beleidigung?«

Ich stelle den Motor aus und lehne mich im Sitz zurück. Ich frage mich, ob er überhaupt jemals über mich nachgedacht hat, so wie ich ständig darüber nachdenke, was er wohl macht, wenn wir nicht zusammen sind.

»Wie viele Stunden haben wir noch?«, frage ich.

»Hast du schon genug von mir?« Er grinst. Natürlich grinst er. Für ihn ist das alles nur ein Spaß. Ein lukrativer noch dazu. Und was gehen mich schon seine Probleme in der Uni an.

»Nein. Ich habe noch nicht genug.«

Er kneift die Augen zusammen und sieht mich abschätzend an. »Ich denke, wir brauchen noch etwa vier Stunden. Streng dich an.«

Als wir uns das nächste Mal sehen, drückt er mir am Ende der Stunde einen USB-Stick in die Hand. »Sag nicht, ich hätte dich nicht gewarnt.«

—

Er ist ein guter Schreiber. Seine Ausführungen sind präzise und flüssig zu lesen. Seine Kommasetzung ist eine Katastrophe, und die Formatierung stimmt nicht. Das alles lässt sich relativ leicht beheben. Das Problem ist, dass es keine zusammenhängende Arbeit ist, sondern lediglich einzelne Kapitel, die nichts mit der üblichen Gliederung einer wissenschaftlichen Arbeit zu tun haben.

»Es ist nicht schlecht, aber es ist noch ziemlich unsortiert.«

»Es ist Schrott, kannst es ruhig sagen.«

»Ich würde dir sagen, wenn es so wäre, aber so schlimm ist es nicht. Hast du mit deiner Professorin über einen neuen Abgabetermin gesprochen?«

»Abgabe? Davon bin ich ja wohl weit entfernt.«

»Hast du mal in die Prüfungsordnung geguckt? Nicht dass du irgendeine Frist verpasst und nicht mehr zugelassen wirst.«

Er rutscht auf dem Stuhl nach vorn, beugt sich vor und fährt sich mit beiden Händen durch die Haare. »Was weiß ich. Ich weiß noch nicht mal, wo diese Scheiß-Studienordnung hängt.«

Ich lege die Arbeit auf den Tisch. »Warum studierst du?«

»Was?«

»Ich frage mich, wozu du das machst.« Ich tippe mit dem Finger auf die Seiten, die nun zwischen uns liegen.

»Keine Ahnung. Was wolltest du als Lektorin erreichen?«

Wir sitzen im Schwimmbadcafé. Vor mir steht ein Filterkaffee, der lauwarm nur noch bitter schmeckt. Vor ihm steht ein Glas Wasser, das er nicht angerührt hat. Sein Fuß wippt gegen das Tischbein und erzeugt Ringe auf der Wasseroberfläche. Im Kino würde das bedeuten, dass jetzt der spannende Teil beginnt.

»Die beste Geschichte«, sage ich und meine es.

Er lehnt sich zurück und verschränkt die Arme.

»Es gibt keinen guten Grund für das Studium. Ich weiß selbst nicht mehr, warum ich das angefangen habe.«

»Das glaube ich nicht.«

»Glaub, was du willst.« Da ist er also. Der wunde Punkt. Die Ferse des Achilles. Mein stolzer David hat eine schwache Stelle, und ich muss jetzt sehr vorsichtig sein, denn mich an seiner überirdischen Schönheit zu ergötzen ist die eine Sache. Aber seine menschlichen Makel zu kennen etwas ganz anderes.

»Ich will dir helfen«, sage ich wider besseres Wissen.

»Warum solltest du?«

»Warum bringst du mir Schwimmen bei?«

Er lacht bitter und sieht kopfschüttelnd ins Nichts hinter meiner Schulter. »Keine Ahnung. Weil ich es kann.«

»Siehst du.« Ich lege eine Hand auf den Stapel Papier zwischen uns. »Und ich kann das.«

Wir lassen die Schwimmtaschen unter dem Tisch stehen und gehen nicht mehr Richtung Umkleidekabinen. Wir gehen immer wieder seine Unterlagen durch, sortieren, gliedern, fassen zusammen, bis wir ein Gerüst gebaut haben, an dem er sich entlanghangeln kann.

Ich schiebe ihm den Stapel über den Tisch zu, der jetzt mit Post-its beklebt und neu sortiert ist.

»Du bist echt gut«, sagt er.

Ich lächle. Die alten Reflexe, sie greifen noch.

»Warum arbeitest du nicht?«

Seine Frage kommt aus dem Nichts und reißt meine zurückgewonnene Selbstzufriedenheit gleich wieder ein.

»Ich habe drei Kinder«, antworte ich vorwurfsvoll und erwarte Einsicht von einem, der gar nicht wissen kann, was das bedeutet.

»Klar. Ich dachte nur, dass dir dein Job vielleicht fehlt.«

Mein Blick wandert über die Menschen, die an einem Mittwochvormittag in diesem Café sitzen. Sie sind fast alle deutlich älter oder haben kleine Kinder. Mein Jüngster ist fünf. Ich sollte längst nicht mehr hier sitzen zu dieser Zeit. »Wir haben abgemacht, dass ich zu Hause bleibe, bis Nico in die Schule kommt.« Ich erwarte nicht, dass er das versteht. Er nickt und dreht wieder das Glas zwischen den Fingern.

»Was machen deine Eltern?«

»Meine Mutter ist Schneiderin, und mein Vater war Pharma-Referent.«

»War?«

»Er ist gestorben, als ich zehn war.« Etwas in mir verschiebt sich. Das ist es also. Die Kerbe, die Narbe, der wunde Punkt. Aus dem Helden wird vor meinen Augen ein Junge, der zu früh verlassen wurde. Ruhig, mein Herz. Nicht überlaufen. »Das tut mir leid«, sage ich schwach.

»Ich erinnere mich kaum an ihn. Ist das nicht komisch? Ich meine, ich war zehn und nicht drei.«

»Woran ist er gestorben?«

»Der moderne Heldentod. Tod durch Arbeit.«

—

Ich stehe in der Küche und sehe dabei zu, wie der Schaum zwischen meinen Fingern hervorquillt. Das Putzwasser zieht eine Glanzschicht über meine Finger. Aspik, das ist es. Ich bin wie eingelegt in Aspik. Alles glänzt, alles ist hübsch ordentlich und bunt, aber nichts ist mehr beweglich. Alles ist erstarrt.

»Mama? Mama!« Der Ton wird in meinen Kopf eingezoomt, und ich realisiere nur langsam, dass er schon länger da ist.

»Was ist, Mia?«

»Kann ich jetzt an den Kühlschrank?«

»Sicher, entschuldige.« Ich trete zur Seite und gebe den halb ausgeräumten Kühlschrank frei, den ich eigentlich auswischen wollte. Nein, ich gebe den halb ausgeräumten Kühlschrank frei, an dessen Rückwand vergilbte Rucolablätter kleben und ein Joghurt vor sich hin schimmelt. Ich muss den Kühlschrank auswischen, will es aber nicht. Das Einzige, was ich in dieser Küche machen will, ist essen. So wie jeder andere in diesem Haus auch. Manchmal frage ich mich wirklich, ob hier irgendjemand glaubt, dass ich diesen Job aus Überzeugung oder – Gott bewahre – mit Begeisterung mache. Doch dann fällt mir ein, dass ich mich niemals gefragt habe, ob meine eigene Mutter dieses ganze Kochen, Waschen, Ordnunghalten gern gemacht hat. Ich bin einfach davon ausgegangen.

»Mann, wir haben immer noch keinen Quark. Mama, ich habe es dir schon dreimal gesagt.«

»Wenn es so dringend ist, dann geh halt nach der Schule im Supermarkt vorbei. Liegt auf dem Weg.«

Wie bringt man Kindern bei, selbstständig zu werden? In meiner Erinnerung habe ich einfach irgendwann meinen eigenen Kram erledigt, ohne dass es mir jemand erklären musste. So wie ich irgendwann meine Wäsche selbst gewaschen und mein Zimmer selbst geputzt habe. Aber vielleicht ging ein jahrelanger Kampf meiner Mutter voraus, und ich weiß es einfach nicht mehr.

Ich habe erschreckend wenig Erinnerungen an die Zeit zu Hause. Als ich selbst Mutter wurde, fielen mir all die kleinen Dinge ein, die ich anders machen wollte. Aber Szenen mit meiner Mutter im Alltag, wie ich mit ihr in der Küche stehe und koche oder die Erlebnisse des Tages bespreche, wie wir zusammen Mittag essen oder sie meine Hausaufgaben kontrolliert, das alles ist nicht in meinem Kopf, obwohl es so viele Jahre mein Leben war. Heute weiß ich, dass Mütter unsichtbar werden. Dass wir ihre alltäglichen Leistungen vergessen, so wie wir vergessen, dass wir uns jeden Tag unseres Lebens die Zähne geputzt und die Haare gekämmt haben. Und wenn wir dann selbst Kinder haben, stellen wir entsetzt fest, wie viel Mühe das alles kostet.

»Wie siehst du überhaupt aus?« Mia mustert mich mit einer hochgezogenen Oberlippe.

»Was denn?«, frage ich beiläufig.

»Das da!« Sie zeigt auf das weiße Rippen-Tanktop, das ich zu einer hellblauen Mom-Jeans trage. Mein erstes modernes Outfit seit Jahren, und dann ausgerechnet Mom-Jeans. Welch eine Ironie!

»Gefiel mir einfach«, sage ich und denke daran, wie lange mein Finger über dem Bestellen-Button gezittert hat, weil ich immer schon ein weißes Tanktop zu hellblauer Jeans tragen wollte, selbst mit sechzehn schon, aber immer dachte, dass ich irgendwann mal eine bessere Figur für den Look haben würde. *Besser wird's nicht,* denke ich jetzt. Daran ist der Schwimmlehrer schuld.

»Siehst komisch darin aus.«

»Was soll das heißen?«

»Weiß nicht. Wie so 'ne Hipster-Mom halt.«

»Ach, und nach was für einer Mom sehe ich sonst aus?«

»Keine Ahnung. Ich denk nicht so viel über dich nach.«

»Aber mich anmeckern, weil ich nicht rund um die Uhr an deinen Quark denke.«

Mia schüttelt den Orangensaft und zieht die Stirn kraus. Sie trinkt direkt aus der Tüte, obwohl ich vor ihr stehe.

»Mia!«

»Ja, ja, schon gut.«

Ich schiebe ihr ein Glas hin, und sie schafft es, sich gleichzeitig einzuschenken und die Augen zu verdrehen.

»Mama, kann Marvin zu mir kommen?« Nico springt mir direkt vor die Füße und greift nach meiner Hand, um sicherzugehen, dass ich ihm augenblicklich meine gesamte Aufmerksamkeit schenke.

»Ich bin weg«, ruft Mia schnell und schiebt sich an uns vorbei Richtung Flur.

»Moment mal, wo geht's denn hin?«

»Mamaaaa!« Nico zieht an meiner Hand.

»Moment! Mia, ich will wissen, wo du hingehst.« Ich recke den Kopf Richtung Flur, wo sie schon die Jacke anzieht.

»Ich geh mal eben zu Rufus rüber.«

»Rufus wohnt am anderen Ende des Viertels.«

»Na und? Ich war schon öfter da.«

»Lässt seine Mutter euch allein aufs Zimmer?«

Mia verdreht die Augen und lässt die Tür zufallen. Ich muss wirklich dieses Aufklärungsgespräch mit ihr führen.

»Mamamamama.« Nicos Stimme schraubt sich wie ein Bohrer in meinen Kopf und drängt die anderen Gedanken weg. »Marvin war letzte Woche schon zweimal da, Nico«, argumentiere ich schwach.

»Ich will meinen Freund sehen!«

Ich gehe im Kopf den Rest des Tages durch. Heute Abend ist Schultütenbasteln in der Kita. Das heißt, ich muss besonders früh das Abendessen auf dem Tisch haben, damit es zeitlich nicht zu knapp wird. Lana schreibt mal wieder einen Vokabeltest, und ich habe ihr versprochen, sie abzuhören.

Außerdem darf ich nicht vergessen, später ihre Sportsachen aus dem Trockner zu holen. Die braucht sie morgen. Ich will in den Flur gehen und mir einen Post-it-Zettel schreiben, damit ich es auf keinen Fall vergesse.

»Mama!« Nico zieht mich am Ärmel.

»Lass mich los, Nico. Ich bin gleich wieder da.«

»Marvin!«

»Nein! Das wird mir heute zu viel.«

»Manno!« Nico poltert die Treppe hoch, und das Nächste, was ich höre, ist seine Zimmertür, die mit einem lauten Knall ins Schloss fällt. Ich frage mich, ob ich Mia später schnell mit dem Auto bei Rufus abholen sollte. Vielleicht kann ich kurz mit der Mutter ein Gespräch führen. Nein, das würde mir Mia nie verzeihen. Sie hat mir ja noch nicht einmal erzählt, dass sie mit ihm zusammen ist. Vielleicht sind sie wirklich nur Freunde. Und wenn nicht, wie ist man mit zwölf zusammen? Händchen haltend oder schon knutschend?

Ich blicke auf meine Hände und merke, dass ich den Schaum gar nicht abgewaschen habe. Der Kühlschrank steht immer noch auf. Ich räume die ausgeräumten Sachen wieder ein und schütte das Putzwasser in den Ausguss. Irgendwann werden sie alle aus dem Haus sein. Irgendwann wird es hier ruhiger sein, als mir lieb ist. Irgendwann werde ich den ganzen Tag Zeit haben, nach Zahlen zu malen und meine gegen die Einsamkeit angeschaffte Katze zu streicheln, und dann werde ich mit mir schimpfen, dass ich diesen wilden Ritt nicht lockerer genommen habe. Irgendwann.

Ich will gerade zu Lana hochgehen, als es an der Tür klingelt.

»Hast du was kalt?«

Wenn Nina nachmittags an meiner Tür klingelt, um zu fragen, ob ich was kalt habe, meint sie Weißwein.

»Lennard hat Justus eben ein Büschel Haare ausgerissen. Ein Büschel Haare! Ich lebe unter Tieren«, sagt sie, während sie sich an mir vorbei in den Flur schiebt.

Nina hat zwei Teenie-Söhne, die sich nicht ausstehen können. Wenn sie nicht streiten, versuchen sie, sich gegenseitig mit Noten, Sportergebnissen oder der Anzahl ihrer Freunde auszustechen. Ihr Wettbewerb, wer morgens als Erster fertig ist, ging so weit, dass Nina neulich Justus vollkommen bekleidet im Bett vorgefunden hat. Mit Schuhen!

Ich habe keinen Weißwein kalt, aber ich schenke ihr einen von den teuren Bränden ein, die Ralf jedes Jahr zu Weihnachten geschenkt bekommt. Ich öffne die Terrassentür und biete ihr einen Platz auf einem der Gartenstühle an. Zehn Minuten müssten drin sein.

»Hast du schon die Neuigkeit der Woche gehört?« Nina schlägt die Beine übereinander und schiebt sich eine Strähne ihres blonden Bobs hinter die Ohren. Sie ist sechs Jahre älter als ich, und solange ich sie kenne, trägt sie Steppwesten von Barbour und Hosen zu Stiefeln. Ich war mir immer sicher, dass Nina ihre Freizeit auf einem Pferdehof verbringt, bis ich sie irgendwann gefragt habe, ob sie ein eigenes Pferd hat, und schallendes Gelächter geerntet habe. »Du glaubst doch nicht, dass ich mich in meiner Freizeit auch noch um jemanden kümmere?«, hat sie gesagt, und ich fand ihre Antwort einleuchtend.

»Hedi hat ihren Mann sitzen gelassen.«

»Wer?«

»Na, Hedi, die Handball-Hedi.«

Mich durchzuckt ein Gedanke wie ein Blitz. Lanas Handball-Camp in den Herbstferien muss dringend bezahlt werden. Wenn sie den Platz doch nicht bekommt, ist bei uns zwei Wochen lang die Hölle los.

»Ah, du weißt, wen ich meine«, sagt Nina triumphierend. »Stell dir vor, die Kinder bleiben bei ihm.«

»Ach.«

Sie nimmt einen winzigen Schluck von dem Brand und schließt kurz die Augen. »Hab's von der Metzger-Mareike. Das ganze Dorf spricht drüber.«

»Was sagt das Dorf?«

»Na, was wohl, dass man schon eine verdammt schlechte Mutter sein muss, um seine Kinder herzugeben.«

»Oder eine verdammt ausgelaugte.« Ich blicke in den Garten. Auf den Wegen muss Unkraut gezupft werden, aber wenigstens ist der Sommer vorbei, dann fällt die Bewässerung weg.

»Schätzchen, wir sind alle ausgelaugt. Geben wir auf? Nein.« Sie kippt den Rest des Alkohols runter und verzieht nicht einmal das Gesicht dabei.

»Mama?« Lana taucht an der Terrassentür auf. »Nico hat sich wieder die Switch mit aufs Zimmer genommen.«

Ich stehe auf, obwohl mich alles nach unten zieht. Nina blickt gen Himmel. Es ist als mitfühlende Geste gemeint.

»Nico!«, rufe ich schon auf der Treppe. Ich stoße ohne Vorwarnung die Tür auf, stürme auf sein Bett zu und reiße ihm die Spielekonsole aus der Hand.

»Wir haben abgemacht, dass das Ding nicht mit aufs Zimmer kommt. Du hast es mir in die Hand versprochen!«

»Ja, da wusste ich aber noch nicht, dass du mir keine Freunde erlaubst.«

»Nico, das ist unfair!« Die Wut kribbelt in meinem Kiefer und kriecht meinen Nacken hoch. Immer und immer wieder stehe ich hier, immer und immer wieder findet er nichts dabei, dass er sein Versprechen gebrochen hat. Nur die Ausreden variieren.

»Dass Marvin nicht kommen darf, ist auch unfair!«

Ich presse die Zähne aufeinander, bis es wehtut.

»Die ist jetzt erst mal weg.« Ich würde die verdammte Konsole am liebsten in die Ecke feuern und darauf rumtrampeln, damit dieser Machtkampf ein für alle Mal ein Ende hat. Hätte ich geahnt, wie viel Lebenszeit ich damit verbringen würde, mit meinem Sohn über den angemessenen Umgang mit Elektrogeräten zu streiten, ich hätte … ja, was eigentlich?

Nico stößt ein gewaltiges Kampfgebrüll aus und wirft seine Stofftiere aus dem Bett. Eins trifft mich am Kopf.

»Es reicht jetzt!«

»Geh doch!«

Ich stürme aus dem Zimmer und werfe die Tür hinter mir zu.

»Er ist so ätzend«, sagt Lana, die auf dem Flur in ihrer Zimmertür lehnt. »Kannst du jetzt mit mir Vokabeln machen?«

Ich spüre, wie mein Kiefer verkrampft und das Blut in meinen Ohren rauscht. Ich presse erneut die Zähne aufeinander, als wollte ich sie zu Staub zermahlen, und spüre die Wut auf meiner Haut wie eine Kruste. Es fühlt sich an, als gäbe es ein Reservoir von Wut und Erschöpfung in mir, das immer mit einem Grundpegel gefüllt ist. Je älter ich werde, desto weniger muss zufließen, damit ich überkoche.

»Gleich. Nina ist unten.« Ich beachte ihr genervtes Grunzen nicht weiter, zucke nicht mehr, als ihre Tür ins Schloss knallt, und gehe direkt bis zu dem kleinen Beistelltisch mit den Flaschen im Esszimmer. Ich schenke mir irgendetwas Goldfarbenes ein und beherrsche mich gerade noch, den ersten Schluck direkt an der Bar zu nehmen. Die Hausbar als Erste-Hilfe-Maßnahme. Ich benehme mich wie in meinem eigenen Doris-Day-Film.

»Jeder Tag ein Marathon. Wir rennen und rennen. Wusstest du, dass das indische Hopi-Zeichen für Mutterschaft aussieht wie ein Labyrinth?«, meint Nina, die noch immer unverändert in der Sonne sitzt.

»Was mache ich, wenn mir irgendwann die Puste ausgeht?«

Ninas Gesicht bleibt regungslos. »Das, was wir immer machen: weiter.«

Ich rutsche auf dem Stuhl nach unten, um einen kleinen Moment lang in das Blau des Himmels zu schauen. Wenn Ralf jetzt nach Hause käme, dann würde er denken, dass wir hier einfach nett beisammensitzen und die Seele baumeln lassen.

5
Glashaus

Es gibt genau einen Grund, warum man in der Welt da draußen den Namen dieses Dorfes kennt, und das sind die Staunachrichten. »Man kommt schnell hin und ist schnell wieder weg«, sagt man hier und findet das gut.

Seit der Job im Supermarkt ausgelaufen ist, arbeite ich an der letzten Tankstelle vor der Autobahn. Kaum zu fassen, was die Leute alles an der Tanke kaufen und wann ihnen einfällt, dass sie es brauchen. Ich übernehme meistens die Spätschichten, deshalb habe ich den Job überhaupt bekommen. Um zehn mache ich den Laden dicht, dann gibt's hier kein Benzin mehr. Das kann man auch nur am Arsch der Welt machen.

Die Uhr über der elektrischen Tür hat so dünne Striche, dass ich sie von der Kasse aus kaum erkennen kann. Gegen acht müsste es jetzt sein. Die letzten zwei Stunden ziehen sich wie Kaugummi, es sei denn, in der nächstgrößeren Stadt ist was los. Dann wollen mal wieder alle weg. Heute ist es wie ausgestorben. Es ist Samstag, aber ein Samstag im Winter, und der Supermarkt hat noch auf.

Ich bin trotzdem nicht begeistert, als ich das Auto von Ferhat auf die Tankstelle zufahren sehe. Ronja steigt als Erste aus und sieht im Dunkeln mit ihrem blassen Gesicht zwischen pechschwarzen Klamotten aus wie ein Geist.

»Scheiße, ist das verfickt kalt.« Ronjas Bomberjacke reicht ihr bis zum Bauchnabel, und die hautengen Leggings zählen kaum als Kleidung.

»Zieh dir halt mal was an.«

»Hab ich doch.« Sie dreht sich um und haut sich auf den Hintern. »Macht'n geilen Arsch, was?« Sie kommt an die Kasse und geht die Schokoriegel durch.

»Denk nicht mal dran.«

Sie wirft mir einen Blick zu, den ich unter dem ganzen Schwarz um ihre Augen nur erahnen kann. Aber ich weiß auch so, was sie denkt. Sie glaubt, dass es dem Tankstellenbesitzer nicht wehtut, wenn mal zwei Schokoriegel fehlen. Dass ich den Kram am Ende bezahle, um meinen Job zu retten, darauf kommt sie nicht.

»Was machst du eigentlich hier?«

»Was'n das für 'ne Frage? Ich besuche meinen Sandkastenfreund.«

»Ihr könnt hier nicht ewig abhängen.« Ich deute zu der Kamera, die hinter mir an der Wand hängt.

Sie kommt um die Theke rum und stellt sich direkt vor mich, in den toten Winkel. Ihre Hand wandert in meinen Schritt und fasst zu. »Hallo, Großer.«

»Du bist bekifft.«

»Ich könnte dir einen blasen.«

Ich lache, weil ich weiß, dass sie es wirklich tun würde.

»Komm schon, sei mal jung und wild, Kieran.«

»Du kiffst zu viel. Außerdem brauche ich den Job hier.«

Sie zieht eine Schnute und lässt gespielt dramatisch die Schultern hängen.

»Was ist mit Ferhat?« Ich deute zu dem Auto vor der elektrischen Tür.

»Dein allerliebster Mitbewohner telefoniert. Der will wissen, wo heute noch was geht.«

»Müsstest du nicht arbeiten?«

Sie läuft Richtung Kühlschrank und lässt ihre Hände flattern, als wären es Vögel.

»Schon wieder geschmissen?«

»Ich lass mich nicht von irgendwelchen Deppen am Telefon beschimpfen, die ihren Scheiß-Handyvertrag nicht richtig gelesen haben.«

Sie kommt zurück, und ich öffne ihr die Flasche Cola, die sie mir über den Tresen reicht.

»Und jetzt?«, frage ich.

Ich kenne Ronja ihr halbes Leben lang und habe noch nie erlebt, dass sie sich für etwas wirklich begeistert hat. Ich frage mich manchmal, zu was sie imstande wäre, wenn sie sich mal ein bisschen Mühe geben würde. Schließlich kann sie sehr hartnäckig sein, wenn sie etwas unbedingt will.

Sie nimmt einen tiefen Schluck und zuckt mit den Schultern. »Ich gehe wieder in die Spielothek. Die Typen lassen mich wenigstens in Ruhe.«

»Du hattest keinen Bock mehr auf die Freaks. Außerdem reicht das nicht für die Miete.«

»Keine Ahnung, du Schisser. Geht immer weiter. Vielleicht frag ich Mutti.«

Ronjas Mutter kommt selbst kaum klar und kriegt ihre eigene Miete vom Amt. Das haben die meisten Kinder aus dem Hotel California gemeinsam: Wenn es mal nicht läuft, gibt's keinen, zu dem man gehen kann. Es sei denn, man gibt sich die Blöße und geht zum Amt. Ronja ist nicht so eine. Die schlägt sich allein durch. Mal besser, mal schlechter.

Die Elektrotüren gehen auf. Auftritt für Ferhat, der mal wieder aussieht, als hätte er drei Nächte lang nicht geschlafen. Was vermutlich stimmt. »Bin da, die Party kann losgehen.«

»Du siehst völlig fertig aus«, sage ich zur Begrüßung.

»Im Gegensatz zu euch gibt es noch Menschen aus der echt arbeitenden Bevölkerung. Vierundzwanzig-Stunden-Schicht. Ein Besoffener, eine hilflose Oma, eine Schlägerei und ein Typ, der einfach mal so die Sanis ruft, weil er vergessen hat, welche Pillen er nehmen soll.«

»Hast du geschlafen?«, frage ich.

»Ich schlafe, wenn ich tot bin, Mann. Jetzt ist Wochenende.«

Ich habe keine Ahnung, wie Ferhat es geschafft hat, diese Ausbildung zum Rettungssanitäter zu überstehen, und wie er es schafft, jedes Mal pünktlich zu seiner Schicht zu erscheinen. Es scheint ihm etwas zu geben, anderen zu helfen. Auch wenn er glaubt, dass die meisten seine Hilfe nicht verdient haben.

Auf jeden Fall bestätigt er, dass gerade die am ungesündesten leben, die sich um die Gesundheit anderer kümmern. Ferhat stellt seinen Rucksack ab und zieht eine Tabaktüte heraus. »Jetzt machen wir erst mal einen auf ganz gemütlich.«

Ronja zeigt auf den Beutel. »Ich hoffe, da ist mehr drin als Tabak.«

»Na logo. Und du ziehst auch mal, Kieran. Deine Laune ist in letzter Zeit echt übel.« Ferhat rollt das Tabakpapier zwischen den Fingern und redet weiter, während er es anleckt. »Echt, Mann, dieses Studium zieht dich total runter.«

Ronja rammt ihm den Ellbogen in die Seite. »Hey, hey, lass mal unseren Einstein. Der ist nicht so'n Gettokid wie wir.«

Ich war elf, als ich ins Hotel California gezogen bin. Ronja zieht mich immer noch damit auf, dass ich damals nichts von ihnen wissen wollte. Sie weiß, warum.

Ronjas Vater war schon vor ihrer Geburt weg. Ihre Mutter wohnt Tür an Tür mit Ronjas Tante und Oma. Diese Wohntürme sind ihre ganze Welt. Ferhat ist so ähnlich wie ich. Sein Vater ist mit seinem Geschäft baden gegangen, als Ferhat klein war. Die Schulden zahlt der Vater bis heute ab. Er hat auch nicht immer in den Hochhäusern gewohnt, aber er war jünger, als er kam. Er erinnert sich nicht, wie es ist, wenn man aus der Haustür direkt auf die Straße geht.

»Kommt, Leute, helft mir mal, die Getränke aufzufüllen. Danach könnt ihr euch meinetwegen die Birne wegballern.«

Ferhat wirft die Selbstgedrehte zurück in den Tabakbeutel. »Nix wegballern, wir gehen heute noch raus. Ich muss was erleben in diesem Scheißkaff. Sonst laufe ich Amok.«

6
Erwachsen

»Kommt schon, Mädels. Wann macht hier schon mal ein neuer Laden auf?«

Es ist immer Mareike, die noch weiterziehen will. Ohne sie wären wir einfach beim Griechen sitzen geblieben. Jeder hätte noch zwei Ouzo aufs Haus getrunken, und die Hälfte wäre danach trotzdem Auto gefahren, weil wir doch gut gegessen haben. Aber Mareike will unbedingt weiter in die neue Bar, und wir gehen alle mit, weil keine die Spaßverderberin sein will und als Alternative nur Netflix wartet.

»Wenigstens gibt's Cocktails. Von Ouzo wird mir schlecht«, sagt Anne. Wir sind fünf Frauen Mitte vierzig und steuern auf die Cocktailbar mit den Kunstpalmen zu, aus der die Musik schon von Weitem zu laut ist. Eine neue Bar ist eine große Sache in unserer kleinen Stadt. Es gibt hier genau eine Hauptstraße, die bezeichnenderweise eine Einbahnstraße ist und an der sich alles aufreiht, was hier als Nahversorgung durchgeht. Es fängt unten mit der Eisdiele an und hört oben mit Supermarkt und Sparkasse auf. Dazwischen gibt es einen Schreibwarenladen mit Post, einen Geschenkeladen mit wechselnden Besitzerinnen, ein Reisebüro, einen türkischen Gemüseladen, ein inhabergeführtes Elektrogeschäft, einen *Ernsting's family* und drei Kneipen. Das gesamte Stadtleben spielt sich an dieser Einbahnstraße ab. Und jetzt ist eben aus einer Eckkneipe namens *Rauchfang* eine Bar namens *Calypso* geworden, und wo früher ein Standaschenbecher vor der Tür aufgestellt war, steht jetzt eine Kunstpalme. Wer sagt, dass man sich immer zweimal im Leben trifft, war noch nie in einer Kleinstadt.

Mareike wählt den ersten Tisch, der gerade frei wird. Natürlich in der Mitte des Ladens. »Ich nehme irgendwas Perverses. Piña colada oder so«, sagt Anne.

»Das Zeug habe ich mit zwanzig getrunken«, meint Pilar.

»Deswegen ja.« Anne stellt ihre Handtasche auf den Tisch und checkt ihr Handy. »Wenn er nichts schreibt, ist alles gut.« Ihre Kinder sind jünger als unsere.

Ich überlege, ab wann ich mich verabschieden kann, ohne negativ aufzufallen. Diese Melancholie über meine Jugend macht mich fertig, und ich habe noch keinen Modus Operandi für mein Postpartum-Ich gefunden. Wenn ich daran denke, mal so richtig feiern zu gehen, die Nacht durchzumachen, steil zu gehen, dann habe ich nur zwanzig Jahre alte Schablonen, die nicht passen. Ich weiß noch ganz genau, wie es sich damals angefühlt hat, wenn die Nacht begann. Es war ein Gefühl, als müsste man nur die Hände ausstrecken und sich nehmen, was man will. Wenn ich darüber nachdenke, fällt mir überhaupt kein Grund ein, warum es sich lohnt, erwachsen zu sein. Piña colada am Mitteltisch ist definitiv keiner.

Er betritt die Bar, kurz nachdem die Tanzerei angefangen hat. Ich lehne mit dem Rücken an der Theke und warte auf meinen Mojito. Es soll mein letzter Drink für heute Nacht werden, aber dann kommt er. David, Dreamboy, Kieran. Der Mann, der mir die Sinne vernebelt und die Nächte versüßt und der mir Schwimmen beibringt, während ich versuche, nicht in seinen Ozeanaugen zu ertrinken.

Ich halte die Luft an, und als sein Blick durch die Bar zu schweifen beginnt, dauert es eine halbe Ewigkeit, bis der an mir hängen bleibt. Ich stehe im blau-violetten Lichtschein und kann mich nicht bewegen. Ich kann nichts tun, außer ihn anzusehen. Es ist so unwirklich, sein Gesicht in dem blauen Licht so statuenhaft, dass ich mir keine Mühe gebe, zu verbergen, was ich über ihn denke.

Der Blick dauert eine sekundenlange Ewigkeit. Dann schiebt sich ein blonder Pferdeschwanz zwischen uns und verdeckt sein Gesicht. Sie redet mit ihm, das erkenne ich an dem wippenden Haar. Dann schlingen sich ihre Arme um seinen Hals, und seine Hand taucht auf ihrem Rücken auf.

Plötzlich ist alles still, nichts bewegt sich mehr. Die Musik ist aus, ich stehe allein an der Bar, und der Regisseur hat *Cut* gerufen. Der Film in meinem Kopf reißt. Ich habe nie darüber nachgedacht, wie es wäre, ihn mit einer Freundin zu sehen. Ich habe nie eine andere Frau an seiner Seite gesehen als mich.

Ich nehme meinen Mojito und gehe zurück zum Tisch, verschwinde in der Masse und hoffe, dass mich der Scheinwerfer nicht mehr trifft. Ich will mich auflösen, untergehen im blauen Licht, ich trinke den Mojito in großen Schlucken und verabschiede mich knapp.

Die kalte Nachtluft tut so gut, dass ich mir einbilde, sie könnte mich wieder nüchtern machen. Ich laufe auf die Stelle mit der Taxisäule zu, und dann sehe ich sie an der Straßenecke. Er lehnt an einer Ziegelfassade, ihr Körper ist auf seinen gepresst. Sie küssen sich. Sie küssen sich, wie zwei Menschen eben küssen, wenn sie jung sind und Sex noch nicht dazu da ist, um Familien zu gründen oder Ehen zu retten. Seine Hand gleitet unter ihr T-Shirt. Ganz sicher seufzt sie dabei in seinen halb geöffneten Mund. Ich kann nicht wegsehen. Und ich kann nicht anders, als in einer Endlosschleife zu denken: *Mich wird niemand mehr so küssen.*

Ich drehe mich weg und laufe in die entgegengesetzte Richtung davon. Ich laufe eine Stunde durch die Nacht, durch den Tunnel in meinem Kopf, anstatt an ihnen vorbei zum Taxiruf zu gehen und mich in zehn Minuten nach Hause fahren zu lassen. Mein Slip reibt in meinem Schritt. Ich bekomme meine Tage. Das ist alles, was vom Frausein übrig geblieben ist.

—

Wir sind inzwischen beim selbstständigen Schwimmen mit einem Schwimmgürtel angekommen. Ich treibe wie eine Boje an der Oberfläche und komme mir lächerlich vor. Die ganze Zeit schon triezt er mich, sagt grinsend permanent Gemeinheiten und freut sich, wenn ich mich ärgere. Das Becken wird immer kleiner, und erstmals wünschte ich, er würde mir nicht zu nahe kommen.

»Arme lang, Körperspannung!« Er will mich anschieben mit seinen Worten, aber heute prasseln sie auf mich herab und beschweren mich. Ich will mich langmachen, drücke den Rücken durch und merke doch nur, wie mein Hintern nach unten geht.

»Gerade Linie im Wasser. Du kannst das doch!« Wieder seine Antreiberstimme. Ich blicke stur nach vorn, Hitze im Gesicht, Zähne aufeinandergebissen, bis es wehtut. Ich hasse Schwimmen. Ich weiß überhaupt nicht, was ich hier tue.

Zwei Grazien betreten das Becken. Sie sind mir gleich aufgefallen, als sie von den Damenduschen kamen. Sie haben mich nicht gesehen, aber ihn. Ihr Kichern, ihre Blicke, ihr Zusteuern auf uns. Zuerst hatte ich Angst, dass sie über mich lachen. Aber sie sehen die Boje gar nicht, die durchs Wasser dümpelt. Sie sehen nur den Leuchtturm, der neben ihr steht. Noch hat er sie nicht bemerkt, aber es ist nur noch eine Frage der Zeit.

»Du magst den Gürtel nicht? Gut, dann gib dir Mühe, damit du ihn loswirst«, sagt er, und ich würdige ihn keines Blickes. Denn wenn ich ihn ansehe, sehe ich ihn mit ihr, wie seine Hand unter ihr T-Shirt fährt. In meinem Kopf blitzen Bilder auf. Immer wieder sehe ich im Stratolicht, wie er sie küsst. Zwischendurch ersetzt mein Gehirn das Pferdeschwanz-Mädchen mit mir, was noch unangenehmer ist. Die Grazien kommen uns auf der Gegenbahn entgegen. Blicke wie Angelhaken, die sie nach ihm auswerfen. Sie sind vielleicht siebzehn, ein paar lächerliche Jahre älter als Mia.

»Ich gebe mir Mühe!«, zische ich.

»Davon merke ich aber nichts. Los, mach schon, wir sind nicht zum Spaß hier.«

Das ist mein Stichwort. Ich bleibe mitten im Becken stehen. Er hat recht. Er ist nicht zum Spaß hier. Er ist hier, weil er dafür bezahlt wird. Er bekommt Geld dafür, dass er Zeit für mich opfert. Das er dann dafür ausgeben kann, um die Dinge zu tun, die er wirklich tun will. Zum Beispiel blonde Pferdeschwanz-Mädchen küssen. Ich lasse ihn stehen und wate mit diesem scheußlichen Gürtel zur nächsten Leiter wie eine Ente.

»Was soll das?«, ruft er mir hinterher.

Ja, was soll das? Was zur Hölle tue ich hier? Die frustrierte Hausfrau, die von ihrem Dreamboy träumt, weil sie ihrer ach so verlorenen Jugend hinterherheult. Und er lacht sich wahrscheinlich kaputt über meinen neuen Bikini und die verzweifelten Versuche, interessant für ihn zu sein, und denkt an die Blonde, die er demnächst wiedersieht. Ich bin das, was ich nie sein wollte: eine alternde weiße Frau, mein eigenes Klischee, eine alberne Parodie. Ich drehe mich zu ihm um und schleudere ihm meine Worte entgegen: »Na, was wohl? Alles hinschmeißen! Müsstest du doch kennen.«

Ich klettere aus dem Becken, schäle mich würdelos aus dem Gürtel, spüre die Wassertropfen über mein Gesicht rinnen und weiß nicht, ob es noch Schwimmbadwasser oder schon Tränen sind.

Abends schreibe ich ihm eine Nachricht.

Ich habe es mir anders überlegt. Ich brauche keinen Freischwimmer. Danke für Deine Mühe.

Mach's gut

A

Danach blockiere ich seine Nummer.

—

Den gesamten Nachmittag habe ich mit den Kindern auf der Kirmes verbracht. Nico hat sein komplettes Taschengeld für Lose ausgegeben und die gesamte Heimfahrt über geweint, weil er dafür nur ein explodiertes Plüschküken in Neongrün bekommen hat. Mia war wütend, weil ein paar ihrer Freunde noch bleiben durften, und Lana wollte von Anfang an nicht mit. Es war ein Ausflug, der gut gemeint war und schlecht gelaufen ist. Nichts Neues.

Ich bin nicht gerade begeistert, als ich abends erneut zwischen Fahrgeschäften stehe und mit Neunzigerjahre-Eurodance zugedröhnt werde, aber es ist Mareikes Geburtstag und nun mal ihr Wunsch, dass wir alle Autoscooter fahren und am Bierstand versacken.

In den vergangenen Jahren hat mich ein paar Mal bleierne Schwere gepackt, die mich wochenlang runterdrückte. Manchmal kehrt sie mit Wucht zurück. So ist es auch jetzt, seit ein paar Tagen schon. Ich bewege mich wie durch Wasser, jede Regung ist gebremst. Abends falle ich erschöpft auf die Couch, unfähig, mich mit schönen Dingen zu beschäftigen. Hätte ich nicht Mareikes Geschenk besorgt, dann hätte ich eine Möglichkeit gefunden, diesen Abend zu schwänzen.

Als ich ihn sehe, steht er am Süßigkeitenstand und sieht mich direkt an. Es sind seine Haare, diese hellbraune Unordnung, nicht gelockt und nicht glatt, die mir als Erstes auffallen. Er kneift die Augen zusammen. Er versucht, mich durch die Menschenmenge im Auge zu behalten, und ich weiß sofort, dass ich verschwinden muss. Ich habe den Tag gerade so überlebt. Ich kann jetzt nicht so tun, als wäre er ein ganz normaler Mensch für mich. Ich kann ihm nicht erklären, warum ich den Kurs abgesagt und seine Nummer blockiert habe. Ich schaffe es nicht mehr, meine eigenen Fantasien auszuhalten und mir immer wieder zu sagen, dass sie niemals mehr sein werden als das: Fantasien.

»Ich muss nach Hause«, sage ich zu Mareike.

»Was? Geht's dir nicht gut?« Ihr Blick tastet mich ab und verrät mir alles, was ich über meinen Zustand wissen muss. »Herrje, Schätzchen, du siehst fix und fertig aus.«

Ich laufe los, ohne noch einmal nach ihm Ausschau zu halten. Ich gehe wie von einer unsichtbaren Kraft getrieben Richtung Taxistand. Es ist, als würde ich ihn im Nacken spüren. Zum ersten Mal bekomme ich Angst vor mir selbst. Ich will etwas, was ich nicht haben kann. Und ich will es so sehr, dass ich mich vor dem fürchte, was ich bereit wäre, dafür zu opfern.

Auf halbem Wege zum Taxistand biege ich ab. Ich verstecke mich hinter der Losbude und wische mir die Tränen mit dem rauen Stoff meines Mantels aus dem Gesicht.

Und dann verschiebt sich etwas. Er kniet vor mir, ohne dass ich ihn habe kommen sehen. Er spricht, ohne dass ich ihn verstehe. In meinen Ohren rauscht das Blut. Mein schlagendes Herz macht mich taub und stumm. Er setzt sich neben mich, und wir schweigen. Die Nachtluft ist mild, und ein leichter Wind fährt über meine Haut. Er ist wie eine Liebkosung. Ich ertappe mich bei dem Gedanken, dass ich selbst dann sitzen bleiben würde, wenn es jetzt auf mich niederregnen würde. Mir gefällt der Gedanke, von allem reingewaschen zu werden. Ich will mich auflösen und in den Boden versickern. Zurück zu einer Quelle fließen und von vorn anfangen.

Als er auf diesem Wall hinter der Losbude den Arm um meine Schultern legt, spüre ich seine Wärme bis auf die Knochen. Er riecht nach gebrannten Mandeln und nach blauem Duschgel.

»Fährst du mich nach Hause?«

Er nickt, und ich stehe auf. Wir gehen über die Wiese neben dem Festplatz durch die Dunkelheit, und ich weiß nicht, ob ich gerade einen Ort verlasse oder betrete.

Ich bin froh, als ich endlich in seinem Auto sitze, hinter dem vertrauten Schutzschild, das uns vom Rest der Welt abschottet. Ich frage nicht nach den Freunden, die er zurückgelassen hat. Ich frage nicht nach der Frau, der er unters T-Shirt gefasst hat.

Ich wünsche mir so sehr, er würde an den Parkstreifen auf der dunklen Allee kurz vor unserer Neubausiedlung rechts ranfahren, dass es mich nicht wundert, als er es tut. Er stellt den Motor aus und betrachtet mich. Sein Gesicht zur Hälfte erhellt von einer Straßenlaterne und zur Hälfte im Schatten.

»Willst du mir jetzt sagen, warum du das Schwimmen aufgegeben hast?«

»Weißt du das denn nicht?«

»Nein, Ava, ich weiß nicht, warum du alles absagst und meine Nummer blockierst. Habe ich was falsch gemacht?«

»Nein«, antworte ich schnell.

»Was dann?«

Mein Blick wandert über sein Gesicht, in dem so viele Fragen sind, und als er seinen Kopf nur dieses winzige bisschen neigt, das nötig wäre, um mich zu küssen, öffne ich meine Lippen und blicke auf seine, und ich weiß, dass er weiß, was ich will. Denn die Luft beginnt zu knistern, und die Bewegungen gehen in Zeitlupe über, und ich erinnere mich. So war es mal, so aufregend kann das Leben sein. So lebendig kann man sich fühlen, mit nur einem Kuss. Meine Lippen landen auf seinen, ich überlasse mich meinem Schicksal. Mir ist gleichgültig, was es nach diesem Moment mit mir anstellt, solange es mich nur diesen einen Kuss haben lässt. Ich habe mir so oft vorgestellt, wie es wäre, habe so oft wach gelegen und taggeträumt, dass nichts daran falsch erscheint. In dem Moment, als es wirklich geschieht, als wirklich meine Lippen seine berühren, spüre ich etwas, was ich schon sehr lange nicht mehr gespürt habe. Ich falle, aber ich stürze nicht. Ich lasse los.

»Das war der Grund?«, fragt er, als er mir danach in die Augen sieht und ich mich zwingen muss, seinem Blick standzuhalten. Es sind jetzt andere Augen. Sie gehören einem Mann, den ich geküsst habe.

»Ja«, antworte ich ohne Stimme.

»Küss mich noch mal«, sagt er, und ich tue es, ohne zu zögern.

Ich tauche nur langsam wieder zurück an die Oberfläche, realisiere nur langsam, dass nicht nur ich ihn küssen wollte, sondern auch er mich.

»Alles okay?«, fragt er und kann mir immer noch direkt in die Augen sehen. Er wirkt kein bisschen peinlich berührt.

»Warum wolltest du mich küssen?«, hake ich nach.

Er lacht und startet den Motor.

»Ich hatte Lust dazu.«

Ich sehe ihm dabei zu, wie er zurück auf die Straße biegt, als wäre er der Hauptdarsteller in einem Film und ich nur die Zuschauerin. *Ich habe geküsst,* hämmert es durch meinen Kopf. Ich habe *ihn* geküsst. Ich bin dreiundvierzig, habe geknutscht wie ein Teenager, und er tut so, als wäre nichts dabei. *Ich hatte Lust dazu.* Ich begreife nicht ansatzweise, welche Macht darin steckt, etwas einfach nur zu tun, weil man es will.

Er setzt mich zu Hause ab, ohne dass wir uns noch einmal küssen. Nicht vor dem Haus, in dem meine Kinder schlafen und mein Mann wartet. Wir lächeln uns zu wie zwei Kinder, die etwas angestellt haben, von dem nur sie wissen.

»Sehen wir uns Freitag wieder?«, fragt er zum Abschied.

»Natürlich.« Wie ferngesteuert laufe ich in das Gästebad im Erdgeschoss, weit weg von dem Schlafzimmer, in dem Ralf ist. Ich rutsche mit dem Rücken an den Fliesen hinunter auf den Boden und weine vor Lachen oder lache beim Weinen. Ich habe wirklich gedacht, ich hätte alle ersten Male schon erlebt.

–

Am nächsten Freitag treffen wir uns auf dem Parkplatz vor seinem Haus wie immer. Ich steige aus meinem Wagen und ziehe die Tasche mit den Schwimmsachen vom Beifahrersitz.

»Willst du ins Schwimmbad, oder ... « Er spricht den Satz nicht zu Ende, aber ich verstehe auch so, was er meint. Ich hatte eine Woche lang Zeit, mich mit Was-wäre-wenn-Fantasien aufzuladen. Eine Woche, in der ich den Kuss immer wieder erinnert habe, versucht habe, diesem Gefühl so nahe wie möglich zu kommen. Ich hatte einen Schuss. Und ich will mehr.

»Oder«, sage ich, ohne zu zögern, und alles danach passiert wie von selbst.

Wir gehen hoch in den vierten Stock. Als sich die Wohnungstür hinter ihm schließt und er sich zu mir umdreht, küsse ich ihn, als hätte ich jedes Recht dazu. Ich müsste schüchtern sein. Es müsste sich falsch anfühlen, mich nach mehr als zwanzig Jahren in den Armen eines anderen Mannes wiederzufinden. Aber er ist mir nicht fremd. Ich habe mir jede Regung von ihm eingeprägt. Mein Körper kennt jede seiner Linien. Mit jedem Kleidungsstück, das er mir vom Körper streift, befreit er mich.

Wenn ich vorher daran gedacht habe, mit Kieran zu schlafen, habe ich mich in meinem Kopf schöner gemacht, als ich bin. Mein dreiundvierzig Jahre alter Mutterkörper ist einer der Gründe, warum ich dachte, dass es nie so weit kommen würde. Ich dachte, ich würde mich nicht trauen. Aber das hier hat nichts mit Mut zu tun. Das ist, wie ein Glas Wasser in der Wüste zu finden und alles in einem Zug hinunterzustürzen.

Ich kann später nicht mehr genau sagen, wie wir uns bewegt haben, wie wir uns berührt haben. Ich weiß nur, dass ich vergessen habe, wie gut Sex sein kann. Wie befreiend es ist. Wie berauschend, diese Kräfte zu spüren, die alle Grenzen sprengen. Wie erfüllt man nach gutem Sex ist. Wie gesättigt vom Leben.

»Ich wusste es«, sage ich, als ich danach in seinen Armen

liege, mit dem Kinn in der Beuge zwischen seiner Schulter und seinem Nacken.

»Was?«

»Dass ich gut an diese Stelle passe.«

Ich streiche mit meiner Wange über seine Haut und atme seinen Geruch ein. Dieser Moment ist echt. Das hier passiert wirklich.

»Wie lange hast du schon darüber nachgedacht?«

Selig sind die Unwissenden, denke ich und frage stattdessen: »Verachtest du mich?«

Er lacht auf, als hätte ich einen guten Witz gemacht. »Was?«

»Du kannst es ruhig sagen. Ich bin schließlich verheiratet.«

Er legt das Kinn auf seine Brust, um mir in die Augen sehen zu können. »Ich verachte dich nicht, Ava. Wie könnte ich?«

»Und die Blonde neulich in der Bar? Seid ihr ein Paar?«

»Das fragst du jetzt?« Er will sich bewegen, aber ich liege auf ihm wie ein Briefbeschwerer.

»Nein«, sagt er schließlich.

»Ihr habt aber so ausgesehen.«

Ich fahre mit einem Finger sein Profil nach und denke: *Ich will wissen, ob du mit jeder ins Bett steigst. Ich will wissen, ob das etwas Besonderes für dich ist, denn für mich ist es das Verrückteste, was ich je getan habe.*

»Ronja und ich sind nicht zusammen. Wir schlafen nur miteinander.«

»Das kannst du trennen?«

»Du doch auch.«

Seine Finger streicheln über meinen Oberarm und hinterlassen kleine Schockwellen. So eine bin ich jetzt. Eine Frau, die mit anderen Männern schläft, als wäre gar nichts dabei. Seine Stimme vibriert in meinem Kopf. »Wirst du es ihm sagen?«

»Nein.«

Sein Blick trifft auf meinen, ohne mir zu verraten, wie er mich sieht. Sein Blick wandert weiter über meine Lippen, und ich will ihn wieder küssen.

»Wie lange wolltest du das schon?«, fragt er wieder.

»Lange.«

Ich fahre mit der Hand seine Lenden hinab, und er schließt für einen kurzen Moment seine Augen. Es ist das Erotischste, was ich je gesehen habe. Michelangelos Geschöpf liegt neben mir und ist mein.

Er zieht mich auf seine Hüften, und ich setze mich auf ihn. Seine Hände greifen nach mir und schieben meine herabhängenden Haare aus dem Gesicht.

An diesem Tag beginnt mein Leben. Ein anderes Leben. Und ich weiß: Bei all der Verzweiflung und all der Schuld, die ich auf mich lade, werde ich nie auch nur eine Sekunde davon bereuen. In diesem Moment liegt eine Wahrheit zwischen uns, die über alles andere erhaben ist.

7

Aus Eden

Wir gehen nicht mehr ins Schwimmbad. Der Freitagvormittag gehört jetzt uns allein. Wenn die Tür ins Schloss fällt, fallen wir übereinander her, als wären wir einander so wichtig wie essen, trinken und atmen.

Danach reden wir leise über alles und nichts, und schließlich lieben wir uns erneut, dieses Mal zärtlich und langsam. Am Ende des Vormittags haben wir uns auf jede nur erdenkliche Art berührt.

Und doch ist mein Hunger nie gestillt. Ich verzehre mich nach ihm, auch wenn er noch in mir ist. Ich vermisse ihn, selbst wenn ich noch in seiner Tür stehe. Es ist nie genug und immer zu kurz, und meine Uhren laufen rückwärts bis zum nächsten Freitag.

Von draußen fällt das goldene Licht der tief stehenden Sonne herein. Man könnte meinen, dass es bereits Nachmittag ist, aber es ist ein ganz normaler Mittag im Winter. Ich betrachte seine Silhouette mit dem Stolz einer Besitzerin.

»Man müsste dich in Bronze gießen.«

Er lacht. Ein Geräusch, das warm durch mich hindurch fließt und alle Ritzen ausfüllt, die sonst leer sind. Ich lache auch, weil ich mir vorstelle, ich würde ihn wirklich in Bronze gießen und mitten in unserem Wohnzimmer aufstellen. Ralf würde mich loben, dass ich Kunst als Investment entdeckt habe, und ihn all seinen wichtigen Kollegen zeigen.

»Warum hast du es eigentlich gemacht?« Ich bin selbst erstaunt, dass mir der Gedanke erst jetzt kommt.

»Was?«

»Warum wolltest du mir Schwimmen beibringen?«

»Rate.«

Ich sehe mich wie ein Häufchen Elend in der Notaufnahme stehen, mich in seiner allerersten Umarmung festklammernd. »Mitleid vielleicht?«

»Mitleid?« Er lacht tonlos vor sich hin. »Du hast keine Ahnung, wie du auf andere Menschen wirkst.«

Er zieht mich zu sich herunter, legt die Arme um mich, und mein Körper wird von seiner Wärme geflutet. »Du hast mich wahnsinnig gemacht. Ich wusste nie, ob du mich töten oder andere Dinge mit mir machen willst.«

»Andere Dinge«, sage ich trocken.

»Hab ich gemerkt. Auf jeden Fall bist du nicht wie die anderen. Die meisten haben Angst vor dem Untergehen. Aber du hast Angst vor dem Schwimmen. Denn dann hält dich nichts mehr zurück.«

Er klingt so herrlich selbstzufrieden über seine Herleitung, dass ich lachen muss.

»Dir ist klar, dass ich jetzt nie mehr richtig schwimmen lernen werde, oder?«

Er betrachtet mich aufmerksam, dann nimmt er mein Gesicht in seine Hände. »Du kannst es längst.«

Er steht auf und geht in die Küche. Ich weiß, was er vorhat, und will ihn davon abhalten, unsere kostbare Zeit mit Kochen zu verschwenden. Ich sage ihm, dass ich Nudeln mit Rührei nicht mag, und er antwortet, dass ich keine Ahnung von Spaghetti Carbonara habe. Ich wusste nicht, dass er kochen kann. Es gibt so vieles, was ich nie über ihn erfahren werde.

»Du siehst gerade ein winzig kleines bisschen aus wie Luke Perry als Dylan«, sage ich nach dem Essen.

»Dylan, wer?« Er fährt mit dem Finger am Tellerrand entlang und leckt dann den letzten Rest Soße von ihm ab.

»Du kennst Beverly Hills 90210 nicht«, wird mir klar.

»Ich war noch nie in Amerika«, antwortet er, und ich weiß nicht, ob ich lachen oder weinen soll, dass Kieran vermutlich die Filme meiner Kinder besser kennt als die meiner eigenen Kindheit.

»Du weißt noch nicht einmal, dass es eine Fernsehserie gab, die so hieß«, sage ich vorwurfsvoll.

Aber er macht es noch schlimmer. »Meine Mutter hat das geguckt.« Er fährt mit einem Finger über seine grinsenden Lippen, und ich korrigiere mich. Dylan McKay kommt nicht einmal in die Nähe dieser unverschämten Schönheit.

»Welches Poster hat die kleine Ava über ihrem Bett gehabt, hm? Lass mich raten.« Sein Blick taxiert mich, das Grinsen ist schon wieder da. »David Hasselhoff.«

»Oh, Kieran!« Ich werfe meine Serviette in Richtung seines Gesichts, aber natürlich fängt er sie auf. Er lacht, als wäre das ganze Leben ein köstlicher Witz, und es ärgert mich, dass er diese Sache so leichtnehmen kann.

»Macht es dir denn gar nichts aus, dass ich so viel älter bin?«

Er betrachtet meine nackten Beine, die ich auf seinem Stuhl abgelegt habe. »Bis jetzt habe ich nicht das Gefühl, dass irgendetwas zwischen uns steht.« Er beugt sich vor und zieht meinen Stuhl zu sich heran. Sein Kuss schmeckt nach Speck und Parmesan und dieser ganz bestimmten Note, die einfach Mann ist. Meine Hand wandert seinen Nacken entlang und verfängt sich in seinen Haaren.

»Ich muss los«, flüstere ich. Es ist so spät geworden, dass ich gleich zur Kita fahren muss, um Nico abzuholen. Es ist immer eine bittersüße Entscheidung, ob ich bis zum letzten Augenblick warte oder ob ich mir noch eine Stunde für mich zu Hause einräume, um wieder in der Realität anzukommen, bevor die Kinder zu Hause sind.

»Du musst immer los«, nuschelt er in meinen geöffneten Mund.

»Es tut mir leid.«

Er schließt die Augen und lässt seine Stirn gegen meine sinken, und ich spüre, dass er Mut sammelt für den nächsten Satz. »Manchmal wünschte ich, wir könnten ganz normale Dinge miteinander machen. Du auch?«

Ich schließe ebenfalls die Augen. »Manchmal. Aber die meiste Zeit will ich einfach so tun, als wären wir die einzigen beiden Menschen auf der Welt.«

Mit Kieran bekommt Zeit eine andere Bedeutung. Sie rast, oder sie vergeht zu langsam, je nachdem, ob wir uns sehen oder nicht. Wenn eines meiner Kinder krank ist und unser

Freitagstreffen ausfallen muss, fühlt es sich an, als wäre ich sehr tief getaucht und hätte sehr lange die Luft angehalten, nur um kurz vor der Oberfläche zu merken, dass sie viel weiter oben ist als gedacht.

Ich habe viele Jahre lang die Luft angehalten. Und ich stelle fest, dass es ebenso lange dauert, wieder zu Atem zu kommen.

Das ist etwas, was Ralf nie verstanden hat. Er denkt, dass ich mich von den Kindern erhole, wenn sie in Schule und Kita sind. Aber ich muss mich nicht von meinen Kindern erholen. Ich brauche eine Pause von dem Gefühl, jederzeit für alles zuständig zu sein. Ich habe mit Themen zu tun, von denen er noch nicht einmal weiß, dass sie existieren. Wie lange dürfen unsere Kinder tagsüber Medien konsumieren? Ab wann ist Instagram erlaubt, und wie finde ich es, dass Mias Freundin dort Fotos von Mia postet? Wer nimmt an der Sommerfreizeit teil, und passt Nico da rein? Darf Lana allein mit einem fremden Jungen Zeit auf dem Zimmer verbringen? Und wann ist es an der Zeit, sich um das Thema Verhütung zu kümmern?

Ich frage mich oft, wie es in anderen Familien läuft. Ob es wirklich gelingen kann, diese mentale Last gerecht auf zwei Schultern zu verteilen. Oder ob es immer einen gibt, der die Hauptlast trägt, weil es immer den anderen gibt, der mehr Stunden auf der Arbeit verbringt. Und das ist doch schließlich der Maßstab, der entscheidet, wer von beiden immer noch einen Feierabend hat und wer nicht mehr.

Manchmal kommt mir Familie unschaffbar vor. Es ist nicht einfach nur ein Gedanke, es ist ein körperliches Gefühl, so ähnlich, wie wenn es einem die Luft abschnürt oder man seinen gesamten Körper gegen eine Wand drückt. Das Gefühl, es nicht zu schaffen, mit dem eigenen Leben nicht Schritt halten zu können, den eigenen Kindern nicht gerecht werden zu können, ist ein vollumfängliches Gefühl von Ausweglosigkeit, das bis in die letzte Zelle dringt. Und immer wird es begleitet von der nagenden Erkenntnis, dass alles besser wäre, wenn man nur selbst besser in diesen Dingen wäre. In solchen Momenten denke ich an Ralfs Mutter und diesen Satz, den ich so oft aus ihrem Mund gehört habe. »Früher haben wir nicht so ein Gewese darum gemacht.« Als wäre in Wahrheit alles so viel leichter, wenn ich mich nicht so anstellen würde.

»Mir hat auch keiner geholfen«, war auch so ein Satz, den ich nie verstanden habe. Was wollte sie mir damit sagen? Ich helfe dir nicht, weil mir auch niemand geholfen hat? Damit du das gleiche Trauma bekommst wie ich, und nachher können wir uns gegenseitig dafür bedauern?

Ich habe ein emanzipiertes Leben geführt, bevor ich Mutter wurde. Es war nicht direkt eine Karriere, aber zumindest eine Laufbahn. Ich war unabhängig in jeder Hinsicht. Damals hätte ich nie für möglich gehalten, dass ein Kind reicht, um mich in einer Zeitkapsel zurück in die Fünfziger zu schießen.

–

»Auf meine Frau.« Ralfs Kuss brennt in meinem Nacken. Er hebt sein Weinglas und prostet in die Runde.

»Auf Ava und Ralf«, sagt Kurt und lässt sein Glas gegen die anderen klirren. Fünfundvierzig ist Ralf jetzt und feiert fast nur mit Kollegen. Kurt ist der älteste von ihnen, Seniorpartner in der Kanzlei und seit Jahren im besten Rentenalter.

Ich trage ein kornblumenblaues Sommerkleid in A-Linie und die Haare zum Zopf. »Du siehst hinreißend aus«, raunt mir mein Mann zu.

Vorbereitung ist alles. Wenn die Gäste kommen, soll alles so aussehen, als hätte ich nur mit dem Finger geschnipst und ein bisschen Feenstaub rieseln lassen. So hat es mir meine Mutter beigebracht, die völlig mühelos Gesellschaften wie diese bewirtet hat. Nie hat sie ein Catering-Unternehmen beauftragt. Immer hat sie alle Torten selbst gebacken. Wenn ich mir als Kind mein erwachsenes Ich vorgestellt habe, dann habe ich mich selbst gesehen, wie ich an einem voll beladenen Büfett stehe und dabei aussehe wie eine brünette Barbie mit langen glänzenden Haaren und blauem Lidschatten.

»Wie sieht's aus, Ava? Wolltest du nicht wieder zurück in den Verlag?« Adrian reibt sich mit der Stoffserviette über den Mund und wirft sie neben den Teller. Er kennt Ralf noch aus der Schulzeit und ist einer der wenigen Nicht-Juristen, die übrig geblieben sind.

»Das ist nicht so einfach.«

»Ava hat nachgefragt. Sie haben keine passende Stelle im Moment«, erklärt Ralf.

»Teilzeit?«, fragt Adrian.

»Ja, anders geht es nicht«, antworte ich.

»Teilzeit ist doch nichts. Man wird doch gar nicht richtig ernst genommen.« Kurt blickt in die Runde, als erwarte er Zustimmung.

»Na ja, Vollzeit wird sie kaum schaffen, sie hat ja hier genug zu tun«, sagt Ralf und tätschelt mir die Hand.

»Wir könnten tauschen. Du arbeitest ein paar Stunden weniger, und ich kann dafür etwas mehr arbeiten«, schlage ich vor.

Ralf schenkt mir ein mildes Lächeln, und ich kann mich nicht entscheiden, ob sein Blick mitleidig ist oder ob er meine Naivität tadelt. »Aber, Schatz, du verdienst doch nichts nach der langen Pause.« Am Tisch wird gelacht, als wäre das alles ein Witz. Als er meinen Blick bemerkt, greift er wieder nach meiner Hand. »Ich stecke gerne für dich zurück. Aber erst mal muss dieser ganze Laden hier am Laufen gehalten werden.« Er deutet in einer generösen Geste auf den Tisch, die Menschen, das Haus, das Universum. Wie schafft es Ralf nur, dass mir unser Leben am Ende jedes Gesprächs vorkommt, als wäre alles darin unveränderlich erstarrt? Als wäre es wirklich ein Leben in Aspik.

»Mädchen, räumt doch mal den Tisch ab«, höre ich meine Schwiegermutter sagen, und die Stühle meiner Töchter rücken vom Tisch ab. Ich sehe Lana und Mia dabei zu, wie sie Teller von den Plätzen nehmen und Besteck darauf schichten, ohne dass sie jemand beachtet. Niemand sonst steht auf. Sie sind so unsichtbar, wie ich unsichtbar bin. Ich könnte weinen über das Mädchen, das in mir verschollen ist. Ich könnte um die Frau in mir weinen, die verschwunden ist, und mit ihr all ihr Wissen. Ich habe Angst um die Frauen, die sie werden. Wir müssten schon so viel weiter sein.

Ich habe diese Lebensentscheidung nie getroffen. Ich habe mich nie dazu entschieden, Hausfrau und Mutter zu sein.

Auch Ralf hat diese Entscheidung nicht gefällt, als er wie selbstverständlich Karriere gemacht hat. Es ist passiert, weil es das Naheliegendste war, der Weg des geringsten Widerstandes. Es war so einfach, die Rollen fest zu verteilen, anstatt immer wieder neu auszuhandeln, wer für was zuständig ist. Es war so leicht, in die Fünfzigerjahre abzurutschen.

Ralfs Hand legt sich schwer auf meinen Oberschenkel, ohne dass er mich dabei ansieht. Ich betrachte ihn von der Seite. Seine Gesichtszüge sind ein wenig gröber geworden über die Jahre, seine Wangen voller. Aber er hat noch immer diesen durchdringenden Blick aus fast schwarzen Augen. Ob er manchmal die Frau vermisst, die er verloren hat? Was würde er sagen, wenn er wüsste, dass sie längst ein eigenes Leben hat? Eines, das nichts mit ihm zu tun hat, nichts mit den Kindern. Eines, das nur ihr gehört, so wie seine Karriere ihm.

»Nico, hilf bitte deinen Schwestern. Ich kümmere mich um den Nachtisch«, sage ich und stehe auf.

»Willst du wirklich wieder arbeiten gehen?«, fragt Ralfs Mutter in der Küche. Sie holt den Holundergeist, der eine alte Angewohnheit meines Schwiegervaters war und der auch vier Jahre nach seinem Tod noch ausgeschenkt wird. Auch Willem war Anwalt. Auch Anni war die Frau, die ihm den Rücken freigehalten hat. Unser Leben ist ihre Bestätigung, dass sie alles richtig gemacht hat.

»Natürlich will ich wieder arbeiten gehen, Anni. Allein für die Rente«, sage ich, weil sie das vielleicht versteht.

»Wer macht denn dann Essen?« Es ist immer das Essen. Dabei hat sie den Krieg gar nicht mehr erlebt.

»Keine Angst, wenn Ralf abends um neunzehn Uhr nach Hause kommt, habe ich schon all das erledigt, wofür ich sonst einen ganzen Tag Zeit hatte«, erkläre ich, aber sie bemerkt den Sarkasmus nicht.

»Melde dich, wenn du Hilfe brauchst«, sagt sie, und wir wissen beide, dass das nie passieren wird.

—

Der Weihnachtsmarkt besteht aus fünf Buden und geht nur drei Tage. Immer am Samstagabend ist alles auf den Beinen, was in dieser Stadt lebt und Abwechslung sucht. Es ist einer dieser festen Termine im Jahreskalender neben der Kirmes und dem Karnevalsumzug, den man einfach wahrnimmt, wenn man in einer Kleinstadt lebt. Die Kinder verschwinden in Trauben auf dem Festplatz, und wir Erwachsenen beziehen am Glühweinstand Stellung. Mir ist so kalt, dass ich meine Füße nicht mehr spüre. Nina und Arthur haben ihre Skijacken angezogen und tragen einen zweifarbigen Partnerlook. Er mit dunkelblauen Ärmeln und hellblauem Rest, sie umgekehrt und mit einem Gürtel um die Taille. Sosehr sich Nina auch über ihre Mutterpflichten beschwert, so sehr bin ich doch der Überzeugung, dass sie sie nicht infrage stellt. Nina und Arthur sind sich einig. Sie hat ihre Rolle angenommen und jammert darüber mit einer konsequenzlosen Selbstverständlichkeit, wie manche Leute über ihren Job jammern, den sie trotzdem bis zur Rente durchziehen.

Es ist voll, um den Stand herum drängeln sich Menschen. Ich bemerke Kieran erst, als wir fast voreinanderstehen. Ich hätte wissen müssen, dass man sich in diesem Kaff nicht verpassen kann. Ich bin ein bisschen zu gut geworden im Verdrängen.

»Hey«, sage ich. Mein Herz pocht so sehr in meinem Hals, dass das Bild vor meinen Augen verschwimmt.

»Hey.« Er bleibt wie schockgefroren stehen.

»Schatz, nimmst du noch einen Glühwein?« Ralf legt mir von hinten die Hand um die Taille und schiebt sich dicht an mich heran. »Schatz?«

Ich antworte mechanisch. »Ralf, das ist Kieran. Er hat Mia vor dem Ertrinken gerettet.«

»Ach, Sie sind das! Das war eine großartige Leistung, vielen Dank.« Ralf schüttelt Kieran die Hand. In meinem Kopf rasen Planeten aufeinander und kollidieren in einem gigantischen Feuerball.

»Das war doch selbstverständlich.« Kierans Blick wandert immer wieder zu mir, während ich lichterloh in Flammen stehe.

»Und was sagen Sie zu meiner Frau?«

»Was?«

»Wird das noch was mit dem Schwimmen, oder ist sie ein hoffnungsloser Fall?« Ralf lacht sein künstliches Small-Talk-Lachen. Mein Herz pocht so hart in meinen Schläfen, dass das Bild vor meinen Augen wackelt.

»Ja, sie ist ein hoffnungsloser Fall. Aber ich gebe nicht auf«, höre ich Kieran sagen.

Ralf sagt nichts. Er muss meinen Blick bemerken. Er kennt mich seit zwanzig Jahren. Er muss mitbekommen, dass darin etwas liegt, was er noch nie an mir gesehen hat.

Aus der Menge kommt Gegröle, jemand ruft Kierans Namen. »Sorry, ich muss dann auch wieder«, sagt er, und ich nehme den ersten Atemzug seit gefühlt Lichtjahren.

»Können wir Sie einladen? Als Dankeschön wegen Mia«, fragt Ralf. Er legt den Arm um meine Schultern, zieht mich an sich. Er ergreift Besitz von mir, und ich tue nichts dagegen, weil ich äußerlich erstarrt bin und einfach nur weiter die Luft anhalten will, bis diese Szene vorbei ist.

»Nein, nein, da ist nichts zu danken.« Kieran verschwindet in der Menge, und ich schließe die Augen, bevor ich hinterherstolpern kann.

»Wer war das?«, fragt Nina, als ich wieder neben ihr am Stehtisch lehne.

»Er hat damals Mia gerettet.«

»Das ist der Schwimmlehrer?«

Ich nicke.

»Wow!«

»Sag nichts«, gehe ich dazwischen, weil ich nicht noch einen Dreamboy-Moment brauche. Aber Nina ist sowieso schon gedanklich weitergezogen.

»Das gibt's doch nicht!« Sie reckt den Hals und wischt mit dem Fellrand ihrer Skijacken-Kapuze durch mein Gesicht. »Tatsache! Da ist Hedi. Sag mal, ist die etwa schon mit 'nem Neuen hier?« Sie fixiert einen Punkt irgendwo in der Masse aus Daunenmänteln und Wollmützen, als könnte sich ihr gesamter, auf Zehenspitzen balancierender Körper daran festhalten. Ich suche in derselben Masse nach unordentlichen braunen Locken und kann nichts dagegen tun.

»Was die sich rausnimmt.«

Ich greife meinen Glühweinbecher, der inzwischen eiskalt ist, so wie alles an mir, und lasse die sirupartige Flüssigkeit meine Kehle hinunterlaufen. Die Süße kratzt in meinem Hals.

»Findest du das nicht ungeheuerlich? Verlässt ihre Familie und hat gleich 'nen Neuen.« Nina greift sich ebenfalls den Becher mit den aufgemalten Hirschen.

Ich weiß nichts über Hedi, außer dass sie mit der Geburt ihres ersten Kindes ungefragt Mitglied in einem Klub geworden ist, in dem die einzige Gemeinsamkeit darin besteht, dass man Mutter ist. Und jetzt ist Hedi ausgeschert, hat Mann und Kinder zurückgelassen und fängt von vorne an. Wie kann sie es wagen? Sind wir Frauen nicht biologisch auf den Mutterinstinkt programmiert? Liegt es nicht in unserer Natur, bei unseren Kindern zu sein? Was für ein ungeheuerlicher Gedanke, dass Mutterschaft keine biologische Eigenschaft ist, sondern eine persönliche Angelegenheit. Und ich stehe hier, umklammere einen kalten Becher und frage mich, ob es so ist, wie Nina sagt, dass man nur Mutter oder Frau sein kann. Denn hier stehe ich mitten im Geschehen, und mir wird klar, dass ich das Unmögliche will. Ich will beides gleichzeitig sein.

»Sie wird das eines Tages bereuen«, sagt Nina. »Ganz sicher.«

8
Odium

»Was'n los?« Ronja rammt mir ihre Faust in die Seite, und ich taumele seitwärts wie durch Wattewolken. Nach dem Wodka kam der Jägermeister, danach das süße Zeug mit dem Apfel. Ich wollte die Bilder in meinem Kopf wegwaschen. Aber ich sehe sie immer noch.

Wie ein Kaninchen vor der Schlange stand sie da und hat mich angesehen, als hätte sie Angst vor mir. Vor mir. Und dann dieser Typ. Ich habe erst gar nicht kapiert, dass dieser Glatzkopf im Mantel ihr Mann ist. Wie ein Schläger sieht er aus. Einer, den sie in schicke Klamotten gesteckt und einmal rundherum glatt rasiert haben. Der Typ ist alt. Er passt nicht zu ihr. Sie gehört nicht zu ihm.

»Lass mich!« Ich schiebe Ronja weg. Ihre Hände sind ständig auf mir wie Insekten.

»In letzter Zeit bist du'n echtes Arschloch.«

Ich hatte nicht vor, mit ihr allein nach Hause zu laufen. Aber die anderen wollten unbedingt noch in die Nachtkneipe. Diesen einen Laden, der immer noch aufhat, wenn alle anderen schließen. Ich wollte nach Hause, und auf einmal wollte sie auch nach Hause, und natürlich begleite ich sie bis vor die Haustür, weil ich eben kein Arschloch bin. Zumindest aus meiner Sicht. Aus ihrer bin ich eins, weil ich nicht mehr mit ihr schlafe.

Die Straße unter meinen Füßen wird zu Gummi, und in meinem Kopf dreht der Glatzkopf seine Runden. Was würde er tun, wenn er wüsste, dass ich das Muttermal auf ihrer Brust kenne? Dass ich weiß, wie es sich anfühlt, meine Hände um ihren Hintern zu legen und sie auf meine Hüften zu heben? Dass ich weiß, welche Geräusche sie macht, wenn ich beginne, mich in ihr zu bewegen. Ich will ihm das Bild von uns beiden auf seinen blank polierten Schädel plakatieren. Ich will ihn sehen, wenn er es erfährt. Ich will, dass er es weiß.

Mein Kopf fängt an zu pochen, und das Bild vor meinen Augen verschwimmt. Die Straßenlaterne, die Parkbank, das vorbeifahrende Taxi. Nur das Bild in meinem Kopf, das ist gestochen scharf. Ich drücke meine Finger in meine Augen, bis es wehtut.

Ronja hängt sich wieder an mich und zieht an mir. Ihr Mund ist so nah an meinem Ohr, dass er beim Laufen immer wieder gegen meine Ohrmuschel drückt. Es ist kein Kuss. Vielleicht merkt sie es nicht einmal. »Was'n los? Jetzt sag schon.« Ihre Stimme klingt dumpf in meinem Ohr.

»Nichts.« Ich wünschte, sie wäre einfach mit in diese verdammte Kneipe gegangen.

»Das mit uns war doch super.« Ihr Arm sackt ab, und das Nächste, was ich merke, ist ihre Hand an meinem Hintern.

»Mensch, Ronja, ich bin nicht dein Selbstbedienungsladen. Kapier das doch endlich!«

»Ach, echt? Ich bin auch nicht deiner. Wenn du Bock auf Ficken hast, bin ich gut genug. Aber sonst will der feine Herr nichts von der Getto-Bitch wissen.«

»Bullshit.«

Ich versuche, die Bushaltestelle auf der anderen Seite klar zu sehen, und schüttele den Kopf. Mein Verstand ist stocknüchtern, der Rest von mir nicht. Ronja schlurft entweder lustlos oder betrunken neben mir her, vermutlich beides. Es ist der perfekte Moment für dieses Gespräch.

Sie verschwimmt vor meinen Augen, und der Glatzkopf taucht wieder auf. Ich schüttele den Kopf und drücke die Augen zu. Als ich sie das nächste Mal öffne, steht sie dicht vor mir und sieht mir mitten ins Gesicht. »Was ist eigentlich dein verficktes Problem?«

Ihren Blick durchzucken Blitze, die ich selbst durch meine Wattewolken sehen kann. Es ist ein Feuer in ihr, von dem ich nie weiß, ob sie es kontrolliert oder ob es sie kontrolliert.

»Hast du 'ne andere?«

»Ronja …«

»Eine von der Uni? So 'ne Spießertussi? Lässt du die an dich ran? Erzählst du der, was in deinem schlauen Kopf vor sich geht?«

Ich sehe seinen Arm um ihre Taille, wie er sie zu sich heranzieht. Ich spüre Ronjas Handabdruck auf meiner Brust, als sie mich nach hinten stößt. Und in mir bricht etwas aus, was ich lange nicht mehr gespürt habe. Es ist das Gefühl, nach Hause zu wollen und nirgendwo hingehen zu können.

»Was? Nicht mal das erzählst du mir? Noch nicht einmal das bin ich dir wert?«

»Hör auf, Ronja.«

Sie zieht mich wieder an sich, drückt ihre Stirn auf meine, und ich höre, dass sie durch zusammengebissene Zähne spricht. »Wir waren alle nie gut genug für dich.«

»Hör auf!«

Sie macht einen Schritt rückwärts und dann noch einen. Das Funkeln in ihren Augen wird kalt. Schwarz wie verbranntes Holz.

Wir laufen durch die Nacht wie zwei Schatten. An ihrer Tür geht sie einfach rein, und ich gehe ohne ein Wort weiter.

—

Am nächsten Abend stehe ich an der Kaffeemaschine und betrachte die blinkende Anzeige, als würde ich sie zum ersten Mal sehen.

»Kann die auch Hypnose?«, sagt die Stimme hinter mir. *Kaffee Crema.* Die weißblaue Schrift verschwindet immer wieder vor meinen Augen, taucht wieder auf, so wie das Pochen in meinem Schädel. Der Schichtbeginn an der Tanke kam heute zu früh. Selbst für die Nachtschicht.

»Sorry, kommt gleich.« Ich drücke die Taste mit dem Tassensymbol und zucke bei dem schrillen Surren der Kaffeemühle zusammen.

»Kaffee ist nicht gut fürs Herz«, sage ich, als ich Ferhat den Becher über die Theke reiche.

»Macht aber die Gefäße elastisch.« Er schüttet zwei Tüten Zucker auf den Milchschaum und rührt um. Dann nimmt er den ersten Schluck von dem heißen Zeug und sieht mich über den Becherrand hinweg an.

»Bist du nicht auf dem Weg zum Dienst?«

»Ich habe noch Zeit.« Er greift sich einen Schokoriegel aus dem Regal unter der Kasse, reißt das Papier ab und schiebt ihn vollständig in den Mund, während er mich ansieht.

»Habe ich von Ronja gelernt«, sagt er mit noch halb vollem Mund, und jetzt weiß ich, was er hier zu suchen hat. Ich nehme ihm das Schokopapier ab und scanne es ein. »Mag sein, aber im Gegensatz zu ihr kannst du für den Kram bezahlen.«

»Ärger im Paradies?«

»Was soll das heißen?«

»Sie meint, es ist aus mit euch.«

»Wir waren nicht zusammen. Wie kann es da aus sein?«

»Wir dachten alle, ihr seid irgendwie zusammen.«

»Ach, komm. Du bist mein bester Freund. Du wüsstest es, wenn es was Ernstes gewesen wäre.«

»Sie meint, du hast eine andere.« Er lässt den Satz im Raum stehen wie eine Frage. Ich spüle die Kaffeemaschine und höre ihn in meinem Rücken. »Wäre doch echt komisch, wenn ich das nicht mitkriege, oder?«

Ich will ihm in die Augen sehen, doch dann sehe ich Ava vor mir. In dem Badezimmer, auf dem Küchentisch, auf dem Wohnzimmerboden dieser Wohnung. Diese Wohnung, in der sie alles berührt hat. Diese Wohnung, die ich mit meinem besten Freund teile, der nichts über all das weiß.

Ich schiebe die Hände in meine Taschen und beiße die Zähne aufeinander, bis der Druck in meinem Kiefer stärker ist als meine Gedanken.

»Ja, wäre echt komisch.« Ich drehe mich zu ihm um und zucke mit den Schultern, als könnte ich das alles abschütteln.

»Yepp.« Er läuft ein paar Schritte rückwärts und tippt zum Abschied zwei Finger an die Stirn.

»Hey, du musst noch zahlen«, rufe ich ihm hinterher.

»Schmerzensgeld, mein Freund. Dafür, dass ich den Seelsorger für deine Verflossene spiele.«

Ferhat ist gerade erst ein paar Minuten weg, als ein Mann die Tankstelle betritt. Ich sehe zum Fenster raus, dort steht kein Auto. Das heißt, er will entweder Tabak, etwas zu trinken oder Kondome. Ich habe gerade den Blumenaufsteller reingeholt und alles für den Feierabend vorbereitet. Zehn Minuten wären es noch, bis ich den Laden dichtmache. Es ist komisch, dass um die Uhrzeit noch einer zu Fuß an die Tanke kommt, dessen Gesicht man nicht kennt. Weiter denke ich nicht, bis er mir das Messer unter die Nase hält.

Ich stehe vor dem Tresen, zwischen Blumen und Zeitschriftenregal, und blicke erst auf die Messerspitze und dann auf ihn. Mein Gehirn funktioniert wie auf Knopfdruck, scannt ihn ab. Klein ist er, aber nicht schmal, fast quadratisch.

»Bist du allein?« Ich nicke und suche seinen Blick hinter der Waffe. Seine Augäpfel titschen zwischen mir und der Kasse hin und her wie ein Gummiball. Harte Züge hat er, die Wangen etwas eingefallen, der Schädel kahl rasiert. Er könnte aussehen wie ein richtig harter Typ, wenn nicht dieses nervöse Augenzucken wäre.

»Okay, hör gut zu, du gehst jetzt zur Kasse und rückst die Kohle raus.«

Vielleicht hätte ich an einem normalen Tag anders reagiert. Vielleicht hätte ich Angst, wenn da nicht die ganze aufgestaute Wut und das Pochen in meinem Schädel wären. Ich sage nur ein Wort: »Nein.«

»Her mit der Kohle, sonst schlitze ich dich auf.«

»Versuch's.« Ich hebe die Hände, fordere ihn auf, mache einen winzigen Schritt auf ihn zu. Einundzwanzig, zweiundzwanzig, bei dreiundzwanzig dreht er sich um. Die Turnschuhe quietschen auf dem Boden bei der Drehung, die Jacke raschelt, als er losrennt.

»Komm her, du Penner«, brülle ich ihm hinterher.

Ich drehe mich um und schlage auf den Blumenaufsteller ein. Meine Hand prallt immer und immer wieder auf das Metallschild. Je mehr es schmerzt, desto besser fühlt es sich an. Ich höre erst auf, als sich Blut mit Metall mischt. Und dann sacke ich auf dem Boden der Tankstelle im Neonröhrenlicht zusammen und betrachte meine blutige Hand, als wäre sie gar nicht meine. Ich fühle nichts, und das ist gut.

9
Die Regeln biegen

Wir haben uns auf dem Boden seines Wohnzimmers geliebt. Schon an der Haustür hat er angefangen, mir die Kleidung vom Körper zu streifen. Erst das Shirt, dann das Unterhemd, die Jeans. Jetzt liegen wir schweißglänzend nebeneinander, der Blick gen Decke, und diese besondere Art von Frieden senkt sich auf uns, den man nur nach richtig gutem Sex empfindet.

»Was ist passiert?«, frage ich.

»Was meinst du?«

Meine Hand fährt vorsichtig über seinen Handrücken und stoppt vor seinen rot-bläulich verfärbten Knöcheln.

»Das ist nichts.«

»Du hast dich geschlagen.«

»Irgendein Idiot, der die Tanke überfallen wollte.«

»Du hast dich mit ihm angelegt?«

»Ich habe auf den Blumenaufsteller eingeschlagen, nachdem er abgehauen ist.« Ein Streifen Licht zieht sich quer über sein Gesicht wie ein Blitz, ein Auge ist kristallklar, das andere grau. »Es hat wehgetan, dich mit ihm zu sehen.«

Ich brauche einen Moment, um zu verstehen, wen er meint.

»Kieran.« Ich strecke eine Hand aus, und er legt sein Gesicht hinein. Der Blitz verschwindet. »Es tut mir leid. Ich konnte nicht … Was hast du erwartet?«

»Nichts, Ava. Gar nichts.«

Ich will meine Hand zurückziehen, aber er hält sie fest. Wir betrachten uns, nackt nebeneinanderliegend, unsere Hände zwischen uns verwoben. »Ich kann meine Familie nicht verlassen. Das weißt du, oder?«

Er blickt zur Decke, und ich bestaune sein Profil, diese perfekte Landschaft aus Tälern und Höhen, mein Neuland. »Weißt du, was komisch war? Ich hatte keine Sekunde lang Angst um mein Leben. Noch nicht mal, als er mir ein Messer vors Gesicht gehalten hat.«

»Kieran.« Ich will ihn an mich ziehen, ihn küssen, aber er bleibt starr. »Du musst auf dich aufpassen, verdammt!«, schimpfe ich.

Er stemmt sich auf, stützt sich über mich, seine Hände rechts und links neben meinem Gesicht. »Und was, wenn nicht? Was willst du dagegen tun?«

Ich bin eingezwängt zwischen seinen Armen, unter seinem Körper. Seine Brust senkt sich auf meine, mein Atem wird flach.

»Nichts. Ich kann gar nichts dagegen tun.« Ich presse die Worte heraus, jedes einzelne kostet mich Mühe. Ich bin ihm ausgeliefert. Ich bin es vom ersten Moment an gewesen.

»Du hast es verdient. Dir geht's kein bisschen besser als mir.«

Wir lieben uns roh und ohne Zärtlichkeit. Als wollten wir Spuren am Körper des anderen hinterlassen, als wollten wir uns markieren, damit wenigstens irgendetwas Sichtbares von uns bleibt, wenn ich diese Wohnung verlasse.

Später, als ich im Auto sitze, als ich den Motor starte und seine Hände noch immer auf meiner Haut spüre, wird mir etwas klar. Niemand hätte mich angerufen, wenn ihm etwas zugestoßen wäre. Niemand würde wissen, dass es da draußen eine Frau gibt, die ihn vermisst.

Es kann passieren, dass eines Tages niemand abhebt, wenn ich seine Handynummer wähle, oder niemand öffnet, wenn ich an seiner Tür klingele. Ich würde nie erfahren, was aus ihm geworden ist.

—

Als ich nach Hause komme, ist Ralf bereits da. Die Mädchen kommen jeden Moment aus der Schule, und ich habe Nico auf dem Weg vom Kindergarten abgeholt. Er verschwindet gleich in seinem Zimmer, um seine Hot-Wheels-Autos in das Parkhaus zu schieben, das er zum Geburtstag bekommen hat. Manchmal vergesse ich, dass er erst sechs und mit so etwas noch glücklich zu machen ist.

»Schon zu Hause?«, frage ich erstaunt.

»Wie war der Schwimmkurs?«

»Gut.«

Er nickt. »Müsstest du nicht längst Bronze haben?« Er sieht an mir herunter. »Oder zumindest eine Schwimmtasche?«

»Ach die.« Mir rutscht sämtliches Blut in die Beine, und die Haut spannt in meinem Gesicht. »Die habe ich noch im Auto. Eilt ja nicht«, antworte ich hastig.

Er nickt wieder und blickt zum Fenster raus in Richtung Einfahrt. »Ich kann sie holen.«

»Nein!« Ich zwinge mich, ruhig zu bleiben, nicht laut zu werden. »Das ist nicht nötig. Ich muss gleich waschen, dann hole ich sie. Vielleicht könntest du dich um die defekte Glühbirne im Waschkeller kümmern?«

»Klar.«

Als ich die Kellertür höre, renne ich nach oben ins Schlafzimmer, reiße irgendeinen Bikini aus dem Schrank, halte ihn unter das Wasser im Bad und wickele ihn in ein Handtuch ein, das ich in meine Sporttasche stopfe. Bei alldem fühle ich mich schuldiger als bei jedem Treffen mit Kieran. Und trotzdem gehe ich mit der Tasche und der übrigen Schmutzwäsche in den Keller, wo Ralf eine neue Glühbirne in die Deckenleuchte schraubt. Mich überkommt eine alles umfassende Angst, meine Zeit mit Kieran könnte enden. Ich könnte ihn nie wiedersehen und wäre nie wieder lebendig.

In dieser Nacht schiebe ich Ralfs Hand nicht weg, als sie im Dunkeln nach meiner Mitte sucht. Ich lasse ihn mein Nachthemd über meinen Kopf ziehen und seine Boxershorts herunterstreifen. Ich lasse es geschehen wie so viele Male zuvor, als ich dachte, dass ich es ihm schuldig bin und dass mein Körper nicht nur mir gehört, sondern auch ihm. So wie er eine Zeit lang den Kindern gehört hat, weil Fürsorge nun mal meine Aufgabe ist und ich Fürsorge mit allem leiste, was ich habe. Ich habe es akzeptiert, dass nichts von mir übrig blieb, was einfach nur für mich war. Aber das stimmt jetzt nicht mehr. Ich lasse es geschehen wie so viele Male zuvor, und ich weiß, es ist das letzte Mal.

—

Zwei Wochen nachdem ich Kierans blutige Knöchel geküsst habe, lerne ich seine Mutter kennen. Es ist ein Samstag, ich habe gelogen, um frei zu sein. Es ist falsch. Aber als er mich gefragt hat, ob ich ihn begleite, habe ich an seine Hände gedacht und Ja gesagt.

Es ist nicht weit bis zur Wohnung seiner Mutter. Ich ahne, wohin wir fahren, als die Skyline der Hochhaussiedlung vor mir auftaucht.

»Hier?«, frage ich dennoch.

»Warst du schon mal hier?«

»Nein, noch nie.« Ich sitze neben ihm wie ein aufgeregter Teenager, der jetzt noch aufgeregter ist, und er greift nach meiner Hand, um sie zu drücken. Jeder im Dorf kennt das Hotel California. Ich weiß, welche Mitschüler meiner Kinder hierherkommen. Und doch bin ich noch nie hier gewesen, obwohl ich die Spitzen der Wohntürme jedes Mal sehe, wenn ich in die Innenstadt fahre.

»Und deine Mutter feiert wirklich mit uns allein?«

»Ja, es ist wirklich niemand sonst da. Und ja, sie ist wirklich älter als du«, antwortet er wie die ungefähr fünf Male zuvor, als ich ihm eine der beiden Fragen gestellt habe.

»Du machst dich lustig über mich.«

»Man könnte sich fragen, wer hier der Erwachsene ist.«

Ich gebe ihm einen Klaps auf den Oberarm. »Wir sind beide erwachsen!«

Er lacht, natürlich lacht er. »Du bist ungenießbar, wenn du aufgeregt bist.«

Er stellt seinen alten Polo auf der asphaltierten Fläche vor den Eingängen ab. Vier Eingänge in vier Wohntürmen stehen hier fein säuberlich nebeneinander aufgereiht. Nichts hier ist heruntergekommen, ganz im Gegensatz zu dem, was unten in der Stadt erzählt wird. Es liegt kein Müll herum, und die Häuser mit der grau-hellblauen Fassadenverkleidung sehen alt aus, aber nicht verwahrlost. Es ist die Tristesse dieser Ordnung, die einen erdrückt.

»Los geht's.« Er hat schon die Blumen vom Rücksitz gegriffen und drückt sie mir in die Hand.

»Und sie mag wirklich Gladiolen?«, frage ich ebenfalls nicht zum ersten Mal. Mir kommt alles albern vor. Die Blumen, das Jeanskleid, überhaupt ich. Ich fühle mich wie sechzehn, als mich zum ersten Mal jemand mit zu seinen Eltern genommen hat und ich unbedingt wollte, dass sie mich mögen. Nur dass ich jetzt keine junge Frau mehr bin, sondern nicht viel jünger als seine Mutter. Nicht alles wird mit zunehmendem Alter leichter.

Er sieht erst aus dem Seitenfenster, dann zur Frontscheibe hinaus. Zwei Jungs mit aufgezogenen Kapuzen streunen um eins der vorderen Häuser, sonst ist niemand zu sehen. »Komm, wir gehen rein.«

Ich habe mir kein Bild von ihr gemacht, und trotzdem überrascht mich ihr Anblick. Ich suche Kieran in ihr und finde Spuren, die das Leben aufgetragen hat. Sie sind in den eingefallenen Augen mit den dunklen Schatten und den geraden Falten um den Mund eingraviert, in der grauen Haut und den schmalen, spitzen Schultern. Sie ist so dünn, dass ich das Gefühl habe, meine Arme zweimal um sie legen zu können, als sie mich umarmt.

»Herzlichen Glückwunsch zum Geburtstag«, sage ich.

»Ach was, alt werden ist keine Leistung.«

Kieran nimmt mir meinen Mantel ab und hängt ihn in der engen Diele auf. Wir drücken uns aneinander vorbei, nebeneinanderher bis in das Wohnzimmer vor eine gewaltige Wand aus Holz. Der dunkelbraune Schrank geht über die gesamte Breite. Er ist reich verziert mit Schnitzereien, die an die Decke stoßen. Er wirkt so wuchtig, dass man sich fragt, ob er zuerst hier war und das Haus drum herumgebaut worden ist. Der Ledersessel mit der eingeprägten Körperform, der kleine Beistelltisch in Holzoptik, alles steht in seinem Schatten.

»Kieran, sei doch so gut und hol Gläser«, bittet seine Mutter, die ich Karin nennen soll.

Der Schrank in meinem Rücken wäre der richtige Ort für das Feiertagsgeschirr. Meine Mutter hatte solch einen Schrank im Wohnzimmer stehen. Niemals hätte sie etwas Alltägliches darin aufbewahrt. All die Platten, Tortenheber und Kristallgläser daraus stehen inzwischen in meinem Keller und warten darauf, dass noch einmal so gefeiert wird wie früher. Bei Karin blitzen Fotoalben und Bücher durch die Glasscheiben.

»Die guten Weingläser«, sagt seine Mutter vorwurfsvoll, als er uns Kelche mit langem Stiel hinstellt.

»Es ist dein Geburtstag.«

Die bohrenden Fragen kommen nicht. Sie kommen nicht, als ich auf ihrer Couch sitze, sie kommen nicht, als Kieran im Bad ist, und sie kommen auch nicht, als das Essen geliefert wird: gebratene Nudeln und Rindfleisch Chop Suey. »Wenn es was zu feiern gibt, essen wir chinesisch. Das war schon immer so.« Und sie lächelt endlich mal.

»Ich liebe chinesisch«, lüge ich.

Nach dem Essen schiebt ihr Kieran einen Glückskeks zu.

»Ich bitte dich, das ist doch Quatsch.«

»Komm schon, ist doch nur ein Spaß.«

Sie drückt so fest, dass ihre Fingerknöchel weiß werden, um den Keks zu brechen. Der goldene Ring an ihrem zarten Finger rutscht ein Stückchen hoch. Sie schiebt ihn mit dem Daumen wieder herunter, ohne hinzusehen. Ich beobachte alles, was sie tut. Das ist die Frau, die diesen wunderbaren Kerl großgezogen hat. An dieser knochigen Hand ist er gelaufen. Diesen zierlichen Armen ist er entwachsen. Sie hat ihn zu dem anbetungswürdigen Menschen herangezogen, der er ist. Sie hat Michelangelos David erschaffen.

»Ach, herrje. Ich sag doch, das ist Quatsch.«

Kieran nimmt ihr den Zettel ab und liest. »Du hast dein Glück selbst in der Hand.« Er wirft einen Blick auf seine Mutter und zuckt mit den Schultern. »Hätte schlimmer kommen können.« Er zerbricht seinen eigenen Keks und fischt den Zettel aus den Krümeln. »Setz dir Ziele und glaub an dich.«

»Keine schlechte Idee«, sage ich, und er wirft mir einen tiefen Blick unter hochgezogenen Augenbrauen zu. Ich frage mich, was seine Mutter über seine Abschlussarbeit weiß. Was er ihr anvertraut und was sie auch so weiß, ohne dass er es sagt.

»Jetzt du.« Er reicht mir meinen Keks, und ich breche ihn in der Mitte durch. »Akzeptier, was du nicht ändern kannst.«

»Als wenn das so einfach wäre«, sagt Karin und schenkt uns Wein nach. »Hat er dir mal erzählt, warum er so heißt? Ich meine, Karin und Kieran klingt reichlich albern, oder?«

Als wäre das sein Signal, steht er auf und beginnt damit, Teller zu stapeln.

»Nein, aber ich wüsste es wirklich gern.«

Er wirft mir einen Blick zu, der *willst du nicht* bedeutet, und geht mit dem Geschirr Richtung Küche davon.

»Kieran heißt der Dunkle. Ich war mir sicher, dass er die schwarzen Haare und braunen Augen seines Vaters erben würde. Ich meine, dunkel setzt sich durch, oder nicht?«

Ich nicke. Ihre langen Finger drehen das Weinglas am Stil hin und her. Der Goldring ist schmal und über die Jahre matt geworden. Er strahlt dieselbe etablierte Traurigkeit aus wie sie.

»Na ja, du siehst ihn ja. Braune Haare, blaue Augen. Er hat alles von meiner Familie geerbt, außer den Dickschädel, den hat er von ihm.« Kieran betritt wieder den Raum und stellt ihr eine leere Tasse hin.

»Er wäre so stolz auf ihn, wenn er wüsste, dass er zur Uni geht.« Karin tätschelt ihm den Arm.

»Ja, Mama«, erwidert Kieran, als wäre dieser Satz schon zu oft gefallen, um noch Bedeutung zu haben. »Kaffee kommt gleich.«

Einen Moment lang ist das Ticken einer Uhr von irgendwoher zu hören. Ich will etwas sagen, an ihre letzten Worte anknüpfen. Ich will mehr über Kierans Vater erfahren, aber ich weiß nicht, wie ich fragen soll. Die Trauer erscheint mir roh und unverdaut, auch nach all den Jahren noch.

»Ich wurde morgens wach, und er war gegangen. Er lag neben mir, aber er war nicht mehr da«, sagt sie einfach so.

»Das tut mir leid.«

»Es ist vierzehn Jahre her. Manchmal höre ich ihn noch. Oder ich drehe mich um, um ihm etwas zu erzählen. Und dann merke ich, dass er nicht da ist, und es trifft mich wieder aus dem Nichts.«

Zum ersten Mal sieht sie mich an, und ich erkenne das vertraute Blau. Ihre Augen müssen einst so azurblau gestrahlt haben wie seine. So kristallklar, als würde das Licht von innen heraus scheinen.

Kieran stapelt die noch halb vollen Essensschalen übereinander. Ich frage mich, wie oft er all das schon gehört hat. Und wie oft diese Worte an Tagen gefallen sind, die eigentlich zum Feiern gedacht waren.

»Wir hatten ein schönes Zuhause. Ein Haus, nur gemietet, aber …«

Wir sitzen im Auto. Mein Blick wandert noch einmal die Himmelslinie der Hochhäuser entlang, hinter denen die nächste Reihe in die Höhe ragt und dahinter eine weitere. Das Blau-Grau mischt sich mit den Farben des Horizonts und lässt ihn genauso trist erscheinen wie die Wohntürme.

»Und dann kamt ihr hierher mit dem großen Schrank aus dem alten Leben, der hier nicht reinpasst.«

Er startet den Motor, fährt aber nicht gleich los. »Wir dachten, das hier ist nur vorübergehend.«

»Und dann seid ihr geblieben«, sage ich vorsichtig.

»Meine Mutter hat tagsüber im Büro gearbeitet und

nachts als Schneiderin. Wenn die Dunstabzugshaube anging, wusste ich, dass sie eine raucht. Ich habe oft versucht, wach zu bleiben, bis sie ins Bett geht. Aber ich bin immer vorher eingeschlafen.«

»Macht sie das immer noch?«

»Nein, jetzt macht sie gar nichts mehr.«

»Ist das der Grund, warum du die Uni nicht abschließt? Glaubst du, dass du in Wahrheit doch hierhergehörst?«

»Ich glaube, dass ich nirgendwo hingehöre.«

Wir fahren schweigend vom Berg hinunter, zurück in die Welt, die ich kenne. Doch am Ortseingang biegt er nicht Richtung Stadt ab, sondern auf die Landstraße, die in den Nachbarort führt. Ich lehne den Kopf an die Nackenstütze, während eine warme Müdigkeit in mir hochkriecht und meine Glieder auf die Art beschwert, die angenehm gleichgültig macht. Ich könnte ihm stundenlang beim Autofahren zusehen. Ich könnte ihm ebenso lange zuhören, wenn er mir mit dem Blick auf die Straße aus seinem Leben erzählt. Aber er sagt nichts weiter, und so bin ich diejenige, die irgendwann spricht. »Ich habe gedacht, du bist jung und frei. Dabei bist du eine alte Seele, Kieran.«

Wir lieben uns in seinem Auto. Es ist mir egal, ob uns jemand sieht. Das Bedürfnis, ihm so nahe zu sein, wie sich zwei Menschen nur nahe sein können, ist mächtiger als alles andere. Ich will ihn trösten, will alles wiedergutmachen, jedes Unrecht ungeschehen machen, das das Leben ihm angetan hat. Ich sitze auf seinem Schoß, den Oberkörper nach hinten gestreckt, als ich den ersten Höhepunkt erlebe.

Mein Körper schwebt frei. Mein Denken schaltet auf etwas um, was nichts mit dem Verstand zu tun hat. Ich denke in Farben und sehe in Mustern, und vielleicht gibt es eine Sekunde, in der sich das ganze Geheimnis des Universums vor meinen Augen offenbart, aber ich kann nichts greifen, nur fühlen. Als ich die Augen wieder öffne, sieht er mich an, als wäre ich eine Heilige.

Es ist mir bis heute schleierhaft, wie jemand das als den kleinen Tod bezeichnen kann. Näher kann man dem Leben nicht sein.

—

Ich habe bei Kieran geduscht, weil ich nicht mit seinem Geruch an mir nach Hause kommen kann. Ich hatte gehofft, dass sich Ralf schon ins Arbeitszimmer zurückgezogen hat, schließlich sind die Kinder längst im Bett. Aber er sitzt am Esstisch, die Teller und Gläser meines vorbereiteten Abendessens stehen noch um ihn herum wie eine mahnende Erinnerung daran, was eigentlich meine Aufgabe ist.

»Gibt es neuerdings Duschen bei einer Lesung?«

Mein Blick verschwimmt vor seinem. Etwas in mir macht sich weit. Wie wenn man im Dunkeln spürt, dass man nicht allein ist. So fühlt sich das also an, das Ertapptwerden, denke ich.

»Was meinst du?«

»Du riechst nach Duschgel. Männer-Duschgel, wenn ich richtigliege. Und deine Haarspitzen sind nass. Ich wusste nicht, dass man bei einer Lesung duschen kann.«

Er steht auf und geht zum Fenster, in der Scheibe spiegelt

sich unser Leben. Zwei Menschen mit verzerrten Umrissen, die sich nur noch schemenhaft erkennen.

»Ist es der Schwimmlehrer?«

Ich sage nichts.

»Ist er gut im Bett?«

»Ralf …«

»Nein, es interessiert mich wirklich. Du wirkst so gelöst in letzter Zeit. Fickt er gut?«

Ich wende mich ab.

»Entschuldigung, war das zu direkt?«, seine Stimme prallt an den Wänden ab und kommt von allen Seiten zu mir zurück. »Ernsthaft, Ava, du willst nicht reden, aber ich soll schlucken, dass du dich von einem Teenager vögeln lässt?«

»Es geht nicht nur um Sex.« Ich flüstere fast. Es klingt so hart aus seinem Mund.

»Pah!« Er lacht verächtlich und wischt sich die Lippen an seinem Handrücken ab. »Und dann ausgerechnet heute. Du hast das Konzert deiner Tochter verpasst!«

»Ich bin sonst immer da«, sage ich immer noch leise. Heute Morgen dachte ich noch, es wäre in Ordnung, dieses eine Mal diesen einen Termin sausen zu lassen für diese eine Gelegenheit. Ich bin doch sonst immer verfügbar, vierundzwanzig Stunden, sieben Tage die Woche. Das alles gehört doch immer ihnen. Heute Morgen war das alles ganz klar in meinem Kopf. Jetzt bin ich mir nicht mehr so sicher.

»Es war ihr Auftritt!« Er spuckt seine Wut regelrecht heraus. Nein, es ist keine Wut. Da ist keine Hitze in seinen Worten, sie brennen nicht, sie kriechen hoch und lassen mich innerlich frösteln.

»Wie heißt ihre Musiklehrerin?«, höre ich mich fragen.

»Wie?«

»Wann hat sie Unterricht? Wie lange geht sie schon dorthin?«

Er hebt die Hände hoch, als hätte ich nichts verstanden.

»Glaubst du, du hast ein hartes Leben, Ava?«

»Ich weiß nicht, was die Frage soll.«

»Ist es so ein schlimmes Schicksal, dass du dich um deine eigenen Kinder kümmern musst?«

Ich schließe die Augen vor Hilflosigkeit. Ich müsste einfach Ja sagen. Ja, ich finde es hart. Ja, ich schaffe es nicht. Ja, ich will manchmal alles hinwerfen und gehen. Ja, es überwältigt mich. Aber von allen Menschen auf der Welt gehört er zu den vieren, die das niemals verstehen werden.

»Ich frage mich, was in dich gefahren ist, Ava. Ich erkenne dich nicht wieder.«

»Ich schon«, entgegne ich. »Zum ersten Mal seit langer Zeit erkenne ich mich wieder.« Meine Hand verkrampft, als ich sie an meinen Hals lege.

Ich sehe dieses kleine bisschen Ava vor mir, das ich mir herausgenommen habe. Ich sehe Kieran, wie er mein Gesicht in seine Hände nimmt und nichts fragt, mich nur ansieht. Neue Tränen laufen mein Gesicht herunter.

Er kommt auf mich zu, und einen Moment fürchte ich, er will mich anfassen. Aber er bleibt mit herunterhängenden Armen vor mir stehen. Seine Stimme ist ganz ruhig.

»Ist dir klar, wer deine Eskapaden ausbaden muss?«

Er beugt sich zu mir herunter und fixiert mich mit festem Blick. »Stell dir vor, was die Kinder aushalten müssen, wenn das herauskommt. Stell dir vor, alle wissen, dass du mit Mias Schwimmlehrer vögelst. Was glaubst du, wie lange es dauert, bis die ersten Mitschüler sie damit aufziehen?«

Eine schwere Hand legt sich auf meine Schulter. Er hätte mir vorwerfen können, dass ich ihn verraten, unser Eheversprechen gebrochen habe, alles, was wir uns vor Gott und der Welt geschworen haben. Aber es geht ihm nicht um sich und seinen Stolz. Sein analytisches Gehirn hat erkannt, was das wahre Verbrechen ist. Ich war bereit, unsere Kinder der Lächerlichkeit preiszugeben, nur um mir das Leben bunter zu machen. Er will mich nicht zurückgewinnen. Er erinnert mich nicht an die Liebe, die wir einst füreinander empfunden haben. Er weiß, dass dieses Fundament bröckelt. Er führt die Liebe zu unseren Kindern ins Feld. Er nutzt die mächtigste Kraft des Universums für sich.

Der Mann, dem ich ewige Treue geschworen habe, nimmt mein Gesicht in die Hände und hebt es an, sodass ich ihn ansehen muss. »Wir haben ein gutes Leben, Ava. Das wirft man nicht einfach weg.«

—

Ich kann ihm nicht in die Augen sehen, deshalb mache ich es am Telefon.

»Er weiß es.«

»Hast du ihm gesagt, dass du ihn nicht mehr liebst?«

»Das weiß er auch.«

»Was dann?«

Ich bin immer davon ausgegangen, dass Kieran die Ausweglosigkeit unserer Situation genauso klar ist wie mir. Ich habe ihm gesagt, dass ich meine Familie nie verlassen kann. Er weiß, dass ich nicht frei bin und nie sein werde. »Er hat mir klargemacht, was ich den Kindern antue. Ich kann nicht ihr ganzes Leben zerstören, nur …«

»Moment mal, was soll das heißen?«

»Kieran, wenn die Sache zwischen uns rauskommt. In dieser Stadt … die Kinder …« Meine Mitte zieht sich nach innen wie von einem Gummiseil gezogen.

»Darüber denkst du nach?«

»Natürlich denke ich darüber nach. Glaubst du, dass ich tun und lassen kann, was ich will?«

»Es ist dein Leben.«

»Nein, ist es nicht!« Ich merke erst durch die Stille danach, wie laut ich geworden bin.

»Verstehe. Es wäre eine verdammte Blamage. Stell dir vor, die Frau des Anwalts vögelt irgendeinen Versager aus dem Getto.«

»Kieran, bitte …«

»Was soll das, Ava? Hast du geglaubt, so ein Typ wie ich hat keinen Stolz? Der steckt das einfach so weg, weil er doch selbst weiß, dass er nicht gut genug ist?«

Meine Scham läuft mir heiß das Gesicht hinunter.

»Ich komme bei dir vorbei.«

»Nein!« In meinem Kopf beginnt etwas zu pochen, und mein Mund wird trocken. »Du darfst nicht herkommen.«

»Ich will, dass du es mir ins Gesicht sagst.«

»Du kannst nicht herkommen. Sie dürfen dich nicht sehen.«

»Wer? Deine Kinder? Die lieben Nachbarn? Der Mann, den du nicht mehr willst?«

»Hör auf.«

»Ich will den wahren Grund hören. Na, mach schon. Sag mir, dass ich nur ein Spaß für dich war.«

Ich höre seinen Atem in der Leitung. Er klingt so nah, als müsste ich nur meine Hand ausstrecken, um ihn zu berühren. Ich werde es nie wieder tun.

Die Scham versiegelt meine Lippen mit Salz. Mein verschwommener Blick fällt auf das Handy in meiner Hand, als ich es weglege. Die Wahrheit ist unaussprechlich. Denn in Wahrheit denke ich nicht an meine Kinder. Ich denke auch nicht an den Mann, den ich betrogen habe. Oder den Mann, den ich gerade verloren habe. Ich denke an mich. Ich sehe mich durch die Straßen dieser Stadt gehen, sehe all die Blicke auf mir, höre das Zischen der geflüsterten Stimmen, und ich weiß genau, was sie sagen. Sie würden mich mit ihren Blicken entblößen. Sie würden mein Allerheiligstes bloßstellen, mein Heimlichstes, das, was ich so lange vor mir selbst versteckt habe, was ich so mühsam zulassen musste, was mich befreit hat und was ich jetzt wieder einsperren muss: mein Verlangen.

10
Du?

Ich ertaste ihr Bein und schiebe es von meiner Hüfte. Die Luft ist abgestanden, das Licht gelb. Ich weiß nicht, wie lange ich schon so daliege, den Motoren und quietschenden Straßenbahnen vor meinem Fenster zuhöre. Wie oft ich darüber wieder eingeschlafen bin. Aber es sind viele Motoren und viele Stimmen und häufiges Quietschen, also muss es mitten am Tag sein.

Mein Blick wandert zu dem Schreibtisch vor dem Fenster, da, wo der Laptop steht und darauf wartet, dass ich diese verdammte Bachelorarbeit fertigstelle. Ich war so gut in der Spur. Aber das war vor fünf Tagen, bevor ich kapiert habe, wie lächerlich ich mich gemacht habe, als ich dachte, dass ich mehr sein kann als ein Spielzeug.

Ronja seufzt im Schlaf und wirft sich auf die andere Seite. Dabei landet ein Arm auf meiner Brust. Sie hat ein paar neue Tattoos und trinkt jetzt härteres Zeug. Oder ich bin einfach nichts mehr gewohnt. Sie hat mir geschrieben, hat mich gefragt, was geht. »Nichts«, habe ich geantwortet und gefragt, ob sie vorbeikommen will. Das ist jetzt auch schon wieder achtundvierzig Stunden her. Ungefähr. Jetzt riecht mein Bett nicht mehr nach Ava, aber besser ist dadurch nichts.

In meinem Inneren wühlt ein wildes Tier und will raus, will durchdrehen und Türen einrennen, aber der Rest von mir ist verkatert oder noch halb betrunken und will sich einfach nur übergeben.

»Wach auf.« Ich rüttle an Ronjas Schulter und setze mich auf. Der Geschmack in meinem Mund ist beißend, irgendwie chemisch. Vielleicht werde ich für mich selbst giftig.

»Lass mich.« Ronja hebt den Arm und erwischt mich am Kinn. Als meine Zähne aufeinanderknallen, ist es der beste Schmerz, den ich seit Tagen gefühlt habe. Zeit, aufzustehen.

Das Wasser der Dusche prasselt wie Pfeilspitzen auf meine Haut. Um es schlimmer zu machen, drehe ich es so kalt, wie ich es gerade noch aushalten kann. Vielleicht will ich mich bestrafen. Vielleicht wäre es nur fair, wenn ich an mir selbst zugrunde gehe. Ich spucke den beißenden Geschmack in die Duschtasse, lasse Wasser in meinen Mund laufen. Dann stehe ich da, bis sich die Kälte heiß auf meiner Haut anfühlt. Unser Blut besteht zu neunzig Prozent aus Wasser. Unsere Tränen zu neunundneunzig Prozent. Als ich die Dusche abstelle, bin ich mir sicher, dass alles aus meinem Körper herausgeflossen ist, was jemals lebendig war.

Ronja kommt ins Bad und setzt sich aufs Klo, als wären wir seit hundert Jahren verheiratet. Sieh hin, denke ich mir, das ist deine Kragenweite, und finde mich selbst zum Kotzen. »Glotz nicht so. Sind auch nur Körperflüssigkeiten«, blafft sie, und ich schmeiße mir Ferhats Bademantel über, um schnellstmöglich hier rauszukommen.

In der Küche hat Ferhat seinen Auftritt. Er hatte Vierundzwanzig-Stunden-Schicht, ist gerade nach Hause gekommen und glotzt mich an, als wäre ich sein nächster Einsatz. »Scheiße, Alter, seid ihr immer noch drauf?«

»Kieran und ich haben ein bisschen gefeiert.« Ronja kommt in Unterhose und einem meiner Shirts in die Küche und fängt an, die Schränke zu durchwühlen. Ich sehe dem Ganzen zu, als wäre es ein Film.

»Was gibt's denn hier zu feiern? Dass Kieran seit Tagen rumlungert wie der letzte Penner und du ihm jetzt noch dabei hilfst?«

Ronja holt eine Packung Nudeln aus dem Schrank über der Spüle und verdreht die Augen. »Mein Gott, Kieran brauchte mal 'ne Auszeit. Kommt in den besten Familien vor.«

»Auszeit nennst du das? Ich nenn das Komasaufen. Ach, und dein Chef von der Tankstelle nennt das Kündigung. Da war ich nämlich vor Schichtende auf'n Kaffee. Ich soll's dir ausrichten, er hat dich nämlich nicht erreicht, als du all deine Schichten verpasst hast.«

Ferhat legt die Hände auf meine Armlehnen und beugt sich zu mir herunter. »Kannst du mir jetzt mal sagen, was mit dir los ist?« Ich sehe zur Seite, wo sich Ronja eine Handvoll ungekochte Nudeln in den Mund schiebt.

»Ich muss weg«, sage ich und versuche, meinen Körper vom Stuhl hochzukriegen. Aber Ferhat bewegt sich keinen Zentimeter.

»Alter, was ist los?«

»Lass gut sein.« Ich schiebe den Stuhl zurück und gehe Richtung Tür.

»Lass ihn. Sei kein Arsch, Ferhat.« In meinem Rücken höre ich Ronja und das Knallen einer Schranktür.

»Ich? Er hat dich wochenlang links liegen lassen, und dann pfeift er einmal, und du tanzt wieder an.«

Ich registriere die Worte, aber sie rauschen an mir vorbei wie Wasser, und das kann man bekanntlich nicht aufhalten. Ich gehe in mein Zimmer, suche Klamotten vom Boden, ziehe an, was mir in die Finger kommt. Ich stolpere aus der Wohnung, ohne mich noch einmal umzusehen. Gut möglich, dass mir Ferhat irgendwas hinterherbrüllt. Gut möglich, dass es etwas Beleidigendes ist. Durchaus denkbar, dass ich einen Mittelfinger hebe. Es gibt diesen Moment, wenn man durch Regen wandert und man weiß, dass man nicht nasser werden kann. Ab dann ist alles egal. Vielleicht werfe ich heute doch noch den Laptop aus dem Fenster. Dann habe ich alles zerstört, was ich zerstören kann. Alles, was in meiner Macht liegt.

»Wohin jetzt?«, fragt Ronja vor der Tür, und ich schüttele den Kopf, weil ich überhaupt nicht mitgekriegt habe, dass sie mir folgt.

»Ich muss allein sein.«

Sie drängt ihren Körper an meinen, und das Nächste, was ich merke, sind ihre Lippen auf meinen und ihre Zunge an meiner. Ich schiebe sie weg.

»Ronja, lass mich.«

»Dich lassen? Echt jetzt? Ich hab dich gerade vor Ferhat verteidigt, als er dich als Arsch beschimpft hat, und jetzt lässt du mich wieder fallen?« Sie reißt die schwarz umrandeten Augen auf, und in ihrem Blick zieht ein Sturm auf, der ungemütlich aussieht. Aber wie war das? Nasser als nass geht nicht.

»Ich muss den Kopf klar kriegen.«

»Und dafür brauchst du mich nicht, oder was?«

»Ist das so schwer zu verstehen?« Ich warte darauf, dass

sie mir eine scheuert. Oder mir gleich einen Kinnhaken verpasst. Es wäre nur fair. Aber sie klatscht mir keine. Sie fixiert mich mit einem Blick, der so selbstsicher ist, dass ich ihr jedes Wort abnehme, das sie danach zu mir sagt. »Du bist wahrhaftig das größte Arschloch von allen. Und das hat nichts damit zu tun, wo du herkommst, Kieran. Das hast du ganz alleine geschafft.« Sie lässt mich stehen, und ich laufe in die andere Richtung. Keine Ahnung, wohin. Aber wenn ich lange genug in Bewegung bleibe, vergesse ich vielleicht, dass ich kein Ziel habe.

Das größte Arschloch von allen. Ronjas Worte vermischen sich mit Bildern von Ava und dem Glatzkopf, fließen mit den Wodkaresten durch meine Blutbahn. Irgendwann stehe ich vor ihrem Haus. Draußen im Neubaugebiet, wo die Spießerfamilien sich ihr hübsches Leben einrichten. Wo ich sie in der Nacht abgesetzt habe, nachdem wir uns das erste Mal geküsst haben und ich nicht glauben konnte, dass sich eine Frau wie sie für einen Typen wie mich interessiert. Ich hätte wissen müssen, dass sie ein Feigling ist. Dass sie mich bei erstbester Gelegenheit fallen lässt. Es ist so bequem, wenn für alles gesorgt ist. Ihr Haus, ihr Auto, ihr Garten.

Herzlich willkommen steht auf dem schlichten Kranz an der Tür, zwei Autos parken in der Einfahrt, die Mülltonnen stehen in ihrem Unterstand. Eine gerade Straße führt rein und wieder raus. Ich weiß nicht, was ich hier will. Ich glotze in die Fenster, als könnte ich sie dazu bringen, an eine der Scheiben zu kommen. Ich will den Schreck in ihrem Blick sehen, wie die Panik hochkriecht. Da kommt der Toyboy einfach her und stört die Idylle.

»Bist du ein Trickbetrüger?«

»Was?«

Der Junge steht plötzlich mit seinem Roller neben mir, ohne dass ich ihn habe kommen sehen.

»Wir hatten hier neulich jemanden, der irgendwas von einem Wasserrohrbruch erzählt hat. Aber es war nur ein Ablenkungsmanöver. In der Zeit ist ein zweiter Mann ins Haus reingeschlichen und wollte was klauen.«

»Bei dir zu Hause?«

Der Junge sieht aus, als wäre er noch nicht einmal in der Schule und erzählt die Geschichte erstaunlich abgebrüht. »Bei Nina. Aber die hat zwei Söhne. Meine Mama sagt, die sind wie Rottweiler. Mit denen will sich keiner anlegen.«

Ich muss lachen, weil er das alles so nüchtern erzählt.

»Wir wohnen hier.« Er zeigt auf den Kranz mit dem *Herzlich-willkommen*-Schild. Die Schwerkraft wird stärker und pinnt mich magnetisch auf dem Boden fest. Das ist Avas Sohn. Ich habe mir nicht mal seinen Namen gemerkt. Mike? Nick?

»Deine Mutter ist hart«, sage ich, weil mir verdammt noch mal nichts Besseres einfällt. In mir kehren sich alle Maschinen um. Ich will auf keinen Fall mehr, dass sie ans Fenster kommt.

»Sie ist knallhart. Mia darf erst wieder zu ihrem Freund, wenn Mama mit seiner Mutter gesprochen hat. Mia ist stinksauer und findet Mama voll peinlich. Und ich habe gerade Switch-Verbot. Mia sagt, sie will Mama nie mehr sehen.«

Ich sehe zwischen ihm und dem Kranz auf der grauen Haustür hin und her. Ein Zuhause wie aus dem Katalog. Ein

Kind mit Roller, farblich passendem Helm und einer Mutter, die ihm nicht alles durchgehen lässt. Eine heile Welt, deren Wert er nicht einmal ansatzweise versteht.

»Bist du jetzt ein Betrüger oder nicht?« Der Junge stellt einen Fuß auf den Roller und mustert mich.

Eine Sekunde schießen mir so viele Gedanken durch den Kopf, dass ich Sterne sehe. Übrig bleibt ein Satz. »Ja, bin ich.«

Er reißt die Augen auf und greift den Rollerlenker. »Ein gefährlicher?«

»Ziemlich gefährlich.«

Er macht einen Satz und rollert los, als wäre der Teufel hinter ihm her.

Ich drehe mich um und fange an, die schnurgerade Straße zurück Richtung Innenstadt zu laufen. Ich bin kurz davor, mich noch einmal umzudrehen, aber ich bin mir nicht sicher, ob ich mich danach nicht gleich im nächsten Straßengraben übergeben müsste.

Ich zähle die Schritte bis zu unserer Wohnungstür. Ein paar Mal fange ich wieder von vorn an, weil ich den Faden verliere. Als ich endlich den Schlüssel im Schloss umdrehe, bin ich zum vierten Mal bei fünfhundert-irgendwas, und das Bild vor meinen Augen schwankt, obwohl ich stillstehe. Zeit, nüchtern zu werden.

Die Wohnung ist leer. Ich weiß nicht, ob Ferhat schon die nächste Vierundzwanzig-Stunden-Schicht hat oder ob er zu seiner Freundin abgehauen ist, weil er das Elend hier nicht mehr ertragen kann. In meinem Zimmer reiße ich das Fenster auf, um den Geruch von Selbstaufgabe loszuwerden. Der aufgeklappte Laptop fordert mich heraus. Ich setze mich hin und betrachte den schwarzen Bildschirm, bevor ich die Maus bewege und die geöffnete Datei angezeigt wird. Die Bachelorarbeit. Noch zwei Wochen bis zur letzten Chance auf Abgabe. Ich schließe die Datei und drücke die rechte Maustaste. Umbenennen. Duplizieren. Löschen kommt an dritter Stelle.

11
Still

»Sie müssen sich kleine Ziele setzen«, sagt die Therapeutin. »Und dann suchen Sie etwas, was sich sinnvoll anfühlt.«

Ich sage ihr nicht, dass das Sinnvollste in meinem Leben vor sechs Monaten noch war, mit einem Vierundzwanzigjährigen zu schlafen. Ich sage ihr nicht, dass ich noch nie auf diese Art berührt worden bin, dass ich noch nie so begehrt habe. Dass ich mich freigeschwommen habe und auf der Welle gesurft bin. Ich verrate ihr nicht, dass ich ja keine Ahnung hatte, wie gut sich dieser Rausch anfühlt. Dass ich ihm nachgejagt bin wie ein Junkie dem nächsten Schuss.

»Können Sie mir etwas verschreiben?«, frage ich am Ende der fünften Sitzung.

»Vielleicht sollten Sie sich einen Job suchen. Etwas Anspruchsloses, nur um wieder in ein eigenes Leben zu finden«, rät die Therapeutin. Ich denke darüber nach, während ich mitten am Tag im Bett liege und durch Vorhangritzen starre.

Die einzige Regung, die ich noch verspüre, ist ein Kribbeln, wenn es auf den Freitag zugeht. Dieses Gefühl der Freude steckt so tief in meinem Körper, dass ich es einfach nicht loswerde. Es existiert weiter, obwohl wir uns nicht mehr sehen. Und jedes Mal, wenn ich mich selbst damit konfrontieren muss, dass am Freitag nichts auf mich wartet, sterbe ich ein wenig.

Ich will mich abschalten, in den Stand-by-Modus gehen. Ich habe es schon einmal geschafft, ich müsste noch wissen, wie es geht. Wie man sich ganz kleinmacht und einfach funktioniert. Aber es will mir nicht mehr gelingen. Ich habe eine Tür geöffnet und bekomme sie nicht mehr zu.

Meine Hand wandert in meine Mitte mit dem verzweifelten Wunsch, etwas zu fühlen. Nur ein winziges bisschen, einen schlechten Abklatsch von dem, was mal war. Aber da ist nichts. Es reibt nur Haut auf Haut, ohne dass ein Funke entsteht. Meine Hand kreist in meiner Körpermitte, die genauso gut meine Achselhöhle sein könnte.

Also liege ich einfach auf dem Bett, ziehe die Hand aus dem Slip und sehe der Mittagssonne dabei zu, wie sie sich durch die Vorhangritzen drängelt und Streifen in den Raum malt. *Suchen Sie sich etwas Anspruchsloses,* hat sie gesagt.

—

»So, und Sie wollen jetzt wieder richtig durchstarten?«

Mein potenzieller neuer Chef ist etwa zehn Jahre jünger als ich und trägt Sakko zur Jeans.

»Nun ja, die Kinder werden älter, und ich suche einen Job, der mir die Chance gibt, wieder anzuknüpfen.« Ich habe mir den Satz auf der Fahrt hierher überlegt. Die Wahrheit ist: Ich habe fast sieben Jahre nicht mehr in meinem Beruf gearbeitet. Die Vorstellung, es jetzt bald wieder zu tun, ist so unscharf, dass sie kein Bild in meinem Kopf erzeugt.

»Gut. Wir sind nicht mit Ihrem alten Arbeitgeber zu vergleichen. Das ist Ihnen klar, oder?«

Im Regal hinter ihm stehen all die Bücher, die sein Verlag herausgebracht hat. Alle schmal und mit schwarzem Einband, keins mehr als zweihundert Seiten. Schwarze Buchrücken mit roter Schrift.

»Wir zahlen auch deutlich schlechter. Aber dafür können Sie sich bei uns in einem kleinen Team einbringen. Hier packt jeder überall mit an.« Er legt meinen Lebenslauf vor sich auf den Tisch, und ich bin mir sicher, dass er das Blatt im rechten Winkel zur Computertastatur ausrichtet. Ich suche auf seinem Schreibtisch nach einem Bilderrahmen, finde aber keinen.

»Kleines Team klingt gut«, erkläre ich, weil ich finde, dass ich etwas Nettes sagen sollte.

»Das heißt aber natürlich auch, dass wir uns absprechen müssen, was Urlaub und so angeht.«

»Ich bin leider an die Schulferien gebunden.«

»Wir müssen sehen. Ich kann Ihnen nicht versprechen, dass das immer hinhaut.«

»Okay«, höre ich mich sagen, obwohl das ganz und gar nicht *okay* ist. Wenn ich in den Schulferien nicht für die Kinder da bin, ist es niemand. Aber hier steht ein Chef, der bereit ist, mir nach sieben Jahren in einer anderen Welt eine Chance zu geben. Meine Therapeutin wird stolz auf mich sein.

Zum Abschied drückt der potenziell neue Chef meine Hand und kündigt an, sich im Laufe der Woche zu melden, aber es sehe gut aus. Vor der Tür bleibe ich stehen und atme durch. Das Licht sieht anders aus als noch vor einer Stunde. Ich schaue den Menschen zu, die eilig an mir vorbeilaufen, von der Mittagspause zurück ins Büro. Jahrelang gehörten sie zu der anderen Welt. Eine, die ich mal gekannt habe, zu der ich aber nicht mehr gehöre. Ich habe sie oft beneidet, und gleichzeitig hatte ich Angst davor, wieder eine von ihnen zu werden, weil ich schon genug Antreiber in meinem Leben habe und nicht weiß, ob ich einen weiteren verkraften kann.

»Wir entdecken hier nicht gerade den nächsten Harry Potter, aber das Team ist ganz nett und der Chef nicht so spießig, wie er wirkt.«

An der Hausfassade, halb verdeckt von einem Fallrohr, lehnt eine Frau, höchstens ein paar Jahre älter als ich. Ihr Haar schillert von Kupfer bis Karmesin, in ihrer Hand qualmt eine Zigarette vor sich hin. Sie ist eigentlich keine Frau, die man übersieht.

»Bist die Neue, was?«

Ich nicke. »Sieht ganz danach aus. Es sei denn, du sagst jetzt, ich soll laufen, so schnell ich kann.«

Sie lacht, und es ist ein Lachen, das den ganzen Körper durchschüttelt und von tief unten kommt.

»Kommt drauf an. Willst du Karriere machen, oder weißt du solides Mittelmaß mit Überlebensspielraum zu schätzen?«

»Ich will ganz bestimmt nicht Karriere machen«, sage ich zutiefst überzeugt.

»Liest du nur Hemingway oder auch mal die *Bunte*?«

»Ehrlich gesagt, komme ich nicht wirklich zum Lesen im Moment.«

»Nicht zu hoher Anspruch. Das ist gut. Trinkst du Kaffee? Auch den fiesen aus dem Filter?«

»Ich überlebe nur durch Kaffee.«

»Dann bist du hier richtig.«

Der Vertrag landet drei Tage später in meinem Briefkasten, und ich unterschreibe, ohne noch einmal nachzudenken. Ab jetzt lektoriere ich in Teilzeit Selbsterfahrungsbücher.

Ralf sagt: »Jetzt tust du wieder was für dich.«

—

Beide hatten recht, die Therapeutin und Ralf. Es tut gut, wieder zu arbeiten, und wenn es nur ein Job ist, der mich an mein altes Leben erinnert und Bereiche in meinem Gehirn aktiviert, die ich jahrelang nicht gebraucht habe. Ich lerne neue Dinge kennen und neue Menschen, die keine Ahnung davon haben, dass ich in Wahrheit keine von ihnen bin, sondern mich von einem weit entfernten Ort hierher zurückgekämpft habe.

Einmal im Monat gehen alle Kollegen freitags in einen Irish Pub. Ausgerechnet Ralf ermuntert mich dazu, endlich einmal mitzugehen. »Es wird dir guttun, rauszukommen«, sagt er.

Ralf und ich haben nie wirklich über meine Affäre mit Kieran gesprochen. Über den Betrug schon, aber nicht darüber, was er über den Zustand unserer Ehe verrät.

Ralf hat einen Beruf, bei dem er den richtigen Menschen die richtigen Fragen stellen muss. Eine einzige gut gestellte Frage, ein gesäter Zweifel, eine entlarvende Bemerkung kann die Wahrheit ans Licht bringen.

Ich frage mich, ob er nicht ans Eingemachte gehen will, weil er Angst davor hat. Oder ob es ihm tatsächlich nicht klar ist, wie kaputt unsere Beziehung ist. Ich weiß, warum ich es nicht will. Ich sehe keine Chance auf Besserung. Und ich akzeptiere es, dass wir nebeneinanderher leben wie in einer Wohngemeinschaft, um unsere Kinder großzuziehen. Vielleicht ist es am Ende einfacher für Ralf, wenn er alle Probleme mir und Kieran in die Schuhe schieben kann. Er verachtet mich nicht für die Affäre. Er schüttelt den Kopf über mich wie über ein Kind, das eine Dummheit begangen hat.

Nun bin ich wie ein braves Mädchen seinem Ratschlag gefolgt und sitze auf einer grünen Kunstlederbank, umgeben von Gesprächsfetzen, aus den Boxen dröhnt Folkmusik, und das Licht ist eindeutig zu hell, um gemütlich zu sein. Ich habe einen Weißwein bestellt, vermutlich die schlechteste Getränkewahl in einem Irish Pub. Er schmeckt sauer und flach.

»Ich geh eine rauchen. Kommst du mit?«, fragt Britta, die neben mir sitzt und quietschgelbe Dr. Martens zu ihrem feuerroten Haar trägt.

»Klar.« Ich folge ihr vor die Tür.

Wir stehen in einer dunklen Ecke, gegenüber vom Eingang des Pubs, aus dem Musikfetzen dringen. »Also, sag mal, wie geht's dir bei uns?«

»Gut. Ich bin froh, wieder rauszukommen.«

»Warst lange zu Hause, was?« Britta ist kinderlos, und anfangs hielt ich es für möglich, dass sie sich vorstellt, ich hätte in den vergangenen Jahren zu Hause Nonstop-Tupperpartys geschmissen und Jahreszeiten-Deko gebastelt. Aber so ist sie nicht.

Sie lacht ihr Raucherlachen, das immer klingt, als würde ganz hinten im Hals Geröll freigesetzt. »Sei froh, wenn dir an unserem Job noch was neu und aufregend vorkommt. Wenn ich noch ein Buch über Achtsamkeit in der Lebensmitte lektorieren muss, geht mein Gehirn endgültig in den System Shutdown.«

Wir stehen neben dem Bareingang in der Dunkelheit. Ich sehe zuerst die blonde Frau, die ganz in Schwarz gekleidet ist. Dann sehe ich den Mann an ihrer Seite, und mein Körper verflüssigt sich. Ich kann nicht mehr spüren, wo er anfängt und aufhört, ich weiß nur, dass in der Mitte ein Strudel ist.

Die Lederjacke. Die störrischen Haare. Ich starre ihn über Brittas Schulter hinweg an. Sie begrüßen ein Pärchen, das offenbar an der Straßenecke auf sie gewartet hat. Sie umklammert mit beiden Händen seine Taille, als wollte sie sich wärmen. Er legt den Arm um ihre Schultern. Ich sehe von hinten ihr Hand-und-Arm-Origami, und ich fühle mich, als würde mich ein heftiger Sog nach unten reißen.

»Alles klar?«, fragt Britta.

»Was?«

»Du siehst aus, als hättest du einen Geist gesehen.«

Sie dreht ihm ihr Gesicht zu und formt die Lippen erwartungsvoll zum Kuss. Ich will es nicht sehen, kann aber auch nicht weggucken. Und dann ist es schlagartig vorbei. Von der Seite sehe ich einen Fremden. Eine gebogene Nase, kräftige Augenbrauen, ein fremdes Profil von einem fremden Mann. Es ist nur irgendwer.

»Mir ist kalt. Ich gehe rein.«

Als wir wieder auf dem grünen Kunstleder sitzen, löst der Schock in meinen Gliedern einen Schüttelfrost aus. Morgen bin ich krank.

Es gibt Momente, in denen ich darüber nachdenke, ihm eine Nachricht zu schreiben. Nur ein kurzes Lebenszeichen. An seinem Geburtstag träume ich davon, nur kurz seine Stimme zu hören. Aber es würde nicht reichen. Kieran und ich sind nicht dafür geschaffen, nur ein kleines bisschen in den Gedanken des anderen vorzukommen.

Nach dem Abend in der Bar gibt es in unserer kleinen Stadt ein paar Orte, die ich meide, um ihm nicht zu begegnen. Das Café neben dem Schwimmbad und sein liebster Buchladen gehören dazu. Die Kneipen auch.

Ich versuche auch im Alltag, nicht mehr an ihn zu denken, als hätte ich kein Recht mehr dazu. Wenn ich es doch tue, dann tut es einen kurzen Moment lang heftig weh. Wie bei einem kariösen Zahn, wenn man auf etwas Hartes beißt und der Schmerz eine Sekunde lang bis in den Kiefer fährt. Doch wenn man ihn in Ruhe lässt, auf der anderen Seite kaut, kann man so tun, als wäre nichts gewesen.

Mein Blick auf Ralf dagegen hat sich unwiderruflich geändert. Es ist wie bei diesen Bildern, in denen man einen schönen nackten Frauenkörper oder das Profil eines alten Mannes erkennen kann. Wenn man einmal das faltige Gesicht gesehen hat, sieht man auch die Frau nie mehr mit denselben Augen.

Auf Grillpartys mit Freunden sind wir ein eingespieltes Team und rege Gesprächsteilnehmer. Auf der Heimfahrt schweigen wir uns im Auto an. Es wäre vieles einfacher, wenn wir Freunde sein könnten.

Oder wenn wir offen darüber reden könnten, dass unsere Ehe nur noch auf dem Papier existiert. Wir könnten stolz sein, dass wir es trotzdem schaffen, gute Eltern zu sein. Wir könnten eins von diesen aufgeklärten Paaren sein, die so gern in Dokus gezeigt werden. Wir würden davon erzählen, dass die beste Phase unserer Beziehung angefangen hat, als wir aufgehört haben, ein Paar zu sein. Dass es furchtbar befreiend war, sich nichts mehr vorzuspielen, und dass es für die Freunde mehr Umstellung war als für uns. Wir könnten frohlocken, dass wir die Monogamie überwunden haben und endlich aus allen Welten das Beste haben. Aber wir sind nicht so ein Paar. Wir sind ein Paar, das sich selbst gegenüber die Fassade wahrt.

—

»Wie war denn jetzt der Urlaub?« Britta balanciert zwei Schüsseln mit Kürbissuppe auf einem Tablett und hat ein Baguette unter den Arm geklemmt.

»Der übliche Wahnsinn«, sage ich und nehme ihr eine Schüssel ab.

»Urlaub ist immer schön.«

»Hier ist es auch schön. Und ruhig.«

Sie lacht, dabei meine ich es gar nicht als Scherz. Ich bin gern auf der Arbeit. Auch wegen der rothaarigen Wucht am Schreibtisch gegenüber.

Britta schiebt die Teetasse vom Morgen beiseite und stellt ihre Suppenschale mitten auf das Manuskript, das sie gerade liest. Das digitale Zeitalter hat bei ihr noch nicht angefangen. Mag der Chef noch so oft das papierlose Büro ausrufen, Britta besteht darauf, das Manuskript anzufassen, das sie liest.

»Was ist das eigentlich?«

»Ach, das ist das neue Lieblingsprojekt vom Chef. Ganz interessant.«

Wenn Britta so was sagt, muss es etwas Gutes sein. Sie verschwendet ihr Lob nie, und *interessant* in Verbindung mit *ganz* ist bei ihr ein Lob.

»Hier.« Sie reicht mir das Exposé mit der Kurzzusammenfassung. Ihr Ellbogen verfehlt nur knapp die Teetasse, und ich stelle sie weg.

»Darin steht, man soll das eigene Leben betrachten wie einen Film. Man soll die Hauptdarsteller, die Nebendarsteller und den Antagonisten bestimmen«, zitiere ich. Ich muss lachen. »Mein Leben ist eine Ansammlung von Szenen, aber ganz bestimmt kein Film.«

»Ist es nicht ein faszinierender Gedanke, dass die wichtigste Rolle im eigenen Leben darin bestehen kann, der Nebendarsteller im Leben eines anderen zu sein?« Sie schüttet eine ordentliche Menge Tabasco in ihre Schüssel. Gleich wird sie sich beschweren, wie scharf es ist, und ich werde ihr sagen, dass Tabasco sowieso Sodbrennen verursacht, und sie wird sagen, dass sie doch gar nicht so viel genommen hat. Ich liebe unsere Rituale. Im Gegensatz zu meinem Privatleben ist meine Arbeitsehe mit ihr in bester Ordnung. Ihr würde ich alles verzeihen, bei Ralf gehe ich schon bei seinen Essgeräuschen an die Decke.

»Vielleicht hast du das Leben einer anderen Person grundlegend verändert, vielleicht lebt jemand glücklicher oder ist einen Komplex losgeworden, weil du im richtigen Moment etwas zu ihm gesagt hast«, überlegt sie laut. »Vielleicht muss ich mir gar nicht so viel Stress damit machen, irgendetwas

Bedeutendes zu schaffen. Vielleicht bin ich eine Nebendarstellerin.«

»Du? Nie!«, sage ich zwischen zwei Bissen Brot. Nicht jemand wie Britta, die mit knapp sechzig grüne Lederwesten mit Leopardenfellkragen trägt und beim monatlichen Umstreichen ihrer Wohnung Death Metal hört. Inzwischen hat sie diesen Wandmalerei-Trend für sich entdeckt und korallenrote Mohnblumen in ihren Flur gemalt. Nächste Woche sind es vielleicht dunkelblaue Lotusblüten. Sie überlegt noch. »Nein, Britta, du bist keine für den Hintergrund.«

»Man müsste alle Leute seiner Vergangenheit anrufen und fragen, ob man irgendetwas Sinnvolles in ihrem Leben bewirkt hat. Oder andersrum. Man sollte sich bei allen Menschen melden, die einem etwas Gutes getan haben, und sich bedanken.«

»Wen würdest du anrufen?«

Sie stippt eine Scheibe Baguette in ihre Suppe. Natürlich muss sie nicht lange nachdenken. »Cornelia Langer. Die hat mir in der dritten Klasse die Spucke von Heiko Baumann aus dem Gesicht gewischt. Sie war schon in der vierten, kannte mich gar nicht richtig.«

»Warum hat dieser Heiko dich bespuckt?«

»Ich war die dicke Britta, die nicht schnell genug weglief. Du weißt doch, wie Kinder sind.«

Ich kann mir kaum vorstellen, dass irgendjemand Britta etwas antun könnte, was sie nicht will. »Was würdest du Cornelia Langer heute sagen?«

»Es ist mitten auf dem Schulhof passiert. Alle guckten weg, um bloß nichts mit der Sache zu tun zu haben. Sie aber kam auf mich zu, mit einem Taschentuch in der Hand. Sie begleitete mich sogar aufs Klo. Sie hatte damals keinen Grund, freundlich zu mir zu sein. Sie hat's einfach gemacht.«

Sie beißt in das nun matschig gewordene, orangegelb getränkte Stück Brot und verzieht das Gesicht.

»Zu scharf?«, frage ich

»Sag nichts.« Sie fixiert mich mit einem Blick, in dem die Tränen aufsteigen, aber sie zuckt mit keiner Wimper. Dann sagt sie etwas heiser: »Ich würde ihr sagen, dass dieses kleine Mädchen damals verstanden hat, dass mich gar nicht interessiert, was alle von mir denken. Wichtig ist nur, was Menschen von mir denken, die ich mag.«

»So hast du in der Grundschule gedacht? Wow!«

Ihr Lachen geht in Raucherhusten über. »Ja gut, vielleicht habe ich ein paar Jahre und eine Therapie gebraucht, bis ich das so ausdrücken konnte.«

Ich denke an Kieran. Seine Rolle in meinem Leben ist ziemlich klar. Er war die Schlüsselfigur, die überraschende Wendung in der Handlung. Das glaube ich zumindest.

»Filmleute haben es leicht. Die können ihre Geschichten genau im richtigen Moment beginnen oder beenden«, sage ich. Hätte der Film meines Lebens mit einem Freitagvormittag in Kierans Wohnung geendet, wäre er ein Kitschfilm für einen verregneten Sonntag. Einer der Hoffnung macht und einen glückselig zurücklässt. Die Botschaft wäre gewesen: Liebe erhellt alles.

Aber was ist nun die Botschaft? Ich bin genauso unglücklich wie zuvor und fühle mich noch feige dazu, weil ich Kieran bei der erstbesten Gelegenheit meinen Ängsten geopfert habe. Die Botschaft jetzt ist: Schalte nicht das Licht an, wenn du danach nicht mehr in der Dunkelheit leben kannst.

Ich denke zum ersten Mal über Kieran als eine Figur aus meiner Vergangenheit. Als wäre sein Kapitel wirklich abgeschlossen. Ein unsichtbares Gewicht drückt meine Schultern herunter. Das Gefühl, das mich dabei begleitet, schreit mich nicht mehr an wie all die anderen Gefühle zuvor. Es ist ein leises, aber tiefes und immer gleichbleibendes Gefühl von Traurigkeit.

»Weißt du, Ava, manchmal würde ich ein Monatsgehalt hergeben, um in deinen Kopf zu gucken.«

»Ich habe an jemanden gedacht, der mal eine wichtige Rolle in meinem Leben gespielt hat.«

»War er auch im richtigen Moment nett zu dir?«

»Er hat mich vor dem Ertrinken gerettet.«

—

Als ich ihn zum ersten Mal in der Zeitung sehe, traue ich meinen Augen nicht. Aber da steht eindeutig sein Name über dem Artikel, und es ist sogar ein Foto von ihm abgedruckt. Er berichtet in der Lokalzeitung unserer Stadt über sein Auslandsjahr in den USA. Ich verschlinge jede Zeile, und ich muss den Artikel zweimal lesen, um wirklich zu verstehen, was dort steht. Er hat seine Bachelorarbeit abgeschlossen. Er hat sogar einen Preis dafür bekommen. Irgendeine gestiftete Auszeichnung, vergütet mit ein paar Hundert Euro. Und nun nimmt er an einem Austausch mit der Partneruniversität in Boston teil und macht dort das erste Jahr seines Masters.

Meine Finger streichen über die Zeilen, als könnten sie

ihn dadurch berühren. In meinen Augen brennt das Salz. Vielleicht war es nicht umsonst, vielleicht hatte es eine Bedeutung, dass wir uns begegnet sind. Vielleicht habe ich meine Rolle in seinem Leben erfüllt. Eine Nebenrolle zwar, aber eine von tragender Bedeutung.

12
In Ordnung sein

»Ihr Deutschen habt Angst vor zu viel englischer Sprache?« Derek benutzt das deutsche Wort *Angst*, das die Amerikaner so lieben. Genauso, wie sie *Katzenjammer* und *Weltschmerz* in ihren Wortschatz aufgenommen haben, weil es so schön dramatisch klingt. Derek ist Chefredakteur der Campus-Zeitschrift, und ich habe einen Text über das gespaltene Verhältnis der Deutschen zum *Denglisch* für ihn geschrieben.

»Skepsis, Derek. Wir haben nicht vor allem Angst, auch wenn ihr euch das so vorstellt.«

Er schiebt mir ungerührt einen Karton mit der frisch gedruckten neuen Ausgabe in den Arm, die wir gerade aus der Druckerei abgeholt haben.

»Wie läuft die Psycho-Story?«

»Gar nicht. Ich renne seit Wochen der Institutsleitung hinterher, aber ich kriege kein Statement.«

Ich habe meine erste richtig große Story für die Zeitschrift bekommen. Das heißt, es sollte eine große Story werden, aber mehr als ein paar Zeilen habe ich nicht beisammen. Es geht um einen Studenten, der wegen zu hoher Fehlzeiten exmatrikuliert werden soll. Er selbst sagt, dass er unter einer psychischen Erkrankung leidet. Deshalb kann er nicht regelmäßig in die Uni kommen und ist wegen zu hoher Fehlzeiten nicht zu den Klausuren zugelassen worden.

Ich habe nächtelang Satzungen durchgeackert und festgestellt, dass es für so ziemlich jeden Fall Sonderregelungen gibt: für Schwangerschaft und Geburt, für körperlich beeinträchtigte Studenten oder Studenten aus dem Ausland. Aber es gibt keine Regelung bei psychischen Erkrankungen. Ich habe mich richtig dahintergeklemmt, Studentenvertreter angespitzt. Es hat sogar Protestaktionen gegeben, aber an die Unileitung ist kein Rankommen.

»Sinatra hat Husten«, sagt Derek, während wir Kisten aus der Druckerei zu seinem Auto schleppen. Das Heck seines Wagens senkt sich bedrohlich mit jedem weiteren Karton, und ich bin mir nicht sicher, ob die schrottreife Karre diesen Transport noch übersteht.

»Das ist bedauerlich.«

»Nein, das ist *die* Reportage des New Journalism. Gay Talese hat monatelang versucht, an Frank Sinatra ranzukommen. Er ist immer wieder vertröstet worden, also hat er angefangen, über seine gescheiterten Versuche zu schreiben. Er hat das ganze Umfeld abgeklopft, sogar Sinatras Perückenmacher. Ist ein saugutes Stück, musst du mal lesen.«

»Und was hat das mit meiner Story zu tun?«

»Du musst nicht nur über Ergebnisse schreiben, es zählen nicht nur die harten Fakten. Schreib darüber, wie du die Geschichte angehst, wie du versuchst, an die Unileitung ranzukommen, wie du abgewiesen wirst, mit wem du stattdessen sprichst. Schreib darüber, was es bedeuten würde, wenn sich die Unileitung zu weit aus dem Fenster lehnt, warum Schweigen für sie die bessere Variante sein könnte.«

»Wollen die Leute das lesen?«

Derek schlägt die Kofferraumklappe zu, und sein alter Mitsubishi ächzt so jämmerlich, dass es mich nicht wundern würde, wenn die Stoßstange herunterfällt.

»Den einsamen Kampf eines Reporters gegen die Mächtigen der Uni? Denk mal nach.«

Mir gefällt die Rolle des Reporters, der überall dabei ist und doch nicht Teil des Geschehens. Der immer ein wenig am Rand steht und die Dinge von außen betrachtet.

»Okay, das ist gut.«

Derek tritt das Gaspedal durch und ignoriert das schleifende Geräusch, das sein Auto dabei macht. Ein deutscher TÜV-Prüfer würde ohnmächtig, wenn ihm dieser Haufen Blech unterkäme. Irgendwo durch das Schiebedach dringt Wasser ein. Im Inneren riecht es nach nassem Hund und einem Hauch von Autoabgasen. Ich verbringe so viel Zeit mit Derek und seinem Mitsubishi, dass ich vermutlich den Rest meines Lebens an diesen Geruch denken werde, wenn Boston in meinen Erinnerungen auftaucht.

»Erzähl mir mehr von Deutschland«, bittet er, während er mir den speckigen Lederlappen zuwirft, der immer in der Mittelkonsole liegt.

Ich beginne routiniert damit, die beschlagene Scheibe von innen abzuledern, die anders nicht frei wird, weil die Lüftung nicht mehr richtig funktioniert. »Was willst du denn wissen? Soll ich dir was über unsere guten deutschen Autos erzählen?«

Er verdreht die Augen und gibt ein genervtes »Haha« von sich. Dann macht er eine wegwerfende Handbewegung, als wäre es im Prinzip egal. Oder offensichtlich. »Was wirst du tun, wenn du in ein paar Wochen wieder dort bist?«

»Ich habe noch zwei Semester an der Uni. Ich schätze, dass ich mal bei der Zeitung anfrage, ob sie freie Mitarbeiter suchen.«

»Cool, dass die Zeit hier dir was gebracht hat. Freust dich auf zu Hause, oder?«

»Klar.« Ich drehe den Kopf Richtung Scheibe in der Hoffnung, durch die morsche Türdichtung einen Hauch Frischluft abzubekommen. Es riecht nur noch mehr nach Abgasen.

»Klingt ja total überzeugend, Mann. Wartet da niemand auf dich?«

»Meine Mutter.«

»Die meine ich nicht.«

Ich sehe der Landschaft zu, die vor dem Autofenster an uns vorbeizieht. Die typischen Backsteinhäuser, der breite Highway, die Reklametafeln. Ich frage mich, ob ich das alles jemals wiedersehen werde.

»Nein, es wartet niemand. Nicht mehr.«

»Okay, jetzt wird's interessant. Sprich weiter.«

»Nichts weiter.«

»Komm schon, dich hat hier so ziemlich jede Frau auf dem Campus angegraben, und du hast nichts draus gemacht.«

»Weil ihr Amerikaner nach dem dritten Date heiratet!«

Dereks Lachen kommt aus seinem weit geöffneten Mund wie Donner. »Irrtum, nach dem dritten Date geht's in die Kiste, nach dem fünften zu den Eltern, und erst danach wird geheiratet.«

»Mist, hätte ich das mal vorher gewusst.«

Er klopft mir gegen die Schulter und lacht wieder. »Jetzt sag schon. Du bist mich in ein paar Wochen für immer los. Du kannst mir all deine Geheimnisse anvertrauen.« Er formt mit seinen Fingern ein Herz, und ich greife gerade noch rechtzeitig ins Lenkrad, bevor wir auf die Gegenfahrbahn geraten.

Vielleicht liegt es wirklich daran, dass wir uns nie wiedersehen. Vielleicht auch daran, dass jetzt gerade ein Ozean zwischen Ava und mir liegt.

»Ich war mit einer verheirateten Frau zusammen.«

»Wow! Du meinst wie Mrs Robinson? Oder mehr wie Stiffler's Mom?«

»O Gott, Derek. Du hast deine Bildung echt aus Filmen.«

Ich werfe ihm den Lederlappen ins Gesicht, und er fährt einen leichten Schlenker.

»Hey, Mann, ich fahre Auto! Erzähl schon. Was ist das für eine Story?«

»Eine ganz einfache Story. Wir haben uns getroffen, wir haben uns verliebt. Alles ganz normal, nur dass sie verheiratet ist und drei Kinder hat.«

»Wie alt ist sie?«

»Neunzehn Jahre älter als ich.«

»Fuck! Ist sie sehr erfahren?«

Ich pruste los über Dereks naive Vorstellung. Wenn es nur das wäre. Wenn ich in letzter Zeit an Ava denke, ist es, als hätte ich Heimweh. Es ist nach all den Monaten kein beißender Schmerz mehr, sondern ein Gefühl, das irgendwo in meiner Brust sitzt und dumpf vor sich hin pocht.

»Hat ihr Mann es rausgekriegt?«

Ich nicke. »Sie hat mich sofort fallen lassen.«

»Scheiße! Sei froh, dass dir der Alte nicht die Fresse poliert hat.«

Dereks Worte fühlen sich an, als würde man einen Mückenstich kratzen. Ich sehe, wie mein Atem auf der Seitenscheibe beschlägt, und wische heftig mit der Hand darüber. »Ich habe darauf gewartet, dass er zu mir kommt. Ein Teil von mir wollte das sogar.«

»Bist du sauer auf sie?«, fragt er, als wir schon auf dem Parkstreifen stehen. Das Kondenswasser läuft in kleinen Rinnsalen von der Scheibe.

»Ja«, sage ich. Aber das ist nur die halbe Wahrheit. Es ist nicht die Wut, die an mir nagt. Es ist das altbekannte Gefühl, nie mehr nach Hause zu können.

13
Versteckspiel

Mit siebzehn hat man noch Träume. Mit sechsundsechzig fängt das Leben an. Mit fünfundvierzig hat man Termine und fängt wieder an zu rauchen – zumindest auf Partys. Ein knappes Jahr nach meinem Einstand betreue ich mein erstes größeres Buchprojekt im Verlag. Ich habe eine Schachtel rote Gauloises zwischen meinen Unterhosen versteckt. Nico ist nicht gut in der Schule angekommen und wehrt sich täglich dagegen, dort hinzumüssen. Mia und Lana sind mitten in der Pubertät und im Kampf gegen sich selbst oder den Rest der Welt.

Manchmal schlägt das Wetter in Sekunden um. Ich weiß nie, ob wir friedlich miteinander Abend essen werden oder ob Besteck auf den Teller fallen und Türen knallen werden. Ralf hat einen neuen Partner in die Kanzlei geholt und kommt abends noch später nach Hause. Manche Tage fühlen sich an wie eine Schlacht, und wenn sie abends geschlagen ist, sinke ich auf die Couch oder ins Bett und denke an nichts mehr.

Ich bin nun offiziell aus der Mutter-Zielgruppe herausgefallen. All die Mom-Blogger mit den Alltagsschnipseln und all die Instagram-Accounts mit den Erziehungstipps in drei Schritten stoppen genau an der Stelle, an der ich jetzt bin.

Ambitionierte Kleinkind-Mütter beginnen, mich zu nerven. Ihre Probleme lassen sich noch mit einer Packung

Feuchttücher und salzfreien Brezeln lösen. All die anhängliche Liebe, mit der sie Tag für Tag geflutet werden, ist bei mir hinter verschlossenen Kinderzimmertüren verschwunden. Ich stammele mich durch Grundsatzgespräche, die meinen Kindern genauso unangenehm sind wie mir. Und immer wieder überkommt mich das Gefühl, die Zeit davor nicht genug genutzt, nicht genug genossen zu haben. Ich beginne, die Erinnerungen an das Kraftraubende, Auszehrende am Leben mit kleinen Kindern auszulöschen.

Mia ist sechzehn und hat ihren ersten richtigen Freund. Ich bete, dass sie die verdammte Pille nimmt und die Kondome einsteckt, die ich ihr kaufe. Ich bete für sie, aber auch für mich. Vertrauen ist zu einem überstrapazierten Wort in meinem Kopf geworden. Eines, das meine Nackenmuskeln verzieht und mich nachts erst schlafen lässt, wenn Mias Schritte auf der Treppe poltern oder ich mit dem Mantel über dem Nachthemd an einer Straße in der Nachbarstadt auf eine Gruppe Mädchen warte. Und wenn sie vollzählig und nur ein bisschen angetrunken in mein Auto stolpern, bin ich glücklich und stelle keine nervigen Fragen. Unsichtbar mögen sie mich am liebsten.

Lana verbringt immer noch die meiste Zeit allein in ihrem Zimmer, und ich frage mich, ob das noch Pubertät ist oder schon Depression. »Lass sie, sie ist eben nicht wie Mia«, sagt Ralf. Ich denke hin und wieder an meine eigene Jugend zurück und frage mich, wo meine Mutter ihre Zuversicht hergenommen hat. Das Gefühl, das alles nicht schaffen zu können, ist immer noch da. Der Berg wird nicht kleiner, es liegen nur andere Sachen drauf.

—

Mein Einkaufswagen ist voll beladen mit Großpackungen von Nudeln, Brezeln, Brot und einer Palette Tütenmilch. Ich bin nie gern einkaufen gegangen. Aber seit der Sache mit Kieran quäle ich mich damit herum. Ich ertappe mich immer noch dabei, zwischen den Gängen nach ihm zu suchen. Ich kann nicht anders, als nach einem unordentlichen Haarschopf Ausschau zu halten, wenn ich hier bin.

Und dann passiert es. Ich stehe im Regal mit den Suppen, und da steht er und betrachtet eine Dose Bohneneintopf. Ich bin verwundert über meinen Verstand. Nicht dass er mich verlässt, sondern dass er mir als Abschiedsgeschenk ausgerechnet eine Vision von Kieran mit Bohnensuppe serviert. Blaues Duschgel wäre passender gewesen und nur einen Gang weiter.

Als er mich bemerkt, erstarrt er, und ich registriere jede winzige Regung seines Körpers wie im Hyperfokus. »Hey«, sagt er und richtet sich vor mir auf. Erst da bemerke ich die Packung Kaffeebohnen unter seinem Arm und eine Tüte Milch in der Hand.

»Kaffee? Seit wann das?« Sein Blick wandert in seinen Arm, als würde er die Packung zum ersten Mal sehen.

»Das ist fürs Büro. Ich arbeite jetzt bei der Lokalzeitung.«

Ich muss mich zusammenreißen, ihn nicht anzufassen. Ich spüre die Wärme seines Körpers, den Magnetismus, den er verströmt. Ich presse die Fußsohlen in den Boden, um ihm nicht nachzugeben.

»Du schreibst wirklich gut.«

»Danke.« Er lächelt, und einen Moment lang denke ich,

er würde noch etwas sagen, aber er bleibt stumm, betrachtet mich nur mit diesem offenen Blick, der alles zulässt und alles sieht.

»Macht dir das Schreiben Freude?« Es ist das Erstbeste, was mir einfällt, nur um das Gespräch in Gang zu halten. Ein bisschen noch, bevor ich den Rest des Tages dafür brauchen werde, um mich von diesen paar Minuten zu erholen.

»Sehr.«

»Und sonst?«

»Ich mache meinen Master und habe mein Zimmer bei Ferhat wieder.«

Sein Blick wandert über mein Gesicht und meine Kleidung, als würde auch er überprüfen, was sich an mir verändert hat.

»Du siehst anders aus.« Eine Sekunde glaube ich, er macht einen Schritt auf mich zu. Er tut es nicht. Ja, ich sehe anders aus als die pragmatische Hausfrau, die er damals kennengelernt hat. Ich komme aus dem Büro und trage ein schwarzes Etuikleid mit einem geöffneten Trenchcoat darüber. Die Haare reichen jetzt wieder über die Schultern, und ich habe sie zu einem hohen Zopf gebunden.

»Es tut mir leid.« Die Worte fallen von meinen Lippen.

»Die Sache mit uns?«

»Nein.« Ich schüttele den Kopf, um mich selbst zu bekräftigen. »Ich meine das Ende. Wie ich es gemacht habe. Die Sache mit uns tut mir nicht leid.«

Er geht, ohne sich noch einmal umzudrehen. Am Abend bekomme ich von ihm eine Nachricht. Es sind drei Worte, die alle Pflaster abreißen: *Mir auch nicht.*

Zwei Tage später stehe ich an einem Mittwoch um neun Uhr morgens vor seiner Wohnungstür und rechne die Stunden aus, die ich dahinter verbringen kann.

»Hey«, sage ich, als die Tür aufgeht und ich jeden Muskel meines Körpers anspanne, um das Zittern zu unterdrücken.

Er reicht mir die Hand, und ohne zu zögern greife ich danach und lasse mich hineinziehen. »Hey.«

Mehr als diese zwei Worte braucht es nicht, um die Zeit um ein Jahr zurückzudrehen. Unsere Körper erinnern sich daran, was hinter diesen verschlossenen Türen passiert ist. Meine Hände erinnern sich daran, wie er sich anfühlt, mein Mund, wie er schmeckt, meine Hüften kennen seinen Rhythmus.

Das Erste, was ich küsse, ist sein Nacken. Ich will ihn riechen, schmecken, will meinen ganzen Körper auf seinen ganzen Körper legen. Ich will, dass er jeden Millimeter von mir mit sich bedeckt.

Ich ziehe an seinem T-Shirt, will es ihm vom Leib reißen. Ich will, dass er an mir reißt, grob zu mir ist. Ich will, dass er mich dafür bestraft, was ich ihm angetan habe. »Nimm mich, bitte«, flehe ich und wäre bereit, auf Knien zu betteln.

»Ich war so wütend auf dich.«

Ich winde mich, reibe mich an ihm. »Es tut mir leid.«

Er schiebt mich weg, und es ist, als würde er mich nackt in die Kälte stoßen.

»Wirklich?«

Wir stehen voreinander. Anklage in seinem Blick.

»Ich konnte nicht anders«, flüstere ich, weil die Tränen kommen und die Stimme bricht.

»Und jetzt? Hat sich etwas geändert?«

»Nein.«

»Warum bist du dann hier?«

Ich traue mich, einen Schritt auf ihn zuzumachen. Vorsichtig umfassen meine Hände seine Wangen. Ich küsse ihn sanft, die Lippen nur ein Hauch auf seinen. Ich streichle seine Wange mit meinen Lippen. Ich bin eine Bittstellerin, eine Büßerin. Ich will Abbitte leisten.

»Ich hab's nicht mehr ausgehalten, dich zu vermissen«, antworte ich.

Er schließt die Augen.

»Soll ich gehen?« Ich flüstere noch immer.

Seine Hände umschließen mein Gesicht so fest, dass ich jeden einzelnen Finger spüre. Er küsst mich hart, und seine Lippen schmecken salzig. Ich kann spüren, wie sehr er mich will. Seine Stimme ist fast kühl, als er sagt: »Ich wollte nie, dass du gehst.«

»Ich arbeite wieder in meinem Beruf«, erzähle ich, als wir später im Schutz seines Schlafzimmers beieinanderliegen. Ich liege an seiner Seite, den Kopf an dieser Stelle, an die er so gut passt, und lasse das Gefühl von Frieden auf mich niedergleiten wie eine hauchdünne Decke.

»Wie ist es?«

»Es tut mir gut.« In diesem Moment ist es, als wäre nichts gewesen. In diesem Raum, in dieser Wohnung ist die Zeit einfach stehen geblieben und hat auf uns gewartet. Die Uhr an der Wand, auf die ich so oft geschaut habe, um nachzusehen, wie viel Zeit noch bleibt, tickt noch gleich. Das Licht fällt noch genauso durch die Vorhänge wie damals. Sein Geruch, das Gefühl von meiner Haut auf seiner, der Rhythmus seiner Bewegungen, das alles ist so vertraut wie ein altes Lied, das man mehr fühlt als hört.

Der Mittwoch wird unser neuer Freitag. Ich rede mir erfolgreich ein, dass diese Affäre für alle von Nutzen ist. Letzten Endes hält sie mich funktionsfähig, und das kann doch nichts Schlechtes sein.

»Ich mag mich lieber, wenn ich mit dir zusammen bin«, sage ich eines Mittags. Es ist ein besonderer Tag. Wir sind auf dem Weg an den kleinen See in der Nachbarstadt, der zu unserem Lieblingsort geworden ist. Er ist weit genug weg von unserer Stadt, die selbst einen See hat. Die Wenigsten machen sich die Mühe, von unserem Dorf ins nächste Dorf zu fahren, nur um ebenfalls im Kreis um ein Gewässer herumzulaufen. Auf halbem Weg gibt es einen wenig bekannten und kaum frequentierten Wanderparkplatz. Auch heute steht mein Auto in der letzten Reihe zwischen Buchen. Ich sitze auf seinem Schoß auf meiner Rückbank, die ich kurz zuvor erst von Comics, Brötchentüten und Sammelbildern befreit habe. Die Scheiben sind beschlagen, die Wasserfäden draußen nur schemenhaft zu erkennen. Die Wärme im Inneren ist klebrig, und meine Haut riecht nach ihm.

»Was würdest du tun, wenn uns jetzt jemand sieht?«, fragt er.

Ich muss nicht nachdenken. »Sterben. Auf der Stelle.«

Sein Lachen vibriert in meinem Bauch und schickt kleine Wellen durch meinen Körper.

»Was glaubst du denn, was passiert, wenn die Sache mit uns rauskommt?«

Ich steige von seinem Schoß, unsere Haut reibt aneinander. Ich setze mich neben ihn auf die Decke, die ich von zu Hause mitgenommen habe. Wir sind eingeschlossen in einen Kokon aus Kondenswasser.

»Jeder würde mich für eine frustrierte, untervögelte Hausfrau halten.«

»Stimmt doch.«

Ich drehe mich zu ihm und würde ihm am liebsten sein Grinsen aus dem Gesicht wischen. »Bei dir wäre es nicht besser. Du wärst der Typ mit dem Milf-Komplex.«

Er lacht so laut, dass das Geräusch am Dachhimmel abprallt und auf uns zurückfällt.

»O Gott, Ava. Ich bin der Junge mit dem toten Vater aus der Hochhaussiedlung. Glaubst du, das juckt mich?«

Ich lehne mich an ihn und schließe die Augen. »Du bist viel mehr als das.«

»Und du bist mehr als eine Milf.«

»Ärgert dich das nicht?«

»Was irgendwer über irgendwen erzählt? Nein.«

»Nicht über irgendwen. Über uns.«

Er streicht mir die Haare aus dem Gesicht und danach umständlich die letzte Strähne von meiner verschwitzten Stirn.

»Ich stehe nicht auf ältere Frauen. Ich stehe auf dich, und du bist zufällig älter. Das ist die ganze Geschichte.«

Ich suche in seinem Blick nach Zweifeln und finde keine.

»Ich bin eine Milf. Eine Mom I'd like to free.«

Am See angekommen, entfaltet sich um uns herum eine verwunschene Landschaft mit hängenden Weiden und kleinen Inseln im See, auf denen Enten leben. Wenn die Sonne scheint, ist dieser Ort wie eine begehbare Postkarte. Heute an diesem trüben Herbsttag ist er von einer morbiden Schönheit, die daran erinnert, dass alles eines Tages zu Ende geht. An Orten wie diesem tut der Gedanke weniger weh.

Wir laufen eine halbe Runde, ehe er stehen bleibt. »Ich muss dir was sagen.«

Ich warte ab und zähle die Herzschläge in meiner Brust. Ich wusste, dass dies kein normaler Mittwoch ist. Etwas stand in der Luft, und jetzt wird es ausgesprochen.

»Ich habe einen Platz an der Hamburger Journalistenschule.«

Ich lege eine Hand auf meinen Mund und presse die Worte zwischen meinen Fingern hindurch. »Kieran, das ist unglaublich!«

Er nickt, bewegt sich aber nicht. Er beobachtet meine Reaktion so aufmerksam, als wäre jedes Detail von Bedeutung. Ein Platz an der Journalistenschule! Einer dieser begehrten Plätze, die so viele wollen und so wenige bekommen. Wochenlang hat er sich auf den Aufnahmetest vorbereitet, hat eine Probe-Reportage geschrieben und die Nachrichten rauf und runter gesehen. Und jetzt hat er es geschafft. Nie war er dem Leben näher, das ihm zusteht.

»Es hat sich gelohnt. Die ganze Mühe hat sich gelohnt«, sage ich und blinzele das Brennen weg.

»Ich werd's nicht machen.«

»Was?«

Er steht vor mir wie eine Säule. »Ich müsste kurz vor dem Ziel meinen Master schmeißen.«

»Na und? Das haben wir doch schon zigmal durchgekaut. Das ist deine Chance auf eine Journalisten-Karriere. Du steigst direkt oben ein!«

Er schüttelt langsam den Kopf, ohne den Blick von mir zu nehmen. »Das ist 'ne Nummer zu groß für mich.«

Ich nehme seine Hände. »Hey, du hast dir das erarbeitet.«

»Ich gehöre da nicht rein, Ava.«

»Die Jury hat anders entschieden.«

»Und was, wenn ich bloß mit dir zusammen sein will? Wenn mir das schon reicht, um zufrieden zu sein?« Er schluckt, sucht in meinem Gesicht nach Zustimmung.

Ich blicke mich um, nehme das morbide Postkartenmotiv in mich auf, denke an unsere kleine Stadt mit den drei Kneipen. »Das ist nicht das wahre Leben«, sage ich. Ich habe dabei zugesehen, wie diese Stadt zu klein für ihn geworden ist. Wie eine Plastiktüte auf dem Kopf, die immer enger wird, je mehr man atmet. Früher oder später würde er hier ersticken.

Er hebt mein Kinn gerade so weit an, dass seine Lippen direkt über meinen sind. Ich spüre seinen warmen Atem auf meinen Wangen. »Wenn das alles nicht wahrhaftig ist, Ava, was zur Hölle ist dann wahr auf dieser Welt?«

Ich bade in seinen Augen, in diesem Ozean, in dem ich alle Gezeiten gesehen habe. Das Blau wird zu Türkis, wenn Tränen darin aufsteigen.

»Es gibt einen Lauf der Dinge, und den können wir nicht aufhalten. Wenn du in deiner Lebensmitte bist, gehe ich auf das Ende zu. Irgendwann wird dir das Leben fehlen, das du nie gelebt hast.«

»Ich hasse es, wenn du so redest.«

»Ich weiß, aber man hat nur einmal im Leben die freie Auswahl. Und diese Zeit kommt für dich jetzt.«

Ich stehe so nah vor ihm, dass ich mein Kinn auf seiner Schulter ablegen könnte, aber ich wage es nicht. Denn ich weiß etwas, was er noch nicht wissen kann. Er wird mich vergessen. Er wird eine andere finden, mit der er ein Leben aufbauen wird, mit der er alles haben kann. Dann wird es ihm absurd vorkommen, dass er jemals darüber nachgedacht hat, auf all das zu verzichten. Dass er sich jemals mit ein paar Stunden gestohlener Zeit zufriedengegeben hat.

»Ich will ein Leben mit dir.«

»Mein Leben gehört mir nicht, Kieran. Ich bin vier Leben.«

—

Das letzte Wochenende, bevor er seine Wohnung aufgibt und alles hinter sich lässt, bitte ich Britta, mich zu decken. Ich erzähle Ralf, dass ich mit ihr einen Wochenendtrip nach Brügge mache. Britta stellt keine Fragen. Sie kennt mich gut genug, um zu wissen, was es mich kostet, sie um solch einen Gefallen zu bitten. Sie weiß auch, dass es etwas in meinem Leben gibt, das nur für mich ist. Etwas Lebenswichtiges.

Kierans Mitbewohner verbringt das Wochenende bei seiner Freundin. Ich weiß nicht, was Ferhat über uns denkt und was er ahnt. Es spielt jetzt keine Rolle mehr.

Wir verlassen die Wohnung nicht, denken nicht einmal

darüber nach. Wir bleiben die meiste Zeit unbekleidet, essen im Bett, lesen im Bett, lieben uns an jedem erdenklichen Ort.

»Ich habe es immer bedauert, dass ich nicht zum Studieren weggegangen bin«, gestehe ich ihm.

»Warum hast du es nicht gemacht?«

»Ich war wohl nicht mutig genug. Außerdem wollte ich bei meinen Freunden bleiben. Damals fand ich es gut, zu bleiben.«

»Und heute?«

»Mein ganzes Leben spielt sich im Radius von fünfundzwanzig Kilometern ab.«

Er denkt eine Weile nach, bevor er beschließt: »Ich werde dir sagen, ob es gut war, zu gehen.«

»Wann willst du mir das sagen?«

»Glaubst du wirklich, dass wir uns heute zum letzten Mal sehen?«

Mein Blick wandert über sein Gesicht, ich will mir alles einprägen, jedes winzige Detail. »Falls wir uns wiedersehen, wirst du ein anderer Mensch sein, Kieran.«

»Vergiss mich nicht«, sagt er.

»Wie könnte ich«, flüstere ich.

Selbst als die Nacht zu Ende geht, kann ich mir nicht vorstellen, dass er schon in wenigen Stunden nicht mehr da sein wird. Ich bin so geborgen in diesem Bett, mit seinem Geruch an mir, seiner Haut auf meiner, mit diesem Gefühl, dass mein Körper ihm gehört und seiner mir. Das alles wirkt so selbstverständlich, so außer Frage, dass ich nur deshalb glaube, auch am nächsten Tag weiterleben zu können. Ich habe jede Vorstellungskraft verloren, es außerhalb dieses Bettes zu tun. »Ich möchte, dass du in deinen Memoiren über mich schreibst.«

»Was soll ich über dich schreiben, Ava? Dass du mich in die Welt hinauswirfst?«

Ich erlaube mir ein Lachen. Der Schmerz ist noch ein paar Stunden weit weg.

»Schreib über uns. Schreib darüber, dass es diese Liebe gibt, die einen überfällt, und man kann nichts dagegen tun.«

»Sollte ich nicht lieber einen Roman daraus machen?«

»Nein, die Leute sollen wissen, dass es das wirklich gibt.«

»Du hast nicht daran geglaubt«, sagt er ruhig. Es ist eine Feststellung, keine Frage.

»Weißt du, wie selten es vorkommt, dass man wirklich vom Leben überrascht wird? Weißt du, wie selten die Menschheit etwas erfindet, das alles verändert und alles neu sortiert? Du hast alles verändert. Meine komplette Sicht auf die Welt.«

Sein Zug nach Hamburg geht am Nachmittag. Er wird bald zur journalistischen Elite des Landes gehören. Er hat die Chance, etwas wirklich Gutes aus seinem Leben zu machen. Ich bin glücklich für ihn, und ich blicke noch nicht in das schwarze Loch, in dem ich zurückbleiben werde.

Ich gehe ein letztes Mal unter die Dusche, bevor ich zurück in meine Welt fahre. Als ich seinen warmen Körper an meinem Rücken spüre, denke ich zuerst, ich würde ihn mir einbilden. Als wäre er so sehr ein Teil von mir geworden, dass ich ihn spüre, obwohl er nicht da ist. Seine Hände greifen von hinten um mich herum und fahren über meinen Körper, als würden sie sich noch einmal jede Kurve einprägen wollen.

Ich drehe mich um und küsse ihn mit einer Intensität, die für den Rest unserer Leben reichen muss.

»Nur noch ein Mal«, sagt er, die Augen geschlossen, seine Stirn an meine gepresst. Ich kann nicht sprechen, nur nicken. Er presst mich mit einer Kraft gegen die kalten Fliesen, die wehtut. Doch in diesem Moment kann ich nicht genug empfinden. Ich nehme alles von ihm, Verlangen, Liebe, Verzweiflung, Schmerz. Die Tränen fließen versteckt unter dem Wasserstrahl der Dusche.

»Wir sehen uns«, sagt er zum Abschied.

»Mach's gut«, sage ich.

Ich fahre schwerelos durch die Nacht, bevor ich vor unserem Haus halte. Es ist dunkel, als ich in die Einfahrt einbiege. Es mögen Stunden gewesen sein. Ich habe alle Tränen geweint, alle Gefühle gefühlt. Ich bin taub und blind und stumm, als ich die Haustür öffne. Ich hatte gehofft, dass Ralf bereits im Bett ist, aber es ist nicht spät genug. Er steht am Vorhang unseres Wohnzimmerfensters und sieht in das gelbe Licht der Straßenlaterne, dann dreht er sein Gesicht sehr langsam zu mir um. Ich stehe im Türbogen zum Wohnzimmer, unfähig, einen Schritt auf ihn zuzugehen.

»Ist es vorbei?«

»Ja«, sage ich mit einer Stimme rau wie Sandpapier.

Er steht eine ganze Weile da, sieht mich an, lässt das Bekenntnis in sich einsickern. Sieht mich an, als wäre ich ein unzähmbares Tier, dessen Natur ihm immer mehr zum Rätsel wird. Irgendwann nickt er und richtet sich auf. »Nico hat sich übergeben. Du sollest vielleicht mal nach ihm sehen.« Er geht schweren Schrittes hoch ins Schlafzimmer. Ich höre dem Knarzen der Holzstufen zu und sinke sehr langsam auf die Knie. Mein Körper macht sich klein, und wenn ich könnte, würde ich in den Ritzen des Parketts versickern.

14
Elastisches Herz

Hamburg empfängt mich mit trübem Himmel und dünnem Regen, und das ist gut so. Ich hätte es nicht ertragen, wenn mir die Stadt ins Gesicht gelacht hätte.

Ich habe mich nie gefragt, wie diese Sache mit uns zu Ende gehen würde. Ich bin nicht wie sie. Ich plane mein Leben nicht. Ich will, dass es mir passiert. Aber jetzt stecke ich in der Vergangenheit fest. Sie fehlt mir auf penetrante Art. Ich sehe sie überall. Wenn ich an einem See vorbeikomme, wenn ich Kaffee rieche, wenn ich braune Haare sehe, die sich an den Enden locken, wenn ich einen Text Korrektur lese, ein gutes Buch entdecke, wenn ich schwimmen gehe. Sie ist überall und quält mich mit Erinnerungen. Es müsste leichter sein, sie dieses Mal loszulassen. Hier wartet die beste Zeit meines Lebens auf mich. Alle Türen stehen offen. Doch alles, was ich will, ist, zurück in eine Stadt zu fahren, die nicht zu groß für mich ist.

Die Journalistenschule startet von null auf hundert. Den ganzen Tag erzählen sie uns, dass der Journalismus des einundzwanzigsten Jahrhunderts auf unseren Schultern ruht. Wir werden von Leuten unterrichtet, die sonst bei der *Zeit* und beim *Spiegel* schreiben, die an Frontlinien über Kriege berichten und Präsidenten interviewen. Und alles, woran ich denken kann, ist die Schlacht in mir.

Nachts hänge ich in der Kneipe unter meiner Wohnung

rum, mit Holzvertäfelung an den Wänden und einem Bullauge an der Tür. Es riecht nach alten Teppichen, altem Bier, alten Gewohnheiten und immer noch nach kaltem Rauch, obwohl hier seit Ewigkeiten nicht mehr geraucht werden darf.

Ich lasse die Nächte durch mich hindurchrauschen, weil ich zu müde bin, die Erinnerungen auszuhalten, die über mich kommen, wenn ich allein im Bett liege. Ich trinke und lenke mich mit den Lebensgeschichten der Menschen ab, die an der Theke neben mir sitzen. Da ist Thomas, der von seinem eigenen Sohn aus der Firma geworfen worden ist, nachdem er sie ihm überschrieben hat. Bernd, der für den HSV lebt, aber Stadionverbot hat. Ulla, die zwei Männer unter die Erde gebracht hat und so tut, als würde sie es nicht merken, dass ihr drogensüchtiger Freund sie bestiehlt.

Ich lasse sie meinen Kopf fluten mit ihren Geschichten. Je abgründiger, desto besser. Dann bin ich froh, dass es bei mir nur das Heimweh ist, das wehtut. Es gibt so viel Schlimmeres im Leben. Dann trinken wir zusammen und lassen das Reden sein. Wenn der Wirt die Stühle hochstellt, gehe ich in die Wohnung, die ich mit drei Marketing-Typen teile, und falle für ein paar Stunden in eine tiefe Bewusstlosigkeit. Dann kommt der nächste Tag, und alles beginnt von vorn.

—

»Eine Geschichte im *Stern*. Ich fasse es nicht.« Lars lässt sein Bierglas gegen meins klirren und lacht, als wäre es völlig unmöglich, dass überhaupt jemand einen Text von mir nimmt. Aber das Magazin liegt auf dem Tisch, und er hat den Artikel gerade erst gelesen.

»Es sollte nur eine kleine Meldung werden, aber die Story wurde immer größer«, erkläre ich.

»Das nennt man Anfängerglück«, sagt Gereon, der kurz vor dem Abschluss an der Journalistenschule steht und auf eine Stelle als freier Mitarbeiter beim *Stern* hofft.

»Wart's ab, Kieran wird einer der ganz Großen.« Lars rammt seine Faust gegen meinen Oberarm und lacht scheppernd. Er hat vor der Journalistenschule eine Redakteursausbildung bei einer Tageszeitung gemacht und lässt keine Gelegenheit aus, uns unter die Nase zu reiben, dass wir keine Ahnung von Redaktionsabläufen haben. Der Artikel im *Stern* fühlt sich an, als würde etwas an seinen Platz fallen. Es macht mich ruhiger. Wie wenn man merkt, dass man auf dem richtigen Weg ist und sich von jetzt an nicht mehr hetzen muss.

Als ich eine neue Runde bestellen will, sehe ich die Frau an der Bar. Es ist nicht ihre Statur, mehr ihre Haltung, die mich an sie erinnert. Dazu ihr braunes Haar, das über schmale Schultern fällt und sich an den Enden lockt. Ich stelle mich neben sie, um zu bestellen, und mustere ihr fremdes Gesicht unverhohlen von der Seite.

»Was ist? Noch nie 'ne Frau in 'ner Bar gesehen?«

»Klar.« Ich hebe mein leeres Bierglas und deute auf sie. »Auch eins?«

Sie schüttelt den Kopf und bestellt zwei Sambuca. Der Barkeeper füllt vor ihren Augen zwei Schnapsgläser mit dem klaren Likör. Dann nimmt er einen winzigen Löffel und schaufelt drei Kaffeebohnen in jedes Glas. Sie schiebt mir ein Glas rüber.

»Was ist?«, sagt sie, als ich nicht reagiere. »Nicht lang

schnacken, Kopp in Nacken. Müsstest du doch kennen.« Sie kippt ihren mit einem Zug herunter.

Ich sehe auf die Kaffeebohnen. »Sorry, ich hasse Kaffee.« Sie verdreht die Augen und trinkt auch den zweiten Shot. Während sie auf den Bohnen herumkaut, sagt sie: »Das ist Anislikör, du Experte. Die Kaffeebohnen sind nur Deko.«

Die Deko hängt jetzt als brauner Splitter zwischen ihren Zähnen. Sie bemerkt meinen Blick und beginnt, mit der Zunge darüberzufahren.

Ich muss lachen.

»Ich nehm noch zwei«, sagt sie direkt zum Barkeeper und deutet auf die leeren Schnapsgläser. Dann dreht sie sich wieder zu mir. »Bist du immer so eine Spaßbremse?«

»Ich hoffe nicht. Was hast du eigentlich zu feiern?«

»Einen absoluten Scheißtag.« Sie kippt den dritten Sambuca und verzieht zum ersten Mal das Gesicht.

»Willst du drüber reden?«, frage ich, als sie Likör Nummer vier trinkt. Diesmal in zwei Schlucken. Sie rutscht auf dem Hocker zurecht, und das ganze Ding gerät ins Wanken. »Hoppla«, sagt sie.

Ich fasse sie am Arm, um sie aufzurichten. »Falls du den Laden noch aufrecht verlassen willst, solltest du jetzt vielleicht aufhören.«

Sie blinzelt langsam. »Ich habe bestimmt nicht vor, hier gerade rauszugehen. Was trinkst du?«

»Bier«, antworte ich mit Blick auf mein leeres Glas.

»Nein, was trinkst du, wenn du was Richtiges trinkst?«

Ich denke an die DLRG-Feiern von früher. »Wodka Lemon.«

Sie bestellt zwei und bohrt mit einem Fingernagel zwischen ihren Zähnen herum. »Scheißkaffee«, sagt sie.

»Willst du drüber reden?«, frage ich noch einmal, als wir unsere Longdrinks bekommen. Sie hebt ihr Glas und lässt es gegen meins klirren.

»Über Sambuca?«

Ich deute zwischen unseren Gläsern hin und her. »Über deinen Durst.«

»Ich trinke auf meine Scheidung!«

»Echt jetzt?« Ich starre sie an, als müsste man ihr das ansehen.

»Ja, ich habe mit vierundzwanzig schon die erste Ehe hinter mir. Herzlichen Glückwunsch.« Sie küsst ihre eigene Faust und reckt den Mittelfinger hoch.

»Wie lange ist das her?«

Sie sieht auf die Uhr. »Ich schätze, ungefähr vier Stunden und ein paar Minuten. Ging schnell. Wir hatten einen gemeinsamen Anwalt. Unsere Scheidung war genauso langweilig wie unsere Ehe.«

»Wenn du froh bist, dass es vorbei ist, warum betrinkst du dich dann?«

Sie kneift die Augen zusammen, als müsste sie ihre Gedanken mit Mühe beisammenhalten. »Weil ich immer noch mit mir leben muss. Von mir kann ich mich ja nicht scheiden lassen.«

Sie packt mich am Arm, und ich denke einen Moment lang, dass sie jetzt tatsächlich vom Hocker fällt. Aber sie sitzt weiterhin aufrecht. »Weißt du, warum ich den geheiratet habe? Weil ich's chic fand. Ja. So einfach ist das. Ich fand's chic, die Erste zu sein, die heiratet. Ich wollte unbedingt dieses Kleid, die Torte, den ganzen großen Auftritt. Weißt du, was ich stattdessen hätte tun sollen?«

Ich schüttele den Kopf.

»Ich hätte mir dieses beschissene weiße Kleid einfach so kaufen und 'ne Nacht durchfeiern sollen. Ich war zwanzig! Es dürfte überhaupt nicht erlaubt sein, mit zwanzig zu heiraten.«

»Und was ist dann passiert?«

»Dann wurde mir klar, dass der Rest meines Lebens ein ziemlich hoher Preis für eine Party und ein weißes Kleid ist.«

»Sieht dein Ex das auch so?«

Sie lacht humorlos, und eine Sekunde lang denke ich, ihre Augen würden beim Blinzeln einfach geschlossen bleiben. »Du musst mich für eine totale Versagerin halten.«

Sie legt den Kopf auf ihre Unterarme und sieht nicht, wie ich den Kopf schüttele.

»Warum sind wir Menschen so?« Es ist nicht mehr als ein Nuscheln.

»Wie denn?«

»Warum haben wir alle so viel Angst davor, etwas falsch zu machen?« Ihr Kopf bleibt auf ihren Armen liegen, aber sie dreht ihn zu mir.

»Was ist falsch daran, sich von jemandem scheiden zu lassen, mit dem man nicht mehr leben will?« Ich trinke meinen Wodka Lemon aus und bestelle eine Runde Bier für meine Kollegen.

Sie wankt beim Aufrichten und sitzt auf ihrem Barhocker, als wäre sie weit draußen auf hoher See.

»Kommst du mit zu mir?«

Ich betrachte ihre braunen Haare, die sich an den Enden locken, und widerstehe dem Drang, mir selbst etwas vorzumachen.

»Mach's gut«, sage ich und gehe zurück zum Tisch.

Vielleicht liegt es an der Begegnung am Tresen. An den Flashback, als ich auf die fremde Frau zugegangen bin und Ava plötzlich wieder riechen und fühlen konnte. Auf dem Nachhauseweg ziehe ich mein Handy aus der Tasche, als wäre es das Selbstverständlichste der Welt, und rufe sie an. Es geschieht fast beiläufig. So wie ein Raucher nach Jahren des Verzichts eines Abends gedankenverloren in die Schachtel des Kollegen greift und erst beim Anstecken merkt, dass er die Sucht nie losgeworden ist.

Als ich ihre Stimme höre, bin ich so nüchtern wie seit Monaten nicht. Plötzlich fühle ich die kalte Nachtluft, den Nieselregen. Ich rieche das nasse Straßenpflaster und den Bierdunst. Als ihre Stimme aufhört zu sprechen und der Piepton ihrer Mailbox ertönt, bleibe ich stumm. Ich schaue mich um, als würde ich Hamburg zum ersten Mal sehen. Was will ich von ihr? Sie passt so wenig in mein Leben hier, wie ich in ihr Leben zu Hause gepasst habe. Es ist vorbei.

Ich lege auf. Meine Nummer ist unterdrückt. Sie wird nicht wissen, dass ich es war. Ich presse meine Stirn an die raue Backsteinfassade vor mir, bis ich spüre, wie die Haut aufschürft. Es fühlt sich an, als müsste ich mich irgendwo innen drin kratzen, und egal, wie ich es anstelle, ich komme nicht dran. Ich will meinen Kopf gegen die Steine schlagen.

Ich will etwas fühlen, was nicht nur dadrinnen existiert. Ich will meinem kaputten Inneren etwas Kaputtes aus der realen Welt entgegensetzen. Ich gehe nach Hause und schlafe bis zum nächsten Morgen wie tot.

—

In Hamburg gibt es zwei Möglichkeiten. Entweder man fühlt sich von dem Kaputten, dem Halbseidenen und Verwitterten angezogen. Oder vom Geldadel mit seinem obszönen Reichtum und den Segelklubs in Pöseldorf. Wäre ich der Typ für Letzteres, würde ich mich mit Magnus, Jasper und Piet vielleicht verstehen. Bin ich aber nicht. Wir wohnen rein zufällig zusammen, weil sie die Einzigen waren, die eine bezahlbare Abstellkammer frei hatten. Dafür musste ich ihnen versprechen, ihre notorischen Partys auszuhalten, die hier an den Wochenenden steigen, und zu denen sie alle einladen, die einen auf wichtig machen und im Marketing nach oben wollen so wie sie.

Heute ist es mal wieder so weit. Die gesamte Wohnung ist mit Typen in hellblauen Hemden und Frauen mit blonden Pferdeschwänzen und goldenen Ohrringen gepflastert. Es muss einen geheimen Dresscode für diese Art von Veranstaltung geben. Ich vermeide diese Partys, es sei denn, ich recherchiere irgendwelche Themen, für die ich Stimmungsbilder aus der selbst ernannten Aufsteigerszene der jungen Berufstätigen brauche, was nicht sehr oft vorkommt. Heute treibt mich der Hunger aus dem Zimmer, und nachdem mich Piet unter seinen Arbeitskollegen herumgereicht hat, schaffe ich es endlich in die Küche.

»Hey du«, ruft ein Typ. »Spielst du Poker?«

»Ist schon länger her.«

»Macht nichts. Der hier ist deiner.« Er deutet auf den letzten freien Platz am Tisch, als wäre er ein Preis, den ich gewonnen habe. Er hat die Ärmel seines hellblauen Hemds bis kurz vor den Ellbogen hochgekrempelt, am Handgelenk baumelt eine Uhr, die sich vermutlich lohnt zu zeigen.

»Ich hoffe, du hast Geld«, sagt die Blonde neben ihm und schiebt einen Lutscher von der einen Wangentasche in die andere. Er ist himbeerrot, ihr T-Shirt weiß. Sie trägt keine goldenen Ohrringe, dafür eine übertrieben große Brille mit dünnem Goldrand und einen Haarknoten ganz oben auf dem Kopf. Ich ziehe einen Fünfer aus der Haushaltskasse über der Mikrowelle und setze mich neben sie.

Sie ist mein Untergang. Am Ende des Abends hat Jana mit dem Lutscher die gesamte Haushaltskasse in der Tasche. Und den gesamten Portemonnaie-Inhalt des Hemdträgers hat sie auch. Nur die Uhr trägt er noch.

»Das ist bitter«, sage ich.

»Tja, verlieren tut weh.«

Als das erste Tageslicht durchs Küchenfenster scheint und die letzten Gäste die Tür zu laut hinter sich zuziehen, sitzt sie immer noch in unserer Küche. Aus Verlegenheit frage ich sie, ob ich ihr einen Kaffee kochen soll.

»Ich trinke keinen Kaffee.«

»Ich auch nicht.«

Sie lacht. »Wow! Du bist der Erste meiner Art, den ich in Hamburg treffe.«

»Woher kommst du?«

»Aus der Nähe von Köln.«

»Ehrlich? Du siehst aus wie jemand, der aus dem Norden kommt.«

Sie zuckt mit den Schultern. »Wir werden nicht alle an dem Ort geboren, der zu uns passt, oder? Passt Hamburg zu dir?«

»Keine Ahnung.« Ich stelle mir Hamburg als einen alten Lebemann mit Lackschuhen und aufgestelltem Kragen vor, mit dem ich jederzeit ein Bier trinken gehen würde. Ich dachte, dass jeder diesen alten Haudegen mögen muss, aber jetzt wird mir klar, dass es wohl eine persönliche Angelegenheit ist. »Wir passen gut zusammen.«

Sie lacht, und ich finde, dass sie mit ihrem flachsblonden Haar in der Morgensonne und diesem leuchtenden Weiß in den Augen wirklich aussieht wie jemand, der am Meer aufgewachsen ist. »Du meinst du und ich?«

»Nein, ich und Hamburg. Du hast mich gerade ausgenommen wie 'ne Weihnachtsgans.«

»Ich mach dir einen Vorschlag. Du spendierst mir Frühstück am Hafen, und dafür gibt's die Haushaltskasse zurück.«

»Du willst um sechs Uhr morgens frühstücken gehen?«

»Bis wir da sind, ist es bestimmt schon sieben.«

»Und welcher Laden hat um die Zeit auf?«

»Jedes Hotel.«

»Wow, gut durchdacht.«

»Yepp, dafür bin ich bekannt.«

»Du weißt also immer, was du willst.«

»Nope, ich weiß immer, wie ich es bekomme.«

Jana bleibt auch die nächste Nacht und die danach, und anschließend schlafe ich mal bei ihr und sie mal bei mir. Sie hat jede Menge Pläne, was sie mit ihrem Leben anstellen will. Sie wusste schon in der Schule, dass es Marketing werden soll. Sie will Karriere machen, am liebsten in einem großen Konzern, gern international. Ihr Arbeitgeber hat seine US-Zentrale in New York. Das war der Grund, warum sie sich nach dem Studium unter den vielen Angeboten für ihn entschieden hat.

Bei ihr wirkt das Leben leicht. Als wäre es gar keine große Sache, sich etwas vorzunehmen und dabei zu bleiben. Als müsste man immer nur geradeaus laufen wie an einer unsichtbaren Schnur, und dann wird sie am Ende nicht mehr nur Marketingassistentin sein, sondern Head of Marketing in den USA. Sie ist eines dieser Mädchen, denen immer gesagt wurde, dass im Leben alles möglich ist, wenn sie es nur wollen.

Als Jasper nach einem Jahr nach Düsseldorf geht, um sich in einer der angesagtesten Werbeagenturen verheizen zu lassen, zieht sie ein. Wir tun die richtigen Dinge zur richtigen Zeit. Auch mein Leben wird an Janas Seite zu einem Konzept, das Sinn ergibt. Ihre Familie in Köln weiß nichts vom Hotel California oder davon, dass ich bis vor ein paar Jahren keine Ahnung hatte, was ich mit meinem Leben anfangen soll. Sie sehen den Absolventen der Journalistenschule, der für große Magazine schreibt und ein Jahr lang in den USA studiert hat. Janas unbegrenzte Möglichkeiten bieten sich scheinbar auch mir.

Alle paar Wochen fahren wir übers Wochenende zu ihren Eltern und planen unsere vielversprechende Zukunft.

»Wenn ihr irgendwann mal ein Haus kauft, könnt ihr Janas Kinderzimmermöbel nehmen. Die sind alle noch da«, scherzt Janas Vater Udo. Er zwinkert mir zu, als hätten wir längst darüber gesprochen.

»Udo, die Kinder müssen in Hamburg erst einmal ein Haus finden. Es ist doch schrecklich, was da auf dem Immobilienmarkt los ist. Oder wie siehst du das, Kieran?«

»Ich glaube nicht, dass ein Haus in nächster Zeit zur Debatte steht.«

»Ach, in den Städten kriegst du ja auch nichts mehr fürs Geld. Am besten zieht ihr zu uns aufs Land. Hier gibt's noch genug Grundstücke, und für die Kinder ist es auch schöner.« Udo nimmt sich eine Handvoll von den Erdnüssen auf dem Tisch und nickt uns kauend zu.

»Kieran und ich denken darüber nach, ein paar Jahre in die USA zu gehen.« Das Kauen endet abrupt. Zwei Augenpaare weiten sich.

»Ach.« Renate fasst an die schmale Goldkette um ihren Hals. »Aber was wollt ihr denn da machen?«

»Ich will mich auf der Arbeit für einen Auslandseinsatz melden. Manchmal geht das ganz schnell. Und Kieran hat so viele Kontakte zu Magazinen, dass er als Korrespondent arbeiten kann.«

»Also, kein Haus?«, fragt Renate und sieht mich an. Ich schüttele den Kopf.

»Du darfst es Renate nicht übel nehmen. Sie kann es nicht gut finden, wenn ihre einzige Tochter am anderen Ende der Welt wohnt«, sagt Udo, als er nach dem Dessert vor seinem neuen Wagen in der Einfahrt steht. Er schließt auf, und wir setzen uns in die Ledersitze.

»Sie träumt schon lange davon.«

»Ja, wenn sie sich was in den Kopf setzt, ist sie nicht mehr davon abzubringen. Immerhin hat sie dich, um auf sie aufzupassen.«

Mein Blick streift das Holzdekor in der Türverkleidung und bleibt an Udo hängen. »Als bräuchte sie jemanden, der auf sie aufpasst.«

»Na ja, Renate und ich sind froh, dass sie dich hat. Du kannst stolz darauf sein, was du erreicht hast.« Wir sitzen nebeneinander im Auto, starren durch die Frontscheibe auf die Gartenhecke, und er legt seine Hand auf meine Schulter, als wäre er froh, die Worte losgeworden zu sein.

»Hat er dich in die Mangel genommen?«, fragt Jana, als wir später in ihrem alten Kinderzimmer in dem Himmelbett mit der bunten Lichterkette liegen und an die Decke gucken.

»Ich hatte eher das Gefühl, dass er mir seinen Segen gegeben hat. Es war ziemlich merkwürdig.«

Sie dreht sich zu mir und fährt mit der Hand den Saum meines T-Shirts entlang. »Er will dir sagen, dass er dich mag.«

»Es klingt eher so, als wärst du ein Haustier, das er in gute Hände abgibt.«

Sie schmiegt sich an mich und drückt ihr Gesicht an meine Brust. Ihre Stimme ist gedämpft, als sie sagt: »Wir haben nie über Kinder gesprochen.«

»Wie kommst du gerade jetzt darauf?« Sie trägt eines meiner T-Shirts, das an ihr wie ein Kleid wirkt. Sie sieht aus, als wäre sie gerade erst volljährig geworden. Ich habe sie mir nie als Mutter vorgestellt.

»Weiß nicht. Vielleicht ist das so in uns Frauen einprogrammiert. Irgendetwas in mir drin möchte eine Meinung dazu haben.«

Ich setze mich auf, und als sie von mir abrücken will, lege ich ihr einen Arm um die Schultern und lehne sie wieder an meine Brust.

»Ich finde es ganz gut, so wie es ist«, sage ich. Es kommt mir vor, als hätte ich gestern erst die Journalistenschule verlassen. »Ist das okay für dich?«

Sie lässt sich Zeit mit der Antwort. »Okay. Aber irgendwann wirst du mit mir darüber nachdenken?«

»Klar.«

»Indianerehrenwort?« Sie hebt zwei Finger ihrer rechten Hand. Ich küsse sie und hebe ebenfalls zwei Finger.

»Großes Indianerehrenwort.«

Als das Licht schon aus ist, fragt sie mich flüsternd, ob ich noch wach bin. Ihre Hand tastet auf meinem Oberarm nach meiner, und ich greife zu. »Wir haben noch viel Zeit, oder?«

»Wofür?«, frage ich.

»Für das Leben.«

»Leben wir jetzt denn nicht?«

15
Hochs und Tiefs

In den Jahren nach unserer Trennung erscheint Kieran in meinem Leben wie Konfetti. Als bunte Streusel, die aus der Luft fallen und Farbe in mein Leben bringen. Google wird zu meinem besten Freund und schlimmsten Folterknecht. An guten Abenden suche ich nach seinem Namen und lese alle Artikel, die mir unterkommen. An schlechten Tagen stalke ich sein Instagram-Profil und schwöre mir, dass es das letzte Mal sein wird. Jedes Mal geht es mir am Ende schlechter, weil einige Fotos von ihm auch eine attraktive Blonde zeigen, die in so ziemlich jeder Hinsicht eine Umkehrung meiner selbst ist. Sie ist mädchenhaft und unbeschwert, und ich frage mich, ob sie wirklich mit dem gleichen Mann zusammen sein kann wie ich. Ob Kieran noch der Gleiche ist. Aber dann sehe ich mir die Fotos nur von ihm an, wie er lacht oder wie er mit einem Buch in einem Café sitzt, und dann erkenne ich ihn wieder.

Ich verschlinge jeden Text, den ich finden kann, egal, um was es geht. Je bedeutender das Magazin, desto besser. In diesen Momenten weiß ich, dass wir das Richtige getan haben.

Ich versuche nie, Kontakt zu ihm aufzunehmen. Und er meldet sich nie bei mir. Das ist unsere Vereinbarung, und wir halten uns an unsere Versprechen. An seinem dreißigsten Geburtstag wird mir bewusst, dass ich nun länger getrennt von ihm lebe als mit ihm. Ich weine ein wenig und liege die Nacht wach, um an ihn zu denken.

Britta steigt zur stellvertretenden Verlagsleitung auf, und ich arbeite mehr. Sonst ändert sich nichts. In unseren gemeinsamen Mittagspausen sprechen wir über alles und nichts.

Einmal fragt sie sich, was von ihr übrig bleiben wird, wenn ihr Leben zu Ende geht.

»Du hast es gut. Deine Kinder sind dein Vermächtnis«, sagt sie.

»Ist das dein Ernst?«

»Wieso, man bekommt doch Kinder, damit etwas übrig bleibt, oder nicht?«

Ich betrachte Britta von der Seite, die an ihrer Zigarette zieht, als wäre sie unsterblich.

In diesem Moment verstehe ich, dass wir niemals in der Lage sein werden, unser Leben in der Rückschau zu betrachten. Es wird sich niemals in seiner Gesamtheit vor uns ausbreiten, außer vielleicht im Moment unseres Todes. Die Einzigen, die die ganze Geschichte erzählen können, sind die, die bleiben. Warum tun wir trotzdem so, als hätten wir am Ende etwas davon, besonders geradlinig vom Start bis zum Ziel gelaufen zu sein?

Der Organismus Familie entwickelt und verändert sich beständig. Manchmal kommt es mir so vor, als würde die Zeit mit meinen Kindern im Zeitraffer vergehen. Dann sehe ich sie an und kann nicht fassen, dass aus meinen pausbäckigen Babys diese großen, selbstständigen Menschen geworden sind. Als wäre das alles innerhalb eines Wimpernschlags geschehen. In den Momenten habe ich Angst, dass der Rest meines Lebens genauso schnell vergehen könnte wie die letzten zwanzig Jahre und morgen schon alles vorbei ist. An anderen Tagen wiederum packt mich das altbekannte Gefühl, festzustecken und in einer nie endenden Pubertät zu leben, die nicht meine ist.

Mia, unsere Älteste, studiert im ersten Semester Kunst. Lana ist Klassenbeste und macht im nächsten Jahr Abitur. Nico ist dreizehn und noch immer wütend auf die ganze Welt.

Als Mia auszieht, mache ich ihr altes Kinderzimmer zu meinem Schlafzimmer. Unsere Kinder nehmen es mit der stoischen Gelassenheit zur Kenntnis, mit der sie davon ausgehen, dass Eltern ohnehin langweilig sind. Es ist kein Alarmsignal, schreckt niemanden auf. So ist es halt, wenn man seit mehreren Jahrzehnten zusammen ist und einer von beiden schnarcht.

An vielen Abenden sind Nico und ich die Einzigen, die am Abendbrottisch sitzen. Wenn Nico bei einem Freund übernachtet oder auf Klassenfahrt ist, sind die Veränderungen in unserer Familie besonders spürbar. Dann treffen Ralf und ich uns im Vorbeigehen wie Schiffe in der Nacht. Wir passieren uns geräuschlos, und jeder geht seiner Wege.

Der Tag, der mein Leben verändert, beginnt ganz gewöhnlich. »Ich gehe heute nicht zur Schule.« Nico wirft sich mit einer Kraftlosigkeit auf die Küchenbank, als wäre er rein körperlich gar nicht dazu in der Lage, sich aus dem Haus hinaus- und in ein Schulgebäude hineinzubewegen.

»Das sagst du jeden Morgen.« Ich lege ihm einen Müsliriegel vor die Nase und mache mich daran, seine Brotdose mit Möhrenschnitzen und Käsebroten zu beladen, die ich heute Nachmittag in den Mülleimer werfen werde.

»Ich bin sowieso der Dümmste.« Er pfeffert den Riegel in die Ecke der Sitzbank und geht zum Kühlschrank, um sich eine Milchschnitte herauszuholen. Ich lasse ihn. Er geht schon in die Siebte, und ich frage mich noch immer jeden Tag, wann er endlich seinen Widerstand aufgeben und sich in sein Schicksal fügen wird.

»Die können gar nicht über mich entscheiden. Ich bin ein freier Mensch.« Er weiß, dass dieser Satz nicht stimmt, dass es eine Schulpflicht gibt und er noch einige Jahre durchhalten muss. Trotzdem sagt er auch das fast jeden Morgen.

Nico ist allein in seiner Welt. Ausgerechnet er, der unter Fremdbestimmung am meisten leidet, ist der Jüngste. Die Leben seiner Schwestern müssen ihm vorkommen wie eine einzige Party. Zumindest bei Mia dürfte das zutreffen.

Als ich die Brotdose und Trinkflasche in seinen Rucksack packe und den Reißverschluss zuziehe, ist das Geräusch wie ein Signal für ihn. Mein eben noch so träges Kind schwingt sich blitzschnell von der Bank, rennt an mir vorbei und verschwindet in meinem Zimmer. Ich finde ihn in meinem Bett, das Kopfkissen über seinem Gesicht.

»Nico, du kannst nicht ewig dagegen ankämpfen. Manche Dinge muss man einfach hinnehmen.« Es klingt schal und abgestanden aus meinem Mund. Wie ein Eingeständnis meiner eigenen Machtlosigkeit. Muss ich ihm wirklich jetzt schon beibringen, dass man sein Leben aushalten muss?

»Papa hat gesagt, ich kann später bei ihm mitarbeiten. Warum kann ich das nicht jetzt schon?«

Ich fahre mit der Hand über seinen Rücken, als könnte ich damit Zuversicht in ihn hineinmassieren. Er ist so dünn, dass ich die Anspannung in jedem Muskel spüre.

»Ich werde mit Papa darüber reden, welche Möglichkeiten es noch gibt. Vielleicht denken wir doch mal über einen Schulwechsel nach.«

»Dann kenne ich doch keinen.«

»Nico, du kannst nicht alles gleichzeitig haben.« Das ist wieder so eine Botschaft. Das Leben ist kein Wunschkonzert.

Ich schaue auf den Wecker neben meinem Bett. »Wir müssen los. Wirklich!«

»Ich bleibe hier.« Er rollt sich noch weiter zusammen. Ich überschlage die Zeit, die ich zu meinem Termin brauche. Ich hätte vor fünf Minuten losfahren müssen.

»Komm, ich fahre dich schnell zur Schule.«

Der Verkehr ist günstig, ich komme auf die Minute pünktlich bei meiner Frauenärztin an. Trotzdem sitze ich dreißig Minuten im Wartezimmer und lausche dem Ticken der Uhr. Dreißig Minuten bin ich allein mit meinen Gedanken, die durch die bunten Seiten der Magazine hindurchsickern und die Buchstaben verschwimmen lassen. Ich hatte mich auf die Menopause gefreut, weil ich glaubte, dann mit dem Gröbsten durch zu sein, was ein Frauenkörper zu bieten hat. Das Ticken der Uhr und der Geruch von Desinfektion verraten mir, dass ich danebengelegen habe.

Ich taste die Stelle an meiner Brust ab, an der die Nadel

eingedrungen ist. Es tut noch ein bisschen weh wie ein blauer Fleck. Es hat Tage seit der Gewebeentnahme gegeben, an denen ich nicht darüber nachgedacht habe, dass in irgendeinem Labor ein Stück meines Körpers untersucht wird. Drei Komma fünf Zentimeter groß ist der Tumor, den die Ärztin bei der Mammografie gefunden hat. In ein paar Minuten werde ich erfahren, ob er die Kraft hat, mein Leben zu beenden. In diesem Moment im Wartezimmer kommt es mir vor, als würde ich vor zwei Toren stehen. Entweder geht mein Leben ganz normal weiter, oder nichts ist mehr wie zuvor.

Meine Ärztin begrüßt mich mit einem Lächeln, ohne mir in die Augen zu sehen. Der Weg in ihr Behandlungszimmer ist lang, und mir wird mit jedem Schritt schwindeliger. Als ich kurz vor ihrer Tür stehe, ist das Bild vor meinen Augen verschwommen, und ich könnte mich auf der Stelle übergeben.

Sie rückt den Stuhl umständlich zurecht, ruft etwas auf ihrem Bildschirm auf und wendet sich dann doch mit gefalteten Händen ganz mir zu. Ich speichere jedes winzige Detail ab, weil ich mich den Rest meines Lebens daran erinnern werde. Ich weiß es.

»Sagen Sie es schnell, bitte.«

Sie nickt. »Es ist ein bösartiger, schnell wachsender Tumor, und so wie es aussieht, sind zwei Lymphknoten betroffen.«

Ein heller Pfeifton bohrt sich von innen in meine Ohren. Ich kneife die Augen zusammen.

»Was jetzt?«

»Sie haben Kinder, oder?«

»Drei.«

»Wir machen die harte Tour.«

Ich lehne mich auf dem Stuhl zurück und sehe zum Fenster in ihrem Rücken hinaus. *Was fühlst du?*, frage ich mich selbst. *Wie geht es dir?* Aber es ist wie bei allen gewaltigen Wendungen im Leben. Man ist so mit Fassungslosigkeit beschäftigt, dass man gar nichts fühlt. Das Einzige, was mir durch den Kopf geht, sind die Worte der Ärztin. Das Perlen beginnt in meinem Bauch und brodelt hoch durch meine Brust in meinen Mund. Es kommt als bitteres Lachen heraus. Natürlich machen wir es auf die harte Tour.

Ich fahre ziellos durch die Stadt, so lange, bis ich meine Finger um das Lenkrad wieder spüre. Und bis diese drei Worte in meinem Kopf zu einem Mantra werden. Chemotherapie, Operation, Bestrahlung, das ist die harte Tour, für die ich ein Ticket gelöst habe. Weil ich leben muss. Nicht für mich, sondern für meine anderen drei Leben. Gleich nächste Woche geht es los. Meine Ärztin hat einen dreizehnjährigen Sohn, so alt wie Nico. Sie hat sofort in der onkologischen Praxis angerufen und ein Erstgespräch für mich vereinbart.

Jetzt sitze ich im Auto, und vor meinen Augen verschwimmt die Landschaft. Ich bin schon zweimal an der letzten Tankstelle im Ort vorbeigekommen, ohne zu wissen, wo ich eigentlich hinwill. Als ich auf den Parkplatz des Schwimmbades einbiege, weiß ich dennoch, dass ich am Ziel bin.

Sieben Jahre ist es her, seit ich dachte, ich müsste in meinem Leben ertrinken. Damals hat eine Hand nach mir gegriffen und mich herausgezogen.

Ich schalte den Motor aus und gönne mir eine Sekunde

lang die Illusion, er würde neben mir sitzen. Seine Haare glänzen noch feucht, locken sich im Nacken. Er riecht nach blauem Duschgel, und ich kann seine Hände noch auf meinem Körper spüren, denn natürlich sind wir viel früher in der Umkleidekabine verschwunden. Er hat den schmalen Streifen feuchten Stoffs zwischen meinen Beinen beiseitegeschoben, und es war uns egal, dass das gesamte Schwimmbad uns gehört hat. Wenn er jetzt hier wäre, würde ich in diesen Augen ertrinken und in diesen Armen verschwinden. Es wäre ein schöner Tod.

—

Ich weiß nicht, wie ich die Stunden auf der Arbeit hinter mich bringe. Ich weiß nur, dass es besser ist, beschäftigt zu sein, als allein zu Hause zu sitzen. Britta hat Urlaub, und ich verschanze mich hinter dem Rechner und arbeite wie auf Autopilot. Als ich am Abend nach Hause komme, mutet mir der Morgen in der Arztpraxis wie ein böser Traum an. Zu surreal, um wahr zu sein.

Ich spüre das Summen des Bienenstocks schon in der Tür. Wenn sich ein Haus langsam leert, weil die Kinder flügge werden, erscheint es unnatürlich still. Die Atmosphäre verändert sich. So wie sich der Geruch in einem Raum verändert, sobald er mehrere Wochen lang nicht bewohnt ist. Seit Mia ausgezogen und Lana nur noch zum Schlafen hier ist, ist es, als hätte sich die Zusammensetzung der Luft verändert. Sie wird seltener umgewälzt und verwirbelt. Aber jetzt in diesem Moment ist die gesamte Atmosphäre in Bewegung, und das merke ich sofort.

»Hallo?«, rufe ich in den Hausflur und höre das zischende Tuscheln. »Hey, ich weiß, dass …«

Ich betrete das Esszimmer durch den offenen Torbogen und bleibe wie angewurzelt stehen. Durch den gesamten Raum zieht sich eine Girlande aus Ballons in Weiß und Silber. Der Tisch ist festlich gedeckt, und Kerzen brennen. Im Fenster hängt eine riesig große Zwanzig aus Glanzpapier.

»Herzlichen Glückwunsch«, rufen Lana und Mia.

»Aber Papa ist noch gar nicht da«, mosert Nico.

»Ja, aber wofür denn?«, frage ich.

»Mensch, Mama, welcher Tag ist denn heute?« Mias Blick ist vorwurfsvoll, aber sie grinst breit.

»Dienstag«, sage ich, und meine Kinder lachen. Der Anblick meiner einträchtig nebeneinander kichernden Kinder brennt sich in meine Netzhaut. So hatte ich mir mein Leben vorgestellt. So, dachte ich, müsste das Leben mit Kindern sein.

»Ach, Mama, du weißt es doch«, sagt Nico und fällt mir in die Arme.

»Guckt mal, wie gerührt sie ist«, sagt Mia und legt ihre Arme über Nicos. Es ist Lanas leise Stimme, die alles aufklärt. »Herzlichen Glückwunsch zur Porzellanhochzeit, Mama. Wir haben Papa zu einem frühen Feierabend verdonnert. Er müsste auch gleich hier sein.«

»Ist er schon«, höre ich Ralfs Stimme vom Türbogen aus, und die Traube Mensch um mich herum löst sich auf und gibt einen Blick auf ihn frei.

»Tja, Glückwunsch«, sagt er und schenkt mir eines seiner selten gewordenen Lächeln. Ich sehe ihn mit dem Wissen an, das ich heute erworben habe, und muss schlucken. Dieser Abend wird nicht gut ausgehen.

»Wir haben uns schon gedacht, dass ihr mal wieder euren Hochzeitstag vergesst. Aber zwanzig Jahre muss man doch feiern.« Mia schiebt mich mit einer Hand im Rücken auf ihren Vater zu. Sie ist fast so groß wie er, sie hat seine Nase mit dem breiten Rücken und seinen eisernen Willen geerbt.

»Danke«, sage ich zu allen dreien.

»Jeder von uns hat einen Gang gekocht. Ich mache den Nachtisch«, sagt Nico, als sie Ralf und mich am Tisch so platziert haben, als wären wir ein Adelspaar bei Hofe. »Schneller essen, schneller«, fordert Nico bei der Vorspeise, weil er so stolz auf sein Dessert ist. Ich muss mich zwingen, zu essen und nicht daran zu denken, dass in mir etwas wächst, was dort nicht hingehört.

Ein paarmal öffne ich den Mund und merke im selben Moment, dass ich nichts sagen kann.

»Fährst du heute Abend noch nach Köln zu Leander?«, frage ich stattdessen Mia. Ihre Gabel klirrt auf dem Tellerrand, Lanas Kopf dreht sich zu ihr, und eine bekannte Stille kehrt ein.

»Wie lange schon?«, frage ich vorsichtig.

»Seit ein paar Tagen. Diesmal ist es wirklich aus.«

»Das hast du die letzten Male auch schon gesagt.« Lana verdreht die Augen und greift zu ihrem Colaglas.

»Ach, und was geht dich das an?« Es ist das vierte Mal, dass sie von ihrem Fotografenfreund getrennt ist. Beim ersten Mal hat er ihr gesagt, dass er gar nicht vorgehabt hat, mit ihr zusammenzuziehen, und all das ein Missverständnis war.

Beim zweiten Mal warf er ihr vor, sie würde seine Kreativität hemmen. Beim dritten Mal wollte sie nicht mehr darüber reden.

»Ich würde mich nie so behandeln lassen. Erst schmeißt er dich raus, und wenn er mit dem Finger schnippt, gehst du zurück. Du machst dich zum Deppen. Wozu?« Ich sehe meinen Töchtern zu, wie sie sich gegenseitig zerfleischen, und habe das Gefühl, dass eine Milchglasscheibe zwischen mir und dem Rest der Welt herunterfährt.

»Nur gut, dass du so viel Ahnung von Beziehungen hast, Schwesterherz. Du traust dich ja nicht mal, offen zu sagen, dass du auf Frauen stehst.«

Ralfs Messer knallt so hart auf den Teller, dass ein Stück vom Rand abplatzt und direkt in sein Weinglas fällt. Das Schauspiel ist so präzise, das Timing so perfekt, als wäre das hier eine Filmszene. Wir würden eine gute Sitcom abgeben. Ich sehe dabei zu, wie Lana ihren Stuhl nach hinten stößt und die Treppe hochrennt. Als ihre Zimmertür zuknallt, weiß ich, dass diese Porzellanhochzeit vorbei ist.

»Scheiße«, sagt Ralf, und ich hätte nicht gedacht, dass ich ihm im Leben noch einmal zutiefst zustimmen würde.

»Das war gemein von dir, Mia!« Nico steht ebenfalls auf und eilt seiner Schwester hinterher.

»Fuck!«, zischt Mia durch zusammengebissene Zähne. »Ich geh mich entschuldigen.«

Ich sehe in die Runde leerer Stühle. Nico und ich fahren morgen ins Schulamt in der Kreisstadt, wo wir einen Termin mit dem schulpsychologischen Dienst haben wegen seiner Schulangst. Mia zieht höchstwahrscheinlich in drei bis vier

Wochen zu ihrem narzisstischen Lebensgefährten zurück und schwört mir hoch und heilig, dass diesmal alles anders wird. Und Lana steckt mitten in ihrem Coming-out. Jetzt ist eine wirklich miese Zeit, um zu sterben.

»Ich habe Brustkrebs.« Die Worte rollen aus meinem Mund wie Würfel aus der Hand.

»Was?« Seine Augen suchen mein Gesicht ab, als hofften sie, Spuren von schlechtem Humor darin zu finden. Als ihm dämmert, dass ich es ernst meine, erschlafft sein Gesicht. Er sieht auf einen Schlag aus wie sein eigener Vater.

»Seit wann weißt du das?«

»Seit heute Morgen.«

Er nimmt ein Wasserglas, gießt Rotwein ein und nimmt einen tiefen Schluck. Ich stelle mir vor, wie die rote Flüssigkeit ihren Weg durch seine Kehle nimmt, in sein Blut einsickert und sich überall in seinem Körper ausbreitet, so wie sich bald das Gift der Chemotherapie in meinen Adern ausbreiten und meinen gesamten Körper fluten wird.

»Und jetzt?«

»Alles, was die Medizin zu bieten hat. Vermutlich auch Bestrahlung. Die Ärztin meint, wir machen's auf die harte Tour.«

»Gut«, sagt er und nickt mit dem Blick zur Tischdecke. Mir fällt erst jetzt auf, dass die Kinder eine aufgelegt haben. Blütenweiß, mit Knickfalten und nach all den Jahren immer noch gestärkt. Es muss eine aus der Aussteuer meiner Mutter sein, die sie mir übergeben hat, als wir in dieses Haus zogen.

Meine Mutter hat es gut gehabt, denke ich plötzlich. Sie

hat alles nur mir vererben können. Ich muss alles gerecht unter dreien aufteilen. Habe ich von allem drei?

Ich nehme ebenfalls einen zu großen Schluck von dem Wein, lasse ihn in meiner Kehle brennen und frage mich, wie lange er mir wohl noch schmeckt.

»Wie wird es werden?« Ich blicke hoch und sehe etwas zutiefst Irritierendes. In Ralfs Augen stehen Tränen.

»Ich weiß nicht. Kommt darauf an, ob ich die Chemo vertrage.«

»Vielleicht kann meine Mutter helfen.«

»Sie ist Mitte achtzig.«

»Sie ist noch fit.«

»Ich kaufe seit drei Monaten für sie ein.« Ich trinke den Rest von meinem Wein in einem Zug. Ich habe ihm davon erzählt. Natürlich habe ich das. Er hat genickt und nichts weiter dazu gesagt, weil Pflege und Fürsorge nun mal meine Abteilung sind und er mir da nicht reinreden will. Er vertraut mir voll und ganz.

Und natürlich ruft meine Schwiegermutter nicht Ralf an, um ihr Leid über die Treppen, die Knie und das Grauen des Alters zu klagen, sondern mich. Nie würde sie die kostbare Lebenszeit ihres Sohnes mit ihrem Wehklagen verschwenden. So ist ihre Pflege nun eine Sache zwischen ihr und mir, weil er und sie das stillschweigend so beschlossen haben.

»Shit!« Mias Stimme zerschneidet die sirupdicke Luft, und erst da sehe ich den Rauch aus der Küche dringen.

Die Stimmen von Nico und Lana drängeln sich dazu, Füße trampeln über den Küchenboden, die Backofentür wird aufgezogen und die Luft im Raum noch dicker.

Die Kinder brechen in gemeinsames Fluchen über das verbrannte Essen aus, und Ralf, dessen Blick noch immer starr auf mich geheftet ist, verschwindet sehr langsam hinter einer Nebelwand.

»Was jetzt?«, fragt er.

»Nichts«, sage ich. »Es geht immer weiter.«

Es ist schon spät, als alle Kinderzimmertüren geschlossen sind. Ich gehe in die Küche, um mir noch ein Glas Rotwein einzuschenken.

Ich zucke zusammen, als ich Ralfs Räuspern hinter mir höre. Auch das Räuspern erinnert mich an seinen Vater. Ich denke unweigerlich an einen betagten Mann mit eingefallenen Wangen und verbitterten Zügen um die Mundwinkel, wenn ich es höre. Aber es ist nur Ralf, frisch geduscht, in Shorts und weißem T-Shirt. Er sieht so viel entspannter aus, wenn er nicht mit seinem Amt bekleidet ist.

»Ich kann nicht glauben, dass uns das passiert.« Er öffnet den Kühlschrank, schließt ihn wieder und wendet sich mir zu.

»Du musst dich um deine Mutter kümmern. Vielleicht auch mal um den Haushalt«, sage ich aus Mangel an Worten.

Er fährt sich mit der Hand über den Mund und stützt sich an der Küchenarbeitsplatte ab, als wäre sein Körper plötzlich schwerer geworden.

»Wie kannst du so abgeklärt sein? Hast du keine Angst?«

Ich weiß es nicht, denke ich und schweige. Wir haben uns so weit voneinander entfernt, dass es sich merkwürdig anfühlt, jetzt vom Schicksal zusammengeschweißt zu werden.

Er zieht mich an den Schultern zu sich heran. Sein Atem riecht nach einer Mischung aus Bier, Wein und verlorenem Appetit. Seine Stimme klingt erstickt.

»Damals hatte ich so sehr Angst davor, dich an diesen Schwimmer zu verlieren.«

Ich gebe mir Mühe, ich versuche, diese unsichtbare Barriere zu überwinden und ihm wirklich nahe zu sein. Sein Rücken fühlt sich fremd an unter meinen Händen. »Das hast du mir nie gesagt.«

Das Zittern beginnt, als er den Kopf in meinem Haar vergräbt. Seine Tränen spüre ich als Wärme auf dem Stoff. »Lass mich dir nahe sein, bitte. Sperr mich nicht wieder aus.«

Ich will ihn halten, will mitfühlen, seine Tränen trocknen. Ich brauche so dringend die Nähe zu einem anderen Menschen. Von jemandem, der weiß, welches Leben hier auf dem Spiel steht. Doch dann fällt es mir wieder ein, wie gnadenlos es mir all die Jahre vorkam, immer funktionieren zu müssen. Immer zuständig zu sein. An jedem Krankenbett zu wachen, über jede Grenze hinwegzugehen, all die Gefühle, die ich nicht teilen konnte. Und ich habe kein Mitleid mit ihm.

—

Britta hat ein Herz wie ein geöffnetes Scheunentor. Ich habe das Gefühl, direkt bis zu ihrem innersten Kern durchzupreschen und sie tief zu verwunden, als ich es ihr sage.

»Warum ausgerechnet du?«, fragt sie mit tränenerstickter Stimme.

»Zufall, Pech, Schicksal, such dir was aus.«

»Schicksal? Welche höhere Macht sollte dich mit so einem Scheiß strafen und warum?«

»Dann eben Zufall. Mal hat man Glück, mal hat man Pech.«

»Du musst jetzt verdammt gut zu dir sein, hörst du?«, sagt sie trotzig.

»Weißt du, was meine Nachbarin Nina gesagt hat?«

Sie schüttelt ihre üppigen kupferfarbenen Locken. Alles an ihr ist üppig, das pralle Leben. In dem Moment finde ich es fast leichter, dass ich die Kranke bin und nicht sie. Niemals würde ich dabei zusehen wollen, wie diese Mohnblüte verwelkt.

»Sie sagte, das Gute an der Sache wäre, dass ich jetzt keine Diät mehr machen muss. Ich würde jetzt automatisch gertenschlank.«

Brittas Augen verengen sich zu Schießscharten. »Nina ist ein Sumpfhuhn. Du solltest dich von ein paar Menschen in deinem Umfeld trennen, nicht nur von Körperteilen.« Dann stutzt sie. »Das war jetzt wohl mein persönlicher Beitrag mit schlechten Sprüchen zum Thema Krebs.«

Sie drückt mich zum Abschied, so fest sie kann, und verspricht, mich zu meinem Befinden zu befragen, selbst wenn ich keine Lust auf Gespräche haben sollte.

»Ich bin nicht gut darin, über mich zu reden.«

»Keine Sorge, ich kann sehr hartnäckig sein.«

Ich arbeite seit sieben Jahren mit ihr zusammen. Ich weiß, dass das stimmt.

—

Die Chemo-Tage werden ab dem zweiten Zyklus schlimm. Wenn ich nicht kotze, schlafe ich oder hänge antriebslos im Haus herum. Ich verliere Kilos, Haare und mein Zeitgefühl. Mein Bett, das neben Kierans Brust immer der liebste Ort auf dieser Welt für mich war, wird zu meinem Krankenlager. Auf dem Nachttisch stapeln sich Medikamente gegen die Übelkeit, für meinen Magen und jede Menge Zeugs, das ich nicht mehr zuordnen kann. Ich schlucke alles, mache alles mit. Alles schmeckt metallisch.

Zum dritten Zyklus wird mir ein dauerhafter Port gelegt. Das ist der Moment, als ich Angst bekomme. Mein Körper fühlt sich schon lange nicht mehr wie mein eigener an. Aber bis dahin bin ich immer davon ausgegangen, dass dies nur ein vorübergehender Zustand ist. Der Port zeichnet mich auf eine Art, die mir endgültig erscheint. Es kommt mir zum ersten Mal so vor, als wäre ich dem Tod näher als dem Leben.

Ralf weint tonlos, als er sieht, wie sich der Zugang unter dem Stoff abzeichnet, so wie sich meine Knochen abzeichnen. »Sie dürfen sich jetzt keinen Infekt einhandeln«, sagt der Arzt, und ich verbringe meinen Geburtstag allein in meinem Zimmer. Die Kinder wissen inzwischen von der Krankheit, aber ich habe keinen Zweifel daran gelassen, dass dies nur eine vorübergehende Episode in unserem Leben ist, mit der wir uns nicht mehr beschäftigen werden als unbedingt nötig.

Ich habe Lana gedrängt, wie geplant auszuziehen, und mit Nico fahre ich inzwischen alle paar Wochen in eine psychotherapeutische Praxis, um herauszufinden, was ihn unglücklich macht. Mia ist wieder mit ihrem Fotografenfreund zusammen, lebt aber jetzt in einer Art Atelier-WG, die ihre erste Ausstellung vorbereitet. Natürlich habe ich zugesagt, den Ausstellungskatalog zu lektorieren. Es ist, als würde ich ein dünnes Tuch über unserem Leben halten, von dem ich weiß, dass es den Tisch nicht einmal zur Hälfte bedeckt. Aber es ist ein Tuch, und ich halte es, und im Moment muss das reichen.

Kurz vor der Operation engagiert Ralf eine Haushälterin, die oft genug kommt, um mir nur noch ein paar Anstandsaufgaben zu überlassen. Es ist erstaunlich, wie einfach manche Dinge plötzlich sind, wenn es nicht anders geht.

Die Operation ist im Vergleich zu allem anderen ein Kinderspiel. Ich schlafe ein und wache mit einer Brust weniger wieder auf. Kein Kotzen, kein Schwindel, kein Geschmack im Mund.

Die anschließende Bestrahlung ist eine andere Sache. Die zehn Sitzungen sind wie ein Marathon nach einem Marathon. Ich kann mir nicht vorstellen, dass der Krebs meinen Körper dermaßen schnell zugrunde gerichtet hätte wie diese Behandlung.

Britta ist genauso, wie sie es angedroht hat: beharrlich. Als ich phasenweise nur noch Suppe zu mir nehme, bringt sie mir wöchentlich wechselnde Vorräte vorbei. Sie findet immer wieder kleine Dinge, die mir Freude machen. Ein wenig Licht, das durch den Riss scheint, der mein Leben in einen Teil vor und einen Teil nach der Diagnose zerteilt hat.

»Ich habe über etwas nachgedacht, was du neulich zu mir gesagt hast.«

»Über was genau?«, fragt sie. Es ist einer meiner besseren Tage, und wir sitzen auf meiner Terrasse, wo die tiefe rote Sonne des frühen Herbstes auf uns scheint.

»Über deine Vorstellung, dass wir uns unser Glück erlauben müssen.«

»Und?« Sie schenkt mir einen Tee ein, der *Wiederauferstandene Königin* heißt und für Krebspatientinnen auf dem Genesungsweg gedacht ist. Er schmeckt fad und zu süß zugleich.

»Vielleicht habe ich zu viel in mir aufgestaut. Vielleicht haben sich dieses ganze Zusammenreißen und Zurückstecken und diese bescheuerte Angst, es irgendwem nicht recht zu machen, gegen mich gewendet. Wie ein Selbstzerstörungsprogramm.«

»Ach, komm schon. Du hast dich nicht selbst krank gemacht.« Sie nimmt auch eine Tasse von dem Tee und lässt sich in einen bedrohlich knarzenden Polyrattanstuhl fallen. Als ich die Sitzmöbel ausgesucht habe, war Mia zehn und ich ein anderer Mensch.

»Vielleicht doch.« Ich trinke noch einen Schluck von dem Tee, nur um etwas zu tun zu haben.

»Was möchtest du mir sagen, Ava?«

Das ist der Moment, als ich beschließe, Britta alles zu erzählen. Wie ich Kieran das erste Mal getroffen habe. Wie wir im Schwimmbad gelandet sind und ich bis zuletzt glaubte, dass zwischen uns nie mehr sein könnte als meine Tagträumerei. Dann der Kuss, die Erkenntnis, dass es ihm genauso ging wie mir. Dass ich lange glaubte, diese Sache sei nur eine Art Wiederbelebungsmaßnahme für mich. Aber es war mehr.

Es war Liebe. Und sie weiß jetzt davon und kann diese Geschichte weitererzählen, falls das hier am Ende doch nicht gut ausgeht.

»Bedauerst du, dass du ihn hast gehen lassen?«, fragt sie, und in ihren Augen schimmert Wasser.

»Wenn du jetzt heulst, werfe ich dich raus.« Es ist als Scherz gemeint, aber es klingt nicht danach.

»Ich habe dich was gefragt«, beharrt sie trotzig und wischt sich dann doch eine Träne aus dem Augenwinkel.

»Nein, ich bedaure nicht, dass ich ihn habe gehen lassen. Ich hätte ihn nur von seinem Leben abgehalten.«

»Bereust du, dass du nicht mit ihm gegangen bist?«

»Nein.«

»Wie kommst du dann auf die Idee, dass du dich selbst krank gemacht haben könntest?«

»Ich hatte zu viel Angst.«

»Wovor?«

»Bei meinen Kindern in Ungnade zu fallen. In der ganzen Stadt als notgeile Hausfrau abgestempelt zu werden. Dass er wegen mir blamiert dasteht.« Es ist merkwürdig, es jetzt so kühl zu sagen. Damals hätte ich diese Gedanken nicht aussprechen können. Es muss etwas dran sein, dass wir das Leben zwar nur vorwärts leben, aber immer nur rückwärts verstehen können.

»Denkst du oft an ihn?«

»Immer.«

Britta lässt meine Hand zwischen ihren beiden Hände verschwinden, ihr avocadogrüner Nagellack leuchtet in der Sonne.

»Du weißt, dass er irgendwo da draußen ist, oder?«

Ich sehe an mir herunter, an meinem dünnen, fast kindlich wirkenden Körper, an die Spuren von dem Port unter meiner Schulter, an der knochigen Hand, die sich hebt und über meine rissigen Lippen und den haarlosen Brauenbogen fährt. Und endlich weine ich. Selbst nach unserem Abschied vor so vielen Jahren, selbst nach meiner Krebsdiagnose sind keine Tränen geflossen. Nun weine ich um ihn und um uns. Um die gemeinsame Zeit und die einsamen, verlorenen Stunden. Ich weine um mich. Ich weine, bis keine Träne mehr in mir ist.

16
Ozeanaugen

Nach der Bestrahlung schickt mich mein Arzt zur obligatorischen Reha-Kur. Ich bin kaputt, gelte aber als vorläufig geheilt.

Als er mich beim Ausfüllen des Antrags fragt, ob ich eine bestimmte Region in Deutschland bevorzuge, nenne ich den Norden. Ich finde den Gedanken tröstlich, in Kierans Nähe zu sein. So als könnte ich seine Gegenwart spüren, nur weil ich mich im gleichen Teil von Deutschland aufhalte. Als ich die Zusage für eine onkologische Reha in Lübeck bekomme, fühlt es sich an, als würde ich in seine Nachbarschaft ziehen.

Ich soll drei Wochen bleiben. Doch schon am zweiten Tag merke ich, dass dies nicht der richtige Ort für mich ist. Es tut mir nicht gut, in den Gruppensitzungen anderen Frauen dabei zuzusehen, wie sie das Trauma ihrer Diagnose wieder und wieder durchleben. Die sterile Atmosphäre und die medizinischen Geräte setzen mir zu, genauso wie die Menschen in den weißen Kitteln. Ich will nicht mehr von fremden Menschen berührt werden, noch nicht einmal für eine Massage. Nach vier Tagen packe ich meinen Koffer. Ich will weg, am liebsten sofort, und Britta werde ich als Fluchthelferin einbestellen.

Das Einzige, was mich davon abhält, ist die Vorstellung, dass ich dann nicht mehr in seiner Nähe bin. Der Gedanke, dass er gerade auf das gleiche Wasser blickt, dass die Luft bei ihm ähnlich riecht, das Licht die gleiche trübe Färbung hat, tröstet mich. Kieran – sein Name ist noch immer in meinen Kontakten. Eine alte Handynummer aus einer längst vergangenen Zeit. *Schwimmlehrer* steht noch immer neben seinem Namen. Wir haben uns oft darüber amüsiert, dass ich den Zusatz nie gelöscht habe. Ich lächele das erste Mal in vier Tagen, vielleicht ist es noch länger her.

Ich öffne eine Nachricht an ihn. Gibt es Menschen bei Mobilfunkanbietern, die Texte lesen, die an nicht mehr vergebene Nummern geschickt werden? Es spielt keine Rolle. Das Gefühl, auf Absenden zu drücken und so zu tun, als könnte ich ihm noch immer meine Wahrheiten anvertrauen, reicht mir. Ich schreibe: *Ich bin in Lübeck und frage mich, ob Du auf die gleichen Wellen schaust wie ich.*

Er ruft sofort an.

»Ava?« Seine Stimme zu hören ist, wie auf etwas sehr Heißes zu fassen. Sie fährt durch meinen ganzen Körper und brennt auf meiner Haut.

»Kieran.«

»Was machst du in Lübeck?«

»Ich bin zur Erholung hier.« Es ist nur ein Flüstern, mehr wage ich nicht.

»Warum?«

»Brustkrebs. Ich soll hier wieder zu Kräften kommen.« Ich will lachen, aber mein Atem verfängt sich im Hals. »Ich habe wirklich nicht damit gerechnet, dass du noch diese Nummer hast.«

Er lacht kehlig. Es klingt tiefer als das Lachen, das ich in Erinnerung habe, und ich frage mich, ob es an der Leitung liegt oder ob sein Körper inzwischen eine andere Resonanz hat. »Journalisten ändern niemals ihre Nummer. Es könnte immer sein, dass sich jemand an mich erinnert und mir eine bahnbrechende Story erzählt, weißt du?«

Ich sage nichts, lausche nur dem Atmen in der Leitung und bin dankbar.

»Was machst du gerade?«

»Ich schwänze. Ich müsste eigentlich malen. Therapeutisch, meine ich. Das ist …«

»Nichts für dich?«

Ich vergrabe meine freie Hand in der Tasche und balle sie so fest zusammen, wie ich kann, bis sich die Fingernägel in mein Fleisch graben. Als wollte ich mir beweisen, dass ich nicht träume.

»Wie lange bleibst du?«, fragt er schließlich.

»Ich habe meine Koffer gepackt. Ich kann das nicht.«

Eine Möwe fliegt vorbei und gibt einen Schrei von sich, als wollte sie mir zustimmen. Ich schließe die Augen, als der Wind über meinen Kopf mit den noch immer raspelkurzen Haaren fährt. Ich bin es leid, mich unter Tüchern zu verstecken.

»Schick mir deinen Standort.«

»Kieran, ich …«

»Ava, es dauert ziemlich lange, bis ich alle Kurhäuser an der Küste abgeklappert habe. Schick mir deinen Standort. Bitte.«

Es dauert keine Stunde, bis er vor mir steht. Erst sieht er mich einfach nur an und sagt kein Wort. Er nimmt meine Erscheinung in sich auf wie ein Gemälde. Als sein Bild vor meinen Augen verschwimmt und die Tränen zu schnell folgen, um sie wegzublinzeln, kommt er sehr langsam auf mich zu. Er berührt mich so vorsichtig, als wäre ich aus Pergament.

Ich schließe die Augen, als ich seinen Geruch einatme. Es fühlt sich an, als wäre ich nach sehr langer Zeit nach Hause gekommen. Als wäre ich weit gewandert und Umwege gelaufen, nur um jetzt zu wissen, was all die Zeit mein Ziel gewesen war.

Er führt mich vom Eingang der Klinik weg in den kleinen Park davor. Ich habe mich in den vergangenen Monaten so sehr daran gewöhnt, alle möglichen Medikamente durch meinen Körper rauschen zu lassen und in allen Formen der Bewusstseinsveränderung zu leben, dass ich alles geschehen lasse wie in Trance. Ich halte es immer noch für möglich, dass ich mir das alles nur einbilde.

Er setzt sich auf eine Bank und zieht mich an sich. Ich lege den Kopf auf seine Schulter und drücke die Nase in den Stoff seiner Sweatjacke.

»Wie fühlst du dich, Ava?«

»Zu Hause.« Er legt die Lippen an meine Stirn und lässt sie dort. Ich schließe die Augen. »Wenn ich jetzt sterbe, sterbe ich glücklich.«

»Niemand stirbt hier, Ava.«

»Du sagst ziemlich oft meinen Namen.«

»Es gibt Momente, da bin ich mir nicht sicher, ob du nur in meinem Kopf existiert hast. Wusstest du, dass es keine Fotos von uns gibt?«

»Ich fange jetzt nicht damit an.« Ich deute auf das bisschen Haar auf meinem Kopf und zittere plötzlich am ganzen Leib. Es ist die Nervosität, gemischt mit jahrelang aufgestauter Sehnsucht.

»Sehe ich mir noch ähnlich?«, frage ich leise und traue mich, ihm in die Augen zu schauen. In den Pool aus Azurblau, in den ich mich damals kopfüber reingestürzt habe, ohne schwimmen zu können. Seine Augen glänzen.

»Natürlich.«

Wir sitzen eine Weile schweigend nebeneinander und lauschen dem Blätterrauschen im Park und den Gesprächsfetzen der Menschen, die Richtung Klinikeingang gehen. Sein Blick wandert über den grauen Waschbeton des Siebzigerjahre-Baus, über die winzigen Fenster mit Metallrahmen, manche von ihnen halbhoch vergittert.

»Menschen verlieren ihren Verstand an Orten wie diesen.«

»Ich weiß, es passiert in der Gruppensitzung jeden Morgen.«

In dem Moment wird mir klar, dass ich leben will. Ich habe immer noch keine Angst vor dem Tod, aber ich habe plötzlich die Gewissheit, dass ich mit dem Leben noch nicht fertig bin.

»Du kommst mit zu mir«, sagt er, und es ist keine Frage. Gemeinsam holen wir meinen Koffer aus dem Zimmer und melden mich bei der erstaunten Schwester am Empfang ab. Sie besteht auf einem Arztgespräch, aber Kieran sagt ihr, dass wir sofort fahren müssen, und fragt, wo ich unterschreiben soll. Der eilig herbeigerufene Arzt will mich umstimmen, hält mir aber letztlich irgendein Dokument hin. Ich bin frei. Vor uns liegen zweieinhalb Wochen.

»Hast du inzwischen Familie?« Ich frage erst, als wir schon im Auto sitzen, und könnte mich ohrfeigen dafür. Ich traue ihm zu, dass er mir gleich Frau und zwei Kinder vorstellt und mich aus reinem Mitgefühl mitgenommen hat.

»Nein«, sagt er, und ich wage es, weiterzuatmen.

Wir fahren über Straßen, deren Namen ich nicht kenne, und über Brücken, die ich nie zuvor überquert habe. Ich schließe die Augen und spüre seine Hand auf meiner. »Können wir so tun, als gäbe es nur uns? Nur du und ich, und alles andere sperren wir aus?«

Er drückt meine Hand, und ich höre das Lächeln in seiner Stimme. »Natürlich. So haben wir es immer gemacht.«

Er biegt ab und hält vor einem typischen Hamburger Altbau mit rostrotem Klinker und üppiger Fassadenverzierung um die Fenster. Ich taste mich Schritt für Schritt vor in sein Leben, die Treppe mit dem gusseisernen Geländer hoch, vor die Holztür mit dem Zeitungsschlitz aus Messing.

Als die Wohnungstür hinter uns zufällt, glaube ich zuerst, am falschen Ort gelandet zu sein. Seine Wohnung ist leer. Das heißt, sein Schreibtisch im Wohnzimmer ist mit einem Computer und unzähligen Papierstapeln überladen. Davor stehen noch eine alte braune Ledercouch und eine Kiste als Tisch. Durch die geöffnete Schlafzimmertür sehe ich eine Matratze auf dem Boden. An den weißen Wänden sind die Umrisse von abgehängten Bilderrahmen zu erkennen, die jeden Raum aussehen lassen wie ein heruntergekommenes Loch.

Dies ist ein Paralleluniversum. Ohne Vergangenheit, ohne Gegenwart, wie geschaffen für zwei Menschen mit gestohlener Zeit.

»Ziehst du ein oder aus?«

»Ich gehe in die USA.«

»Was?« Das leichte Kribbeln, das eben noch in meinem Bauch war, klingelt jetzt Sturm in meinem Kopf.

»Ich baue von New York aus ein kleines Korrespondentenbüro auf. Ich weiß, das ist nichts Neues, das haben Hunderte vor mir auch versucht, ich …«

»Das ist großartig. Ich freue mich für dich!« Ich will sein Gesicht in die Hände nehmen. Einfach nur, um ihn meine Zuversicht spüren zu lassen. Aber ich wage es nicht.

»Wie viel Zeit hast du noch?«

»Vier Wochen. Du hast ein verdammt gutes Timing, Ava.«

»Warum hast du mich hergeholt?« Ich muss es wissen. Ich würde es nicht aushalten, wenn es aus Mitleid wäre.

»Weil du es bist.«

In meinen Gedanken habe ich all die Jahre ein zweites, geheimes Leben mit ihm gelebt. Es ist mir manchmal realer erschienen als mein echtes Leben. Ich stellte mir Gespräche mit ihm über die Dinge vor, die mich bewegten. Ich hörte seine Stimme, wusste, was er zu manchen meiner Gedanken sagen würde. Mein Kopf machte Witze in seinem Humor.

Jetzt, wo wir uns tatsächlich wieder gegenüberstehen, ertappe ich mich dabei, wie ich ihn beobachte und mit dem Mann in meinem Kopf abgleiche. Vielleicht habe ich Dinge hinzugefügt, habe ihn mir zurechtmodelliert. Vielleicht habe ich Eigenschaften weggestrichen und einen perfekten Menschen geschaffen. Aber es ist genau umgekehrt. Seine echte Stimme zu hören, seine Bewegungen zu sehen, den Rhythmus seines Atmens zu spüren, ihn mit meinen echten Sinnen zu erleben überwältigt mich. Ich muss innehalten und ihn betrachten, und dann kneife ich mich und bin froh, dass ich nicht träume.

Tagsüber geht er in eine der Redaktionen, für die er arbeitet. Manchmal kommt er früher nach Hause, und wir erzählen uns von Büchern, die wir gelesen und dabei an den anderen gedacht haben. Ich verbringe die Tage in seiner Wohnung und lese mich durch seine Bibliothek.

»Nimm sie alle mit. Ich reise mit leichtem Gepäck«, sagt er, und ich lege mir einen kleinen Stapel beiseite, der mich an ihn erinnern soll. Manchmal gehe ich an der Alster spazieren. Ich trinke den ersten Kaffee seit langer Zeit, und er schmeckt. Abends kocht er, oder wir bestellen etwas. Ich bin noch nicht bereit, mich der Außenwelt und die Außenwelt mir zuzumuten, indem ich ein Restaurant besuche. Manchmal geht er abends aus, um sich ein letztes Mal mit Kollegen und Weggefährten zu treffen, bevor er auswandert. Aber er ist jedes Mal früher wieder zu Hause als gedacht.

Wir sprechen über Filme, die wir gesehen haben, und über Menschen, die wir getroffen haben. Wir sprechen wenig über unsere Leben in den vergangenen Jahren. Es spielt keine Rolle, wer wir ohneeinander gewesen sind. Wir leben im Hier und Jetzt. Er ist der einzige Mensch, mit dem mir das über längere Zeit gelingt.

–

»Schmeckt es wieder?« Er hat cremiges Risotto gekocht und sich vorgenommen, eine *Erwachsenenportion* in mich hineinzubekommen. Das Essen ist köstlich. »Ist dir klar, dass mich außer dir niemand dazu bekommt, Risotto zu essen?«, gebe ich mit dem Geschmack von Parmesan auf der Zunge zu.

»Ich hoffe, ich habe dich zu einigen Dingen bekommen, die du mit niemandem sonst erlebt hast«, sagt er. Ich sitze auf der Couch, den Teller auf dem Schoß, und er sitzt vor mir auf dem Boden, die langen Beine ausgestreckt. Sein Blick wandert über meinen Körper. Er ist jetzt kein junger Student mehr, er ist ein Mann, Anfang dreißig. Seine Züge sind ein wenig schärfer geworden, sein Blick ein wenig schmaler. Ich erinnere mich daran, wie er am Schwimmbeckenrand stand. Damals war sein Gesicht ein offenes Buch, er war so unbedarft, so frei. Er sah mich auf diese Art an, als könnte es nichts geben, was er nicht von mir sehen wollte. Jetzt hat er gelernt, seine Gedanken zu verbergen, und sein Blick meinen Körper entlang macht mich unsicher, bis er fragt: »Wie fühlt es sich an?«

Meine Hand wandert automatisch an die Stelle, wo meine Brust gewesen ist. »Ich spüre nichts.« Die Wunde ist verheilt. Ich habe sie gepflegt, wie ich Wunden an den Knien meiner Kinder gepflegt habe. Gewissenhaft, aber ohne großes Aufhebens darum zu machen. Nun zieht sich eine wulstige Naht über meinen Körper, die ich nicht weiter beachte.

»Hast du dich angesehen?«

»Nein.«

»Möchtest du?«

»Wozu? Es ist nichts mehr zu sehen.«

Ich stehe auf und fülle mein Glas mit Wasser aus dem

Hahn. Ich trage ein T-Shirt ohne BH, das die Asymmetrie meines neuen Körpers offensichtlich macht. Ich habe noch nicht darüber nachgedacht, wie ich mich in Zukunft kleide.

Als ich zum Sofa zurückkehre, streckt er seine Hand nach mir aus.

Ich muss noch lernen, dass die dünnen Arme meine sind und meine Haut, die von der Bestrahlung spröde ist und spannt, nicht behandelt, sondern gepflegt werden will. In den vergangenen Tagen habe ich stundenlang in seiner Badewanne gelegen und es genossen, dass ich den Duft riechen, den Schaum auf meiner Haut spüren kann und dass das alles keinen medizinischen Zweck hat, sondern einfach nur dazu da ist, dass ich mich wohlfühle.

Ich greife nach seiner Hand und spüre einen vertrauten Funkenschlag. Er schließt die Finger langsam um meine und zieht mich an sich, bis sein Kinn fast meinen Bauchnabel berührt. Seine Arme schließen sich um mich, und ich erlaube mir, mit den Händen durch seine Haare zu fahren, langsam und vorsichtig. Eine seiner Hände wandert meinen Körper empor und umschließt die Brust, die nicht mehr da ist. Er dreht den Kopf zur Seite, als er spricht, seine Wange auf meinen Körper gepresst.

»Ich kann dein Herz spüren.«

Er zieht mich auf seinen Schoß und wiegt mich wie ein Kind.

—

Ich liebe es, ihm bei der Arbeit zuzusehen. Wenn er nachdenkt, rutscht er auf seinem Bürostuhl nach unten, wenn ihn ein Gedanke packt, setzt er sich kerzengerade auf, und seine Finger fliegen über die Tastatur.

»Eine neue Glosse?«, frage ich, während ich ihm beim Nachdenken zuschaue. Seine Haare werden vom Licht erhellt, das durch das Fenster neben seinem Schreibtisch fällt. Die Spitzen wirken, als hätten sie einen leichten Rotschimmer. Er trägt Jeans, T-Shirt und ist barfuß.

Die Grübchen, die sich beim Lachen um seinen Mund bilden, haben feine Mimikfalten in sein Gesicht geprägt, genauso, wie sich um seine Augen die ersten Lachfältchen zeigen. Ich versuche, es mir so gut wie möglich einzuprägen für die Zeit danach.

»Es gibt dieses Zitat, das über die Jahre in allen großen deutschen Zeitungen gelandet ist. Es besagt, dass das menschliche Gehirn Bilder sechzigtausend Mal schneller wahrnimmt als Texte«, sagt er, während er mit einem Kugelschreiber auf den Schreibtisch trommelt.

»Das ist beeindruckend.«

»Es ist falsch. Ich habe versucht, die Studie dazu zu finden oder zumindest das Originalzitat. Aber es gibt keins. Die Behauptung stammt aus der Zusammenfassung einer Studie auf einem Statistikportal, und sie ist schlichtweg falsch. Die Studie hat das nie ergeben.«

»Warum wird es dann überall zitiert?«

»Es klingt zu gut.« Er lehnt sich auf dem Stuhl zurück, mustert mich in aller Seelenruhe. Seine Stimme tastet sich vor. »Hast du jemals mit jemandem das erlebt, was wir erlebt haben?«

»Glaubst du, dass ich weitere Affären hatte?«, poltert es

aus mir heraus. Unsere Blicke treffen sich, verhaken sich, seine Frage trifft auf meinen ungläubigen Blick.

»Entschuldige«, sagt er.

Ich stehe von der Couch auf und gehe auf seinen Schreibtischstuhl zu. Meine Finger erlauben sich noch einmal, seine Lippen nachzufahren. »Ich werde nie mit irgendjemandem das erleben, was ich mit dir erlebt habe.«

Er nimmt meine Hand und küsst die Innenfläche. »Dann ist gut.«

»Wie kommst du überhaupt darauf?«

Er lächelt flüchtig. »Es ist so lange her. Manchmal bin ich mir nicht sicher, ob das alles real war.«

Er steht auf und steht so nah vor mir, dass ich seinen Atem auf meiner Wange spüre. Ich lege mein Kinn an seinen Nacken, an diese Stelle, die ich damals mit verbundenen Augen hätte zeichnen können.

»Und dann wiederum weiß ich nicht, wie ich es so lange ohne dich ausgehalten habe. Ich bin mehr ich, wenn ich bei dir bin. Verstehst du das?« Seine Stimme resoniert so tief in seinem Körper, dass ich sie als Kribbeln auf meiner Wange spüre.

Ich suche seinen Blick und sehe die Wellen in seinen Augen brechen. Es ist alles da. Die Brandung in seinen Augen, das Kribbeln auf meiner Haut – ich habe mich danach verzehrt, noch einmal so intensiv zu fühlen. Und in diesem Moment kommt es mir vollkommen unmöglich vor, ihn jemals wieder zurückzulassen. In dieser Sekunde erscheint mir nichts leichter, als nie wieder zu gehen.

»Ich will nicht mehr ohne dich leben. Ich kann das nicht mehr. Nimm mich mit.« Alles scheint möglich, jede Barriere überwindbar, jede Konsequenz aushaltbar. Ich war schon fast tot, und nun wartet ein zweites Leben auf mich. Eines, das ich wirklich und wahrhaftig mit ihm verbringen könnte.

»Ava.« Er nimmt mein Gesicht in die Hände wie damals am See, als es umgekehrt war. Als er alles hergegeben hätte für ein Leben mit mir. Ich weiß noch, wie schwer es war, ihn wegzuschicken. Deshalb erkenne ich das Bedauern, als es in seinen Augen aufflackert.

»Ich würde bis ans Ende der Welt mit dir gehen. Ich würde alle Menschen hinter mir lassen, die ich je gekannt habe. Und glaube mir, ich würde auf die Art glücklich werden. Aber du nicht.«

In dieser Nacht schläft er nicht auf der Couch, sondern in seinem Bett. Wir liegen ineinander verwoben unter derselben Decke. Mein Kopf auf seiner Brust, seine Arme um mich gelegt, die Beine ineinandergeschoben. Als das erste graue Licht durch die Vorhangritzen fällt, küssen wir uns noch dieses eine Mal. Wir haben etwas gehabt, was manche ihr ganzes Leben lang suchen. Eine Verbindung, die jede Grenze zwischen zwei Menschen auflöst. Wir haben uns kurz daran erinnert, nun ist es an der Zeit, in unsere getrennten Welten zurückzukehren. Denn getrennte Welten bleiben es.

»Wirst du es schaffen?«, fragt er, als er mich ans Gleis bringt. Ich habe darauf bestanden, einen alten Pullover von ihm anzuziehen, den er den gesamten Tag zuvor tragen musste, damit ich mich schrittweise, mit seinem schwindenden Duft, von ihm entwöhnen kann.

»Meinst du überleben?«

Er fasst mich ans Kinn und sieht mich mit zusammengekniffenen Augen an. »Ich meine, wirst du es schaffen, in deinen Alltag zurückzukehren?«

»Ich weiß nicht. Wenn man verstanden hat, wie schnell das alles vorbei sein kann, wird man kompromissloser, denke ich.« Ich sehe seinem störrischen Haar dabei zu, wie es auf dem windigen Bahnsteig durcheinandergewirbelt wird. »Und du? Wirst du ein paar hübsche Babys mit wilden Locken machen und ihnen keltische Namen geben?«

Er lacht und schüttelt den Kopf, als hätte ich etwas Dummes gesagt. »Du glaubst wirklich, dass man nur richtig gelebt hat, wenn man sich fortgepflanzt hat, was?«

Ich will ihn noch einmal umarmen, aber er hält mich von sich weg und betrachtet mich. »Ava, wir haben nie wirklich versucht, Freunde zu sein. Meinst du, wir könnten es schaffen?«

»Schreib mir«, sage ich und streiche ihm eine Haarsträhne aus den Augen. »Schreib mir all deine Gedanken.«

17
Umweg

Wenn Hamburg ein alter Ganove mit Lackschuhen ist, dann ist New York ein Revuegirl, das nach jedem Auftritt sein Outfit wechselt. Diese Stadt ist ein wahr gewordenes Klischee und gleichzeitig nichts von alledem – je nachdem, ob man sich am Times Square aufhält oder in einem der versteckten Gärten im Norden von Little Italy. New York hat so viele Gesichter, dass ich mich auch nach sechs Jahren immer noch daran erinnern muss, dass es eine USA außerhalb dieser Stadt gibt, dass es eine Mauer an der Grenze zu Mexiko, obdachlose Studenten in Los Angeles, Natives-Reservate in Arizona und die Ölfelder in Alaska gibt.

»Hallo! Erde an Kieran!« Eine Hand schnipst vor meinen Augen.

»Was ist?« Mathieu, der hier Matt genannt wird, lacht genüsslich und wirft sich mit einer geübten Bewegung auf den Bürostuhl, der ihn zielsicher an den Schreibtisch gegenüber rollt. »Ich habe dich etwas Langweiliges zum Thema Mittagspause gefragt.«

»Sorry, Matt, ich war in Gedanken.«

»Träumst du noch deiner Journalistenkarriere hinterher?«

Ich werfe einen Blick auf meine Schreibtischunterlage, wo ich die Raumnummern notiert habe. Drei Zahlen stehen dort, drei Räume, in denen ich heute Grundkurse in Business-Deutsch geben werde. Und das alles, während in den USA Vorwahlen anstehen und mir ein Bekannter aus unserem Block eine Geschichte gesteckt hat von einem Typen, der allen Ernstes Clint Eastwood heißt und als letzter verbliebener Mensch auf einer winzigen Insel zwischen Texas und Mexiko lebt.

»Ich bin immer noch Journalist. Ich verdiene mir nur etwas dazu«, sage ich.

»Ja klar, mit dem Vorsatz sind wir alle hier gelandet. Und dann sind wir fett und bequem geworden.« Matt redet mit mir, ohne vom Bildschirm hochzusehen. So wird es jetzt den Rest des Tages sein.

»Meinst du, ich kriege nächste Woche zwei Tage frei?«

»Machst du Scherze? Nicht vor dieser Messe bei euch in Deutschland.«

Matt rollt noch näher an seinen Bildschirm heran und gibt den Blick durch das bodentiefe Fenster frei. Hinter einer Häuserreihe glitzert der Hudson River in der Nachmittagssonne. Da draußen will eine Welt entdeckt werden, und ich sitze hier drinnen bei Janas deutschem Arbeitgeber und bringe Amerikanern bei, wie man sich unter Deutschen auf Geschäftsterminen benimmt und wie man einigermaßen fehlerfrei eine Bratwurst bestellt.

Das Korrespondentengeschäft im Big Apple ist hart. Hier hat niemand Zeit zu verschenken, schon gar nicht für ein Gespräch mit Journalisten, deren Artikel irgendwo im Rest der Welt abgedruckt werden. Auch die deutschen Magazine müssen mühsam überzeugt werden, eine selbst recherchierte

Geschichte von einem freien Korrespondenten abzudrucken, anstatt einfach die Texte von der Deutschen Presse-Agentur zu nehmen, die schon bezahlt sind.

Es war keine leichte Entscheidung, diesen vorübergehenden Nebenjob in Janas Firma anzunehmen, in der sie die Karriereleiter genauso emporklettert, wie sie es sich immer vorgenommen hat.

Ich stehe auf und ziehe das Jackett über. »Ich gehe jetzt und bringe ein paar Amerikanern Deutsch bei.«

»Ein Mann muss tun, was ein Mann tun muss«, raunt Matt, natürlich ohne aufzublicken.

Nach der Arbeit tauche ich ab in den Sog dieser Stadt. Vor der Tür des Bürohauses in Uptown lasse ich mich in den Strom aus Menschen hineinziehen und davontragen. Ich lasse mich durch den Theater District treiben bis zum Central Park, wo ich in die U-Bahn Richtung Garment District einsteige.

Ich ertappe mich immer wieder dabei, wie ich mich bei meinen Spaziergängen durch New York von außen betrachte. Wie ich darüber grinse, dass ich aussehen muss wie jeder andere hier. Ich könnte New Yorker sein, könnte mein gesamtes Leben hier verbracht haben oder gerade mal einen Tag. Manchmal überkommt mich die alberne Angst, dass das alles nur ein Versehen ist. Als würde irgendwann jemand auf der Straße stehen bleiben, auf mich zeigen und sagen: »Er gehört nicht hierher. Das ist doch der Junge aus der deutschen Kleinstadt. Der tut nur so, als wäre das alles ganz normal für ihn.«

Manchmal träume ich sogar davon, und in meinem Traum wird es mir dann jedes Mal klar: Ich laufe in Wahrheit gar nicht über den Broadway und entlang der Wolkenkratzer-Kaskade am Rande des Central Parks. In Wahrheit stehe ich vor dem Riesenposter von Manhattan, das auf der alten Blumentapete in meinem Kinderzimmer im Hotel California klebt, und starre so lange darauf, bis ich glaube, eine Bewegung in den engen Gassen zu erkennen.

»Collin ist begeistert von dir«, erzählt mir Jana, als sie zwei Stunden nach mir nach Hause kommt. Sie ist inzwischen *Head of Marketing*, ganz wie geplant.

»*Your boyfriend is marvellous*, sagt er.« Sie sieht über meine Schulter in meine Poke Bowl, und ich deute auf die Variante ohne Fisch, die ich ihr mitgebracht habe.

»Findest du es nicht albern?«, fragt sie, während sie sich setzt.

»Was?«

»Wir sind vierunddreißig, und unser Beziehungsstatus bezeichnet uns immer noch als Boy und Girl.«

»Tja, die Amerikaner neigen sprachlich zur Verniedlichung. Deshalb leihen sie sich die wirklich dramatischen Begriffe aus dem Deutschen aus.«

Sie sieht mich fragend an.

»Blitzkrieg?«, sage ich.

Sie verdreht die Augen. »Ich rede über Liebe und du über Krieg!«

»Ich dachte, wir reden über Sprache.«

»Ich finde es merkwürdig, dass all meine Mitarbeiter bereits verheiratet sind, und nur ich als Vorgesetzte bin es nicht.«

»Ich wusste nicht, dass eine Ehe als Berufsqualifikation

gilt.« Als ich ihren düsteren Blick sehe, schiebe ich hinterher: »Deine Mitarbeiter lieben dich. Und einige von denen würden dich wahrscheinlich selbst sofort heiraten.«

»Alle außer dir.«

Unsere Wohnung in Midtown Manhattan ist ein Schlauch mit einer Schlafnische am Ende. In der Mitte des Schlauchs befinden sich eine Küchenzeile und eine Badewanne nebst Waschbecken. Gebadet wird gegenüber vom Herd. Ich hielt es zuerst für einen schlechten Scherz, als wir das Apartment bezogen. Inzwischen wissen wir, dass dies eine New Yorker Spezialität ist. Nach dem Essen lässt sich Jana Wasser ein und beginnt ihr Abendritual: erst Badewanne, dann ein Film im Bett. Woanders ist für den Fernseher eh kein Platz.

Es geht uns gut. Matt lebt ein paar Straßen weiter mit fünf wechselnden Geschäftsreisenden in einem Apartment. Clive aus England lebt mit seiner Familie über eine Stunde entfernt auswärts. Ohne Janas üppiges Gehalt könnten wir uns dieses Apartment nie leisten. Die Lage macht mindestens die Hälfte der Miete aus.

Ich schiebe den Bastvorhang beiseite, den wir zwischen Wohnbereich und Küchenbad aufgehängt haben, um ihr von Clint Eastwood zu erzählen. Das Wasser plätschert, als sie die Beine zusammennimmt. »Schämst du dich?«

»Was? Wieso?«

»Du bist aufgeschreckt, als ich den Vorhang zurückgezogen habe.«

Sie fasst an den blonden Dutt, dessen untere Hälfte dunkler ist, und drückt ihn aus. Das Wasser rinnt ihr über die Schultern.

»Weiß nicht, war ein Reflex. Vielleicht dachte ich, dass es nicht sexy ist.«

»Ich könnte dazukommen«, sage ich scherzhaft und hocke mich stattdessen an den Rand dieser viel zu kurzen Wanne, in die ich nicht einmal allein reinpassen würde. Langsam fahre ich mit der Hand in das warme Wasser und lasse ein paar Tropfen von meinen Fingern auf ihre Brust fallen. Feiner Dampf steigt von ihrer Haut auf.

»Shannon ist schwanger.«

»Wer?«, frage ich und lasse die Hand sinken.

»Aus der Buchhaltung. Sie ist zwei Jahre jünger als ich und hat fast vier Jahre gebraucht, um schwanger zu werden. Vier Jahre! Dann wäre ich so gut wie vierzig.«

Sie setzt sich auf, und ein bisschen Wasser läuft über den Wannenrand. Ich sehe zu, wie das Hellgrau meiner Socken an den Zehen dunkel wird. »Was hat Shannons Fortpflanzung mit dir zu tun?«

»Das weißt du genau.« Sie steht auf und lässt sich von mir das große Badehandtuch reichen, das sie sich von ihrer Mutter hat nachschicken lassen. Ich sehe ihr zu, und irgendwann verdreht sie die Augen und schaut mich an. »Herrgott, Kieran, alle heiraten und kriegen Kinder und überleben es, nur bei uns passiert nichts.«

»Nichts? Jana, wir sind in New York, und du hast deinen Traumjob erreicht!«

»Ja genau, und du hast auch endlich einen Job mit Perspektive. Was hält uns davon ab, den nächsten Schritt zu tun?«

»Ein Job mit Perspektive? Das ist nur vorübergehend, und das weißt du. Ich baue mir hier was auf.«

»Ach, und wie lange soll das noch dauern? Ich werde nicht jünger.«

»Du bist jung!«

»Kieran, ich will eine Familie mit dir gründen. Und anstatt dass du dich darüber freust, tust du so, als wollte ich dir etwas Schreckliches antun. Hast du eine Ahnung, wie weh das tut?«

Sie geht ins Schlafzimmer im hinteren Teil des Schlauchs und zieht den Vorhang zu. Für sie ist der Gedanke an Kinder so real, so selbstverständlich, dass sie all ihre Gedanken passend macht. Sie wäre bereit, von jetzt auf gleich unser gesamtes Leben umzuwerfen für ein Kind. Es drum herum um diesen neuen Menschen zu wickeln. Ihr und mein Leben gäbe es dann nicht mehr. Es würde zu einem Ganzen werden. Alles würde in Fetzen hängen, zerstückeln, aufgerissen, wenn wir versuchen würden, diese verbundenen Leben wieder auseinanderzureißen.

Ich sehe meine Mutter vor mir, wie sie abends spät am Küchentisch sitzt und Nähte auftrennt, um die Dinge für andere Menschen wieder passend zu machen. Sie sitzt an der Nähmaschine, an der sie früher meine Karnevalskostüme genäht hat und dieses Kleid mit den großen Blumen, das sie aussehen ließ wie eine Flamencotänzerin. Nach dem Tod meines Vaters habe ich dieses Kleid nie mehr an ihr gesehen. Der Teil ihres Lebens, den sie meinem Vater geschenkt hat, ist nicht zu ihr zurückgekehrt. Er gehörte ab da den Fremden, für die sie nachts nähte, um uns durchzubringen.

Für Jana ist Familie immer ein großes Ganzes gewesen. Ein Kreis ohne Anfang und Ende. Sie ahnt nichts von all den Dingen, die ich weiß.

»Cheyenne und Lysander«, sagt sie sanft, als sie im Jogginganzug, ohne Make-up und mit ihrem zerzausten Haarturm vor mir steht.

»Bitte?«

Sie kichert leise, und ich sehe einen kurzen Moment lang das Mädchen, das damals morgens um fünf in der WG-Küche saß. »Das waren die Namen, die ich mir als Kind für meine eigenen Kinder ausgedacht habe. Sind sie nicht schrecklich?«

Sie geht ins Bett, ohne noch ein Wort zu sagen. In der Nacht liegt sie dicht am Rand und sieht selbst so winzig aus wie ein Kind in seinem riesigen Bett. Ich liege wach und starre an die Zimmerdecke, auf der ein einziger Leuchtstern klebt, den sie von der Tochter ihrer Cousine zum letzten Weihnachtsfest geschickt bekommen hat.

Drei Wochen später mache ich ihr einen Heiratsantrag. Es ist unser achter Jahrestag. *Endlich!* ist der meistgeschriebene Kommentar per WhatsApp, als Jana es all ihren Freundinnen mitteilt.

Wir planen die Hochzeit für das nächste Weihnachtsfest in fünf Monaten. Wir wollten ohnehin nach Deutschland fliegen.

18
Himmelblau

Ich zähle zwanzig Kuchenteller von Villeroy und Boch im Dekor Vieux Luxembourg. Dazu acht Essteller und eine Servierschale. Eine Platte muss ich noch oben im Wohnzimmerschrank haben. Feine blaue Blumen ziehen sich über weißen Grund, die Ränder formt ein leichtes Relief. Es ist zu wenig, um es als Set anzubieten. Ich werde es in Einzelstücken verkaufen, auf *eBay* vielleicht. Da lässt sich ein altes Leben am leichtesten verscherbeln.

Gibt es heute noch Menschen, die gutes Geschirr für die Feiertage in ihren Schränken aufbewahren? Die die schönsten Dinge für den Fall aufbewahren, dass sich etwas Bedeutsames ereignet? Lebt überhaupt noch jemand auf diese hypothetische Weise? Ich sehe ein längst verschüttetes Bild vor meinem inneren Auge von einem gewaltigen Schrank aus schwarz-braunem Holz mit Schnitzereien, die an die Decke stoßen. Ob er noch immer im Wohnzimmer von Kierans Mutter steht? Ob sie immer noch in diesem Turm wohnt, abgeschottet vom Rest der Welt? Ich sitze in meinem Keller und fühle mich, als wäre auch ich ein alter Schrank, randvoll mit Dingen, die nicht benutzt werden.

Vierundzwanzig Jahre habe ich Zeit gehabt, dieses Haus mit Kram zu füllen, habe immer brav alles genommen, was mir meine Mutter und ihre Schwestern gegeben haben, weil ich es nicht übers Herz gebracht habe, ihnen zu sagen, dass sich niemand mehr für die Teller mit Goldrand interessiert, die sie jahrzehntelang extra nicht benutzt haben, damit sie nach ihnen von anderen Frauen übernommen werden.

Ich sitze im Keller zwischen all meinem Kram, mache Inventur, und es geht längst nicht mehr um Porzellan und Glas. Es geht darum, ein Leben von einem anderen zu trennen. All die Schnüre zu entwirren, die uns miteinander verwoben haben wie Efeu, das zwei Bäume zu einem verwächst. Ralf und ich werden bald wieder frei stehen, zwischen uns wird Luft sein, viel Luft. Wir werden uns bald nur noch auf Geburtstagsfeiern und später auf Taufen und Hochzeiten treffen. Wir werden uns Mühe geben müssen, uns wie zwei normale Menschen miteinander zu unterhalten. Wir werden uns immer ansehen und im anderen das Leben sehen, das nicht mehr ist, und die Menschen, die wir nicht mehr sind.

Ralf wird sich vielleicht eine neue Frau suchen, der er klagen kann, wie kalt und herzlos ich gewesen bin. Sie wird mich stellvertretend für ihn mit spitzen Bemerkungen und ernsten, bösen Blicken überziehen, und wenn er Glück hat, wird sie nahtlos meine Aufgaben übernehmen.

Ich räume die blauen Blumen von Villeroy und Boch in eine Kiste. Ich entscheide morgen, ob ich einen Verkauf versuche oder es gleich dem Roten Kreuz spende.

»Wer will heute noch Blumen auf Porzellan?«, frage ich laut.

»Bume?«, sagt es neben mir. Lilith knetet mit ihren runden Fäustchen eine Silikonbackform. Der gesamte obere

Rand ist mit einer glänzenden Spuckespur überzogen. Die hinteren Backenzähne brechen durch und machen aus ihr eine übermüdete, unleidliche, unberechenbare Walküre.

»Ein schöner Beißring, den du da hast.« Ich habe ihr ein dickes Plaid neben mich gelegt, damit sie es schön warm hat, aber natürlich sitzt sie auf dem Kellerboden daneben. Ich ziehe sie auf meinen Schoß und drücke meine Wange an ihre Stirn. Sie ist warm, aber nicht warm genug für erhöhte Temperatur.

»Komm, Schatz, wir gucken mal, was wir noch bei den Backformen finden.«

»Backe, backe Kusen«, sagt Lilith und zieht an einer Form, sodass ein ganzer Turm ineinandergestapelter Backformen herausfällt. Es scheppert so laut, dass sie in spitzes Weinen ausbricht. Ich wiege sie auf meinem Arm und küsse ihre Stirn. Dann fühle ich doch mit der Hand. Vielleicht ein winziges bisschen zu warm, dafür dass wir schon seit einer Stunde im Keller sind.

Zwei Jahre ist Lilith jetzt alt. Sie kann schon sagen, wenn sie Hunger und Durst hat, wenn sie sich ungerecht behandelt fühlt oder etwas sucht. Alles wird leichter, wenn sie sprechen können. Aber gleichzeitig ist auch die Wut in Liliths Leben eingezogen, und weil sie eine von uns ist, hat sie reichlich davon. Mia ist mit der unerwarteten Schwangerschaft in einen Kampf gezogen. Sie will sich und der Welt beweisen, dass sie es alleine schafft. Meine Aufgabe ist es, ihr zu zeigen, dass sie es gar nicht alleine schaffen muss, um Himmels willen.

»Ach, Mama, du hast das doch alles schon gelebt«, sagt sie dann. Und dann sehe ich dieses wunderbare, pausbäckige, missmutige Geschöpf auf ihrem Arm und will sagen: »Aber, Mia, niemand kennt die Einsamkeit einer neu geborenen Mutter besser als ich.« Und immer strecke ich die Arme aus, staune darüber, wie leicht es sich anfühlt, und überschütte Lilith mit all der Liebe, die ich meinen Kindern nicht geben konnte, weil ich zu erschöpft dafür war. Lilith, mein Bonus-Kind, mein Genießer-Baby.

Mia wird in diesem Jahr ihr Studium beenden, sie wird Ausstellungen kuratieren und Kontakte knüpfen. Sie wird lächerlich wenig Geld für irrsinnig viel Arbeit verdienen, und wenn es gut geht, wird es den richtigen Menschen auffallen. Chefs, Kollegen, Umstände, Routinen, Zwänge, all das wird oft genug Unmögliches von ihr verlangen. Ich will nicht, dass sie auch noch Unmögliches von sich als Mutter erwartet, obwohl ich weiß, dass sie es längst tut. Sie ist meine Tochter.

»Kusen, Kusen, Kusen«, singt Lilith vor sich hin und meint damit den Kuchen, den sie jetzt gern mit ihren Fäustchen aus den Backformen zu ihren Füßen naschen würde.

Ich gehe die einzelnen Formen durch und mache eine Zeitraffer-Reise in die Vergangenheit. Ich sehe Nico vor mir, wie er den gesamten Feuerwehr-Geburtstag über den Plastikhelm auflässt, ich sehe Lana die Kerzen am Dino-Kuchen auspusten. Danach haben wir eine Schnitzeljagd durch den Stadtwald gemacht und sind aus Versehen auf den Galopp-Reitweg geraten. Ich sehe wieder Nico, wie er wütend vom Bolzplatz stapft, weil seine Mannschaft verloren hat, und danach keinen einzigen Krümel von seiner Fußballtorte haben will. Und ich sehe Mia, wie sie vor dem schokoladenüberzogenen Teddybärkuchen sitzt und mit spitzen Fingern die roten Smarties herunternascht, mit denen ich ihm eine Fliege um den Hals gelegt habe.

»Deine Mama war drei, als ich ihr den Teddy gebacken habe. Dir könnte ich nächstes Jahr einen backen«, sage ich zu Lilith und setze sie wieder ab, damit sie weiter auf dem Silikon herumkauen kann.

Ich räume alle Backformen außer den Teddy in den großen blauen Sack. Den kann ich am Ende der Woche vor der Tür des Gemeindehauses abstellen. Dort werden die Sachen in andere Regale geräumt und gehen an Menschen, die sie auch nur ein Mal benutzen werden, weil der Dino ein Jahr später schon nicht mehr gefragt ist. Mit Kindern macht man keine Erinnerungen. Man kann sich nicht aussuchen, was sich ins Gedächtnis brennt und später in den stillen Momenten unseres Lebens in Blitzlichtern zu uns zurückkommt. Wir wissen nur irgendwann, dass es nicht die großen Momente sind.

Während Lilith auf die Box mit den Plätzchenausstechern zusteuert, gehe ich die normalen Backformen ohne Tiermotiv durch. Ich zähle vier Kastenformen in unterschiedlichen Größen, eine Gugelhupfform und wiederum vier Springformen. Zwei von ihnen habe ich gekauft, eine stammt von meiner Mutter und die letzte von Ralfs Mutter, der ich die Wohnung vor zwei Jahren entrümpelt habe, als sie ins Seniorenstift zog.

Ich überlege, wie viele Kastenformen ich in meinem zukünftigen Leben brauche. Ich weiß nur, dass ich sie nicht meinen Kindern anbieten werde. Es ist etwas Gutes, sein

Leben selbst einzurichten. Außerdem backt inzwischen kein Mensch mehr. Alle formen Fertigkuchen mit Butter und Frischkäse zu Cake Pops.

Lana und Nico sind kurz hintereinander ausgezogen. Lana ist nach Köln gegangen, wo sie Hand in Hand mit ihrer Freundin durch die Straßen gehen kann, ohne zufällig alten Klassenkameraden über den Weg zu laufen und mit einem Schlag auf ihr verängstigtes sechzehnjähriges Selbst zurückgeworfen zu werden. Ich habe erst jetzt verstanden, wie falsch sie sich immer gefühlt hat und wie wenig ich darüber gewusst habe, was in ihrem Kopf vor sich ging.

Ich wiege die Formen in meinen Händen, als könnte ich auf die Art abwägen, was ich behalte und was nicht. Am Ende lege ich eine Spring- und eine Kastenform beiseite und packe den Rest in den blauen Beutel. Es ist fast geschafft.

Es gab keinen Auslöser für mich, zu gehen, keinen finalen Tropfen, der das Fass zum Überlaufen brachte. Es gibt nur keinen Grund mehr, zu bleiben. Ich saß eines Nachmittags in diesem stillen, lächerlich großen Haus und wurde mir bewusst, dass die Käfigtür längst offen steht.

Aus meinem Handy ertönt das Geräusch einer Brandung. Ich greife schnell danach, bevor Lilith merkt, dass mein Handy in ihrer Nähe ist, und öffne das Mailprogramm. Es gibt nur einen Menschen, dessen Mails sich mit Meeresrauschen ankündigen.

Kieran und ich haben uns in den vergangenen Jahren behutsam Platz eingeräumt. Wir haben einen Weg gefunden, unsere Gedanken miteinander zu teilen, ohne zu sehr aneinander zu hängen.

»Warum haben wir uns früher nie geschrieben?«, habe ich neulich gefragt.

»Weil Hamburg nicht weit genug weg war«, hat er geantwortet, und ich denke, das stimmt.

Seine Bemerkungen begleiten mich manchmal durch den Tag, fallen mir bei alltäglichen Situationen wieder ein. Beim Anstehen an der Supermarktkasse, beim Warten an der Kaffeemaschine, beim Sortieren meiner Unterlagen. Ich füge Gedanken hinzu und stelle mir vor, was ich ihm geantwortet hätte, wenn er mir seine Anekdoten bei einem Glas Wein erzählt hätte, anstatt sie mir zu schreiben.

Ich schiebe meinen Finger über den Bildschirm, und seine Stimme ertönt in meinem Kopf. Ich könnte seine Worte nie lesen, ohne seine Stimme dabei zu hören.

Ava,
ich sehe Dich vor mir, wie Du zwischen Kisten sitzt und Dich fragst, wo der ganze Kram um Dich herum herkommt. Kannst Du Dich noch an meine fast leere Wohnung und die fast freien Tage in Hamburg erinnern? Vielleicht sollten wir alle nach mindestens zehn Jahren den Wohnort wechseln und nur zwei große Koffer mitnehmen. Stell Dir vor, Du könntest jederzeit überall hingehen. Aber ich weiß, was Du jetzt sagst. Wo wir hingehen können und wo nicht, liegt nicht am Gepäck. Zumindest nicht an dem, das wir zwischen Kofferdeckeln mit uns herumtragen.

New York im Frühling ist außergewöhnlich. Ich wünschte, ich wäre Fotograf. Dann könnte ich Dir zeigen, wie wir hier über Kirschblütenteppiche gehen. Selbst in einer so gewaltigen Stadt wie dieser gibt es verborgene Orte. Ich habe einen Park entdeckt, der

nicht viel größer ist als ein Reihenhausgarten in Deutschland. Eingekeilt zwischen Häuserfronten ist dort ein meterhoher Wasserfall, der jedes Geräusch dieser Stadt verschluckt. Manchmal sitze ich dort nach den Sprachkursen, kurz bevor ich wieder Journalist werde, und warte ab, bis meine Haut überall von den feinen Wassertropfen benetzt ist. Ich will nicht sitzen bleiben, es kitzelt und ist kalt, aber es ist beides gleichzeitig: Abschottung und die Rückkehr ins Hier und Jetzt. Ergibt es irgendeinen Sinn, was ich Dir schreibe? Die Botschaft ist wohl: Alles nimmt seinen Lauf.
K.

Neben mir scheppert es, und ich zucke zusammen. Liliths empörtes Plärren setzt sofort ein. Der Schreck steckt in ihrem weit aufgerissenen Mund und den fest zusammengekniffenen Augen.

»Ach, Spatz, komm her.« Ich nehme sie auf den Arm und wische ihr die dicken Tränen von den Wangen. Zu meinen Füßen liegt die umgekippte Box mit den Plätzchenausstechern. Ausstecher aus drei Generationen.

Ich werfe einen Blick auf das Regal neben den Backsachen. Ostern liegt oben, Weihnachten belegt die zwei unteren Böden, dazwischen ist ein bisschen Halloween und eine Kiste mit alten Laternen. Durch eine der Weihnachtskisten lacht mich ein pausbäckiger Weihnachtsmann mit Puppengesicht an. Ich ziehe ihn heraus und halte ihn Lilith hin. Er trägt einen Anzug aus billigstem Plüsch und ist mit dicken Heißklebertropfen auf einer Holzschaukel festgeklebt. Lilith patscht ihm ins Gesicht und kneift in seine Nase.

»Hallo«, kräht sie.

»Hallo, ich bin der Weihnachtsmann. Hast du denn schon Wünsche?«, frage ich mit tiefer Stimme.

Lilith gluckst beglückt. »Auto!«

»Ein Auto zum Draufsitzen oder zum Schieben?«

»Snelles Auto. Wummmm«, macht Lilith.

In der alten Wohnung durfte der Pausbäckige noch unter der Küchenlampe schaukeln. Im Neubau wurde er als Kitschdeko auf den Flur zwischen den Kinderzimmern verbannt. »Otineuk« hat Mia ihn immer genannt, weil ihr Nikolaus nicht über die Lippen ging. Es kommt mir vor, als wäre diese Erinnerung zwei Leben her. Immer wenn ich an diese Zeit zurückdenke, überkommt mich eine Sekunde lang das Gefühl, zu fallen. Dann fange ich mich wieder und denke nicht weiter darüber nach, wie schnell die Zeit vergeht und dass das Leben nur einen Wimpernschlag währt.

»Der Puppen-Weihnachtsmann kommt mit«, beschließe ich kurzerhand und lege ihn zum Teddy.

Zehn Jahre früher wäre die Trennung von Ralf und mir ein Skandal gewesen. Jetzt gehen wir so sang- und klanglos auseinander, dass ich mir den Aufruhr damals kaum mehr vorstellen kann. Manchmal frage ich mich, wovor ich eigentlich so unglaubliche Angst gehabt habe.

»Vielleicht wäre es gar nicht so schlimm gewesen«, sage ich abends zu Britta. Wir sitzen auf ihrem Balkon, und die zweite Flasche Rotwein ist fast leer. Eigentlich wollten wir Tapas essen, aber der Spanier war zu, und so gab es nur den bereits eingekauften Wein und ein Prospekt vom Italiener, das wir über das zweite Glas Wein vergessen haben. Jetzt hat der Alkohol alles gleichzeitig erledigt. Er hat uns satt gemacht und aufgeputscht.

»Und wie hätten Kieran und du gelebt? In seiner Wohnung? Die Kinder gestapelt bis unters Dach?«

Ich mache ein verächtliches Geräusch, weil sie übertreibt.

»Damals hast du kaum etwas verdient. Was glaubst du, was aus eurer Liebe geworden wäre, wenn Kieran kapiert hätte, dass er nicht nur seine heiße Affäre, sondern auch noch drei pubertierende Kinder an den Hacken hat?«

»Aber so habe ich meinen Kindern eine Ehe vorgelebt, die ich ihnen selbst nicht wünsche.«

Sie deutet mit dem Finger auf mich. »Daran haben sie sicherlich keinen Schaden genommen. An einem Leben als Ausgestoßene schon.«

»Ich weiß nicht. Mia steckte jahrelang in dieser toxischen Beziehung mit ihrem Fotografen fest. Was, wenn sie wegen mir glaubt, dass man Beziehungen aushalten muss?«

»Ava, deine Kinder sind mehr als das Produkt deiner Erziehung. Trau ihnen zu, ihre eigenen Fehler zu machen.«

»Das sagst du nur, damit ich mich besser fühle.«

»Deswegen magst du mich.«

»Oh, nein.«

»Nicht?«

Ich hebe das Glas. »Ich mag dich, weil du mir alle paar Jahre eine Gehaltserhöhung gibst, ohne dass ich darum betteln muss.«

»Miststück«, sagt sie und lässt ihr Glas mit ihrem Raucherlachen gegen meines klirren.

—

Vier Wochen später lehne ich an der Terrassentür und sehe in ein Loch in einem Baum. Nico war gerade erst geboren, als wir das Baumhaus mitten hineinsetzen ließen, auf den dicksten Ast, so weit unten wie möglich. Ich habe mir damals vorgestellt, wie unsere Kinder dort Kriegsrat abhalten, wie sie erst Kaufladen spielen und später heimlich das erste Dosenbier darin trinken. Wie sie Banden mit Nachbarskindern gründen und Geheimbünde schließen, die ein Leben lang halten. Tatsächlich war das Spannendste an diesem Haus immer die Strickleiter, an der man herumschaukeln konnte.

Die Aussicht auf diesen Baum, ich habe sie in sämtlichen Zuständen gehabt, in allen Jahreszeiten und bei allen Wetterlagen. Ich habe mit einem Neugeborenen auf dem Arm an dieser Terrassentür gestanden, als Nico Gebärmutterheimweh bekam und die Nächte durchschrie. Ich bin mit Lana auf dem Arm an diesem Fenster auf und ab gelaufen, wenn der Nachtschreck sie wieder aus dem Schlaf gerissen hat. Damals sah ich oft die ersten Strahlen des neuen Tages hinter dem Dachgiebel von Haus Nummer zwölf emporsteigen. Ich habe all die Erschöpfung einer Mutter, all die Einsamkeit und all die Liebestrunkenheit hier erlebt.

Ich habe hier gestanden, als wir Mias ersten Kindergeburtstag feierten und vier überdrehte Dreijährige einfach nur durch die Gegend rannten und kreischten. Ich habe hier gestanden und mit meinem Blick die Hausfassaden und jeden einzelnen Baum abgetastet, als Nico in die Schule kam und wir die Nachmittage nur noch am Küchentisch verbrachten, weil er so sehr unter den Hausaufgaben litt und so lange dafür brauchte. Ich durfte nicht helfen, aber allein lassen sollte ich ihn auch nicht, also stand ich hier und versuchte, nicht durchzudrehen. Ich habe auch hier gestanden, als Mia mir am Telefon von Heulkrämpfen geschüttelt erzählte, dass sie schwanger ist. »Ich kann nicht zu ihm zurück«, hat sie unter Schluchzen gesagt, und ich schloss einen Pakt mit ihr und versprach: »Ich bin da.«

Seit wir das verfallene Baumhaus vor ein paar Jahren abgerissen haben, hat die Vertrautheit eine Leerstelle.

»Weißt du noch, als wir gebaut haben?« Ich habe Ralf nicht kommen gehört und zucke zusammen. Ich drehe mich nur halb zu ihm um und sehe gerade noch, wie er die Hand senkt, die auf dem Weg zu meiner Schulter war. Wir haben schon lange nicht mehr so nah beieinandergestanden.

»Damals hast du gesagt, wenn wir die Buche einmal fällen müssen, ziehen wir aus.«

Ich erinnere mich und lächle. Das Neubaugebiet, in dem auch unser Haus steht, endet genau hier. Wir blicken aus unserem Garten auf ältere Häuser. Die Fassaden sind nicht weiß und anthrazit so wie alle Häuser in unserer Straße. Sie sind braun und sandfarben und ziegelrot und hellgelb. Das war meine Bedingung für den Hauskauf. Ich wollte das letzte Grundstück auf dem Neubaugelände, damit wir wenigstens nach hinten heraus andere Häuser sehen als die Kolonie der Monotonie. Und ich wollte, dass der alte Baum erhalten bleibt.

»Dass du dich daran erinnerst«, sage ich.

»Wie könnte ich das vergessen. Du hattest Mia auf dem Arm und standest genau hier. Wir hatten mindestens vier Nächte nicht geschlafen, wegen des Babys und der Kisten.

Selbst am Abend vor dem Umzug war der halbe Hausstand noch nicht eingepackt.«

»Ja, weil du bis zum letzten Tag in der Kanzlei gearbeitet hast und ich die Kartons allein mit dem Baby packen musste.«

Er schnauft, aber es klingt nicht verächtlich. Er ist versöhnlich am Ende. »Zwei Kinderzimmer und zwei Arbeitszimmer wollten wir, und dann wurden drei Kinderzimmer draus.«

Ich denke daran, wie ich damals meinen Computer in unser Schlafzimmer räumte, in eine winzige Ecke auf einen Beistelltisch, der den Namen Schreibtisch nicht verdiente. Dort zog er erst wieder aus, als ich Mias Zimmer vor ein paar Jahren übernahm.

»Die Kinder sind schnell groß geworden, findest du nicht?«

»Ich weiß nicht«, sage ich mit dem Gesicht zur Fensterscheibe. »Ich habe das Gefühl, viele Leben gelebt zu haben.«

»Ich weiß, dass du nicht in der Reha warst.«

Seine Worte treffen mich aus dem Nichts, aber es ist kein Fausthieb in der Magengegend wie damals nach dem Geburtstag von Kierans Mutter. Es ist ein Prickeln, das mich erfasst und dann wieder verschwindet. Wie wenn man einen eiskalten Schluck Mineralwasser nimmt und kurz glaubt, die Kohlensäure nicht auszuhalten, aber im selben Moment ist sie auch schon wieder weg, verschluckt.

»Du warst bei ihm.«

Es ist keine Frage, ich muss nicht antworten, noch nicht einmal nicken, aber ich tue es trotzdem.

»Wirst du jetzt auch zu ihm gehen?«

Ich drehe mich um und betrachte den Mann, an dessen Grundmauern ich so oft zerschellt bin und gegen die ich irgendwann nicht mehr anlaufen wollte. Ich weiß längst nicht mehr, was hinter diesen hohen Mauern vor sich geht.

»Wie kommst du darauf?«

Er atmet tief durch. Sein Nacken ist inzwischen so breit wie sein Kopf. Seine Schultern bewegen sich, als wären sie mechanisch, wie an Seilzügen aufgehängt. Es muss schmerzhaft sein, in seinem harten Körper zu stecken.

»Ich habe mich gefragt, warum du dich gerade jetzt trennst.«

Ich kneife die Augen zusammen, weil es sich plötzlich anfühlt, als würde etwas Heißes hineinlaufen. »Würdest du denn noch mit mir zusammenleben wollen?«

Er macht einen Schritt zurück. »Das haben wir uns versprochen, vor Gott und all unseren Freunden.«

Ich atme aus. So ist er. Er wäre aus Prinzip mit mir alt geworden. Nicht um seinet- oder meinetwillen, sondern um sein Wort zu halten.

»Für mich war alles in Ordnung bis zu der Affäre, weißt du? All das Schlechte habe ich nie gesehen. Ja, es war anstrengend mit den Kindern, aber sie waren auch noch klein.«

Ich gehe zum Esszimmerstuhl und stütze mich mit einer Hand ab. Mit der anderen wische ich mir über die Augen.

»Das Problem waren nie die Kinder. Das Problem war die Erschöpfung.«

»Wirklich, Ava, wenn du Zeit für eine Affäre hattest …«

Ich hebe eine Hand, und er verstummt für einen Moment.

Der Adamsapfel unter dem schwarzen Bartschatten wandert auf und ab.

»Es ist schwer, oder?«, sage ich leise, und es kommt mir vor, als würde meine Stimme hallen, wie wenn man in einen leeren Raum spricht.

»Was?«

»Vor vollendete Tatsachen gestellt zu werden. Wenn einer sein Leben so führt, wie er will, und der andere kann nichts dagegen tun.«

Er blickt nach unten und reibt mit dem Fuß über einen unsichtbaren Punkt am Boden.

»Tut mir leid, wenn es so schlimm war, mit mir zu leben.«

Und so ist alles gesagt. Wir zerschellen an den Mauern des anderen, unfähig, uns zu erklären. Wir sprechen über das Gleiche und doch über vollkommen unterschiedliche Dinge. Ich fühle mich ein letztes Mal undankbar und unverstanden, und wieder einmal senkt sich Schweigen über uns wie Staub.

Unzählige Male haben sich hier in diesem Übergang von der Küche zum Wohnzimmer unsere Wege gekreuzt. Wir waren immer auf dem Weg irgendwohin, ins Arbeitszimmer, ins Wohnzimmer, in den Waschkeller, nach oben zu einem schlecht träumenden Kind. Wir haben die Neuigkeiten des Tages ausgetauscht, Termine besprochen. Und ganz nebenbei sind wir um vierundzwanzig Jahre gealtert.

Auf einmal tut er mir leid. Wo wird er anfangen? Wird er in einem halb leeren Haus leben, das er nur zum Schlafen betritt? Wird er in eine Junggesellenwohnung ziehen? Wird er für sich sorgen? Kann er das überhaupt? Ich weiß nicht einmal, was er für einen Einrichtungsgeschmack hat. Bevorzugt er helle Farben oder dunkle? Ist er vielleicht sogar ein Bauhaus-Typ oder fängt an, Kunst zu sammeln? Ich weiß schon lange nichts mehr über ihn.

»Mach's gut«, sage ich und lege den Haustürschlüssel auf die Küchenarbeitsplatte.

19
Zusammenrücken

Kieran,
ich habe es geschafft. Ich habe mein Leben in etwas mehr als zwei Koffer gepackt und wohne zum ersten Mal seit meiner Studentenzeit allein. Es ist eine kleine Altbauwohnung. Nicht ganz so bunt und schrullig, wie Britta sie gern gehabt hätte. Du weißt ja, sie bemalt ihre eigenen Wände mit Mustern. Sie nennt es therapeutisches Malen, aber hier habe ich sie gebremst. Sie durfte nur das Bad mit etwas verzieren, was sie Paisley-Muster nennt und ich Einzeller. Sie hat diesen Hang zu verschrobenen französischen Märchen, und ich glaube, sie wollte hier so etwas wie die fabelhafte Welt der Amélie erschaffen. Ja, ich glaube, so sieht sie mich. In ihrem Kopf habe ich wahrscheinlich einen Pony und Apfelbäckchen, bin vierzig Jahre jünger und lebe in meinem persönlichen Paralleluniversum.

Ich bin ein bisschen aufgeregt und habe ein bisschen Angst. Wie ein Kind, das zum ersten Mal allein zum Kiosk gehen darf. Ich weiß, wie es geht. Aber ich traue es mir noch nicht zu. Insofern liegt Britta vermutlich mal wieder mit allem richtig.

Kieran, mein Geist ist rastlos und springt von Gedanke zu Gedanke. Lass Dir gesagt sein, dass ich diesen Wasserfall, der alles verschluckt und einen reinwäscht, ganz wunderbar finde. Vergiss niemals, wo Du diesen Ort findest, und verrate es niemandem

Ava

»Warum schreibt ihr euch noch?« Jana trägt einen übergroßen Kapuzenpullover und einen Dutt, der sie aussehen lässt, als wäre sie gerade erst volljährig geworden.

»Woher weißt du, dass sie es ist?«

Es ist Freitag, und sie ist früher von der Arbeit zurück. Das ist in den fünf Jahren nicht besonders häufig vorgekommen. Allerdings hat sie auch noch nie eine Hochzeit vorbereitet. Ihr Plan fürs Wochenende besteht darin, sich ein Kleid auf den Leib schneidern zu lassen. Eine Kollegin von der Arbeit wird mitkommen.

»Dass du das nicht merkwürdig findest.«

»Was?«

»Eine Frau, die deine Mutter sein könnte, war gleichzeitig deine Geliebte und deine Lehrerin. Das ist ... *gross*.« Sie benutzt das englische Wort für krass.

»Sie ist keine Lehrerin, sie ist Lektorin.« Ich lege das Handy beiseite und stehe von der winzigen Couch auf, die direkt ans Küchenbad grenzt. Jana lässt sich darauf fallen und legt die Füße mit den dicken Wollsocken hoch.

»Willst du was essen?« Ich gehe zum Kühlschrank und beschließe, dass Toast, Schinken, Senf und Mayo eine Mahlzeit ergeben.

»Aber ich meine, worüber habt ihr geredet? Sie als Hausfrau und du als Student.«

Ich mache die Kühlschranktür zu und lehne mich dagegen. »Über alles Mögliche, Jana. Was würdest du jemandem sagen, worüber wir miteinander reden?«

»Du würdest uns vergleichen?«

Sie schürzt die Lippen und sieht jetzt noch jünger aus.

»Nein«, sage ich bestimmt. Ich gehe vom Kühlschrank zum Tisch. Es sind eineinhalb Schritte, zur Haustür sind es fünf. Vom einen Ende der Wohnung bis zum anderen sind es elf.

»Hör zu, ich frage dich auch nicht, was du mit deinen Ex-Freunden gemacht hast.«

»Ich bin mit meinen Ex-Freunden nicht mehr befreundet.«

»Jana, ich bin mit dir in den USA, und ich werde dich in zwölf Wochen heiraten. Worum geht es hier?«

»Weiß nicht, vielleicht dachte ich, dass du dich mehr darauf freust.«

—

»Wir sollten ein Wochenende wegfahren. Wir wollten immer mal zu den heißen Quellen in Virginia. Oder wir fahren einfach nur in dieses Spa-Hotel nach Middleburg.«

Ich habe sie von ihrem Termin bei der Brautkleid-Schneiderin abgeholt, und wir lassen uns vorbeitreiben an den Bars und bunt bemalten Häusern in Harlem, wo immer noch irgendwo ein Laden aufhat und wo es immer noch irgendwo Falafel gibt. Ich merke, wie das Triebwerk in meinem Inneren sich verlangsamt. Es tut gut, einfach durch die Gegend zu laufen.

»Ich fürchte, dass das jetzt so kurz vor dem Ende der Vorwahlen nicht geht. Die nächsten Wochen habe ich gut zu tun.« Ich spüre, wie ihre Hand in meiner lockerer wird. »Keith sagt, sie haben dir einen Vollzeitjob angeboten.« Ich lasse ihre Hand los, um einem Mann mit Hund auszuweichen.

»Ja.«

»Ja? Mehr sagst du dazu nicht? Das ist eine tolle Chance!«

Wir schlendern an den bunt bemalten Hausfassaden entlang. Vor einem Eckhaus in verschiedenen Lilatönen spielt ein Saxofonspieler eine bekannte Melodie, deren Name mir nicht einfallen will. Es riecht nach gebratenem Fleisch, vermutlich gibt es an der nächsten Ecke Burritos. Jedes Mal, wenn ich hier bin, nehme ich mir vor, öfter zu kommen, bevor auch Harlem zum neuen In-Viertel wird und die ganzen kleinen Läden und das Improvisierte verschwinden.

»Ich habe immer gesagt, dass der Nebenjob in deiner Firma nur ein Zubrot ist.«

»Du könntest gutes Geld verdienen. Mit deiner Ausbildung und deinen Kontakten in deutsche Redaktionen könntest du irgendwann die Kommunikationsabteilung leiten.«

»Jana, ich will nicht die Seiten wechseln. Ich bin kein PR-Mensch, der Geschichten spinnt. Ich will selbst Geschichten finden.«

»Vielleicht wäre es demnächst ganz gut, wenn du ein festes Einkommen hättest.«

»Wie meinst du das?«

»Na ja …« Sie bleibt stehen, und ich tue es auch. Sie schlägt den Blick nieder, und ihr Ausatmen klingt wie ein kurzes Lachen. »Könnte sein, dass ich schwanger bin.«

Ich stehe vor ihr wie festgenagelt. Rechts und links von uns schieben sich Menschen vorbei, dringen Gesprächsfetzen wie Schlaglichter an mein Ohr, aber nichts verfängt. »Wie kommst du darauf?«

Sie lacht wieder auf diese verlegene Art. »Du Dummerchen, du weißt doch wohl, wie man Babys macht.«

»Aber wir verhüten.«

»Ich verhüte«, erwidert sie vorwurfsvoll, und als sie meinen Blick bemerkt, schickt sie schnell hinterher: »Keine Ahnung, wie das passieren konnte. Aber ich bin seit vier Tagen überfällig.«

Jemand drängt sich zwischen uns, streift meine Brust und macht eine Schneise auf. Immer mehr Menschen laufen zwischen uns her, trennen uns wie zwei Inseln in einem Strom. Ich bleibe weiter in ihren Blicken hängen, auf der Suche nach einer Antwort, nach irgendetwas, was mir verrät, was hier gerade passiert.

»Komm.« Ich nehme ihre Hand und gehe los, ohne darauf zu warten, dass sie den ersten Schritt macht.

Wir sprechen nicht mehr, bis wir eine Handvoll Tests gekauft haben und an dem Esstisch sitzen, an dem genau zwei Stühle Platz haben. Wir überfliegen die Anleitungen, und sie verschwindet in das winzige Bad. Als ich dazukomme, sind drei Tests fein säuberlich auf dem Waschbeckenrand aufgereiht. Fünf Minuten Wartezeit.

Sie sitzt auf der Toilette, ich stehe im Türrahmen, und wir sehen uns an.

»Es ist doch nicht der schlechteste Zeitpunkt«, sagt sie. Ihre Stimme hallt von den Wänden wider. Wir haben uns nie auf dem Klo unterhalten, es ist mir nie zuvor aufgefallen, wie es in diesem winzigen Raum hallt. Jetzt werde ich mich vielleicht den Rest meines Lebens an den Klang ihrer Stimme in diesem Raum erinnern.

»Jetzt? Wir arbeiten wie besessen.«

»Karriere machen kann man immer, Kinder nicht. Wir haben das Alter, und wir wollen doch irgendwann mal Kinder.«

»Das haben wir noch gar nicht richtig geklärt.« Ich finde selbst, dass es lächerlich klingt. Vielleicht haben wir längst Tatsachen geschaffen.

Ich blicke auf die drei weißen Plastikstäbe auf dem Waschbeckenrand, als würde aus ihnen jeden Moment menschliches Leben herauswachsen und auf mich zuspaziert kommen. Als wäre das Kind in diesen Stäben drin und nicht in Janas Bauch. Ich sehe auf die Uhr. Drei Minuten rum.

»Den perfekten Zeitpunkt gibt es eh nicht.« Ihr Blick ist durchdringend. Sie sucht nach einem Funkeln in meinen Augen, einem Anzeichen, dass sich ein Teil von mir darüber freuen würde. Ich schaue wieder auf die Uhr. Dreieinhalb Minuten rum. In neunzig Sekunden werden drei Plastikstäbe über unser Leben entscheiden.

»Wäre es wirklich so schlimm?«

»Die Zeit ist um.«

Sie nimmt die Tests an sich, und es dauert einen endlosen Moment, bis sie mir alle drei stumm reicht. Ein Strich, auf jedem einzelnen Test. Ich schließe die Augen und lege den Kopf nach hinten an die kühlen Fliesen.

»Was ist eigentlich dein Scheißproblem?« Ihre Stimme klingt rau und tiefer als sonst, und mir wird klar, dass wir zwar kein Kind bekommen, diese drei Stäbe aber trotzdem die Macht haben, unser Leben zu verändern.

»Nimmst du noch die Pille, Jana?«

»Wir hätten heute herausfinden können, dass wir Eltern

werden, und alles, woran du denkst, ist, ob ich mit der Pille geschlampt habe?«

»Nein, ich frage dich, ob du sie mit Absicht weggelassen hast.«

»Glaubst du, ich bin so verzweifelt?« Sie wischt sich die Nase an ihrem Pulloverärmel ab und blickt weg. »Keine Sorge, so tief bin ich noch nicht gesunken. Ich will kein Kind mit jemandem, der nicht zu mir steht.«

»Du glaubst, dass ich nicht zu dir stehe, weil ich kein Kind von dir will?«

»Jetzt hast du es gesagt. Du willst kein Kind.«

»Ist das alles, was du hörst?«, frage ich.

Sie steht auf und blickt auf mich herab, obwohl sie einen Kopf kleiner ist als ich. »Du musst dich entscheiden, Kieran. Ich lasse mich nicht länger hinhalten.«

»Entweder wir kriegen ein Kind, oder wir trennen uns? Was ist das denn für eine Wahl?«

»Du lässt mir doch auch keine! Seit Jahren dieselbe Leier. Du musst erst mal arbeiten! Du willst erst noch leben! Und wer fragt mich? Welche Rolle spielt es, was ich will?«

Ich stürme aus dem Bad, die Türklinke knallt gegen die Wand. Ich greife meine Jacke und meine Schlüssel. Drei Schritte bis zur Haustür.

20
Bilder von dir

Zweimal habe ich kontrolliert, ob die Visitenkarten und der Quittungsblock in der obersten Schublade des Rollcontainers liegen und die Papiertüten mit dem Aufdruck *Wuppertaler Bücherwochen* in der untersten. Jetzt stehe ich schon wieder vor der vier Meter langen Bücherwand, die auf volle Standbreite ausgelegt ist, und starre auf Buchrücken, ohne auch nur einen Titel zu lesen.

»Was ist los mit dir, Ava? Wir sind hier nicht in Frankfurt, und das da ist nicht der neue Sebastian Fitzek.« Britta deutet auf den Pappaufsteller, der direkt neben dem Empfangstresen aufgebaut ist. Er zeigt unseren jüngsten Autor, einen Astrophysiker, der in seiner Freizeit sehr viel Fahrrad fährt, zuletzt bis in die syrische Hauptstadt, was angesichts der unstabilen Lage in dem Land nichts ist, was zum Nachmachen anregen sollte. Aber Britta hat einen tieferen Sinn in der Aktion gesehen und ihn zum Spitzentitel des Verlags gemacht.

Dummerweise ist der Physiker gerade mit dem Rad nach Kyjiw unterwegs, was Britta aus vielen Gründen mit Bestürzung zur Kenntnis genommen hat. Unter anderem deshalb, weil sie nun den Enthusiasmus über riskante Fahrradreisen aufbringen muss, den eigentlich er potenziellen Lesern hätte nahebringen sollen. »Setzen Sie wenigstens einen Helm auf. Die halten nichts davon, wenn Touristen ihnen die paar

Krankenhausbetten verstopfen«, hatte sie ihm zum Abschied ohne jeden Anflug von Humor mitgeteilt und dabei die Lippen schmal gezogen wie Hella von Sinnen. Ich habe immer schon gedacht, dass Britta Ähnlichkeit mit ihr hat.

»Seit wann macht dich so eine Bücherveranstaltung nervös?«, hakt sie nach, als ich mich ein bisschen zu ruckartig auf den Barhocker neben ihrem setze. In fünf Minuten ist die Lesung in der City-Kirche zu Ende, dann kommen sie wieder die Straße herunterflaniert und fragen nach Urlaubslektüre.

»Du musst gleich die Politik weglassen, wenn du mit Leuten über das Buch redest. Du musst das als Abenteuergeschichte verkaufen«, sage ich.

»Warum muss er denn auch mit dem Fahrrad in Kriegsgebiete fahren? Warum kann er nicht gegen den Hunger in Afrika anstrampeln?«

»Du hast ihn so gewollt«, sage ich, und sie gibt eine Art Grunzen von sich.

»Warum bist du noch mal hier an deinem freien Tag?«

»Um dir Gesellschaft zu leisten.«

»Quatsch.«

»Was glaubst du, wie schafft er es, dass ihm alle anderen egal sind?« Ich deute auf den Pappaufsteller, der von hinten die Form eines Hinkelsteins hat. »Alle außer ihm halten es für vermessen, nach Kyjiw zu radeln. Wie schafft er es, sich darüber hinwegzusetzen?« Die Straße ist noch immer wie leer gefegt. Zweite Straße rechts, dritte Gasse links, weiter habe ich es nicht bis zum Parkhaus.

»Das ist doch nicht die Frage.« Britta fasst sich in ihre

üppige rote Mähne. »Die Frage ist doch: Wer soll es ihm verbieten? Mehr als Meinungen können die Leute doch nicht gegen ihn vorbringen.«

»Steckst du das weg, wenn jeder über dich urteilt?«

»Ich habe nicht das Bedürfnis, mit dem Fahrrad in ein Kriegsgebiet zu fahren.«

»Schon gut, wen frage ich. Du kommst im Leopardenkaftan zur Weihnachtsfeier und tanzt Polka mit dem Chef.«

»Ich sag dir jetzt mal was. Ich habe dreißig Jahre meines Lebens gebraucht, um Leoprint zu tragen.«

»Du?«

»Meine Mutter hat mir immer gesagt, dass ein Mensch mit meinem Körperbau keine auffälligen Muster tragen kann.«

Ich schüttele energisch den Kopf. »Du kannst es. Ganz offensichtlich kannst du es.«

»Richtig, denn wer sollte mich davon abhalten?«

Ich stehe auf und versuche, den Riemen meiner Handtasche aus dem Barhockergestänge zu fädeln. Dann richte ich mich auf und gebe ihr einen Kuss auf die Wange. »Du bist eine Göttin, das weißt du, oder?« Ich gehe los. Zweite Straße rechts, dritte Gasse links.

—

In meiner Wohnung ziehe ich ein bordeauxfarbenes Wickelkleid und cognacfarbene Wildlederboots an. Ich denke kurz darüber nach, mir schon einmal ein Glas von dem Rotwein einzuschenken, aber bevor ich es tun kann, klingelt es. Eine Minute zu früh. Ich lächle.

Ich habe ihm meine Adresse geschickt, wie ein Fischer ein

Netz auswirft. Ich wusste, wenn ich es lange genug draußen lasse, mache ich einen Fang. Ich habe es mir vorher gut überlegt. Ich wollte sichergehen, dass ich wirklich so weit bin und alles hinnehmen kann, was möglich ist, wenn wir uns zum ersten Mal auf diese Art gegenüberstehen. Zum ersten Mal seit siebzehn Jahren als freie Menschen.

»Hey«, sagt er, als ich die Tür öffne.

»Hey«, antworte ich. Wir haben gar nicht erst darüber gesprochen, ob wir essen gehen würden. Eine Uhrzeit, eine Adresse und Mut, der sechstausend Kilometer Luftlinie weit reicht. Mehr brauchte es für diesen Abend nicht. Und jetzt stehen wir voreinander und wissen nicht, ob wir noch diejenigen sind, die sich damals auf einem windigen Bahnsteig voneinander verabschiedet haben.

»Lass dich ansehen«, sagt er, nachdem ich die Wohnungstür hinter ihm geschlossen habe. Wir stehen in meinem engen Flur so dicht beieinander, dass seine Nasenspitze meine Stirn kitzeln könnte. Ich hebe den Kopf, um in seine Augen zu schauen.

»Sehe ich wieder aus wie ich?«, frage ich.

Er nimmt mein Gesicht in die Hände, als wäre es selbstverständlich, und betrachtet mich aufmerksam. Sein Blick tastet meine Wangen entlang, wandert über meine Nase, meine Lippen und landet schließlich in meinen Augen.

»Ganz du selbst.«

Als er mich in den Arm nimmt, existiere ich nur noch in den Stellen, die er berührt. Ich vergrabe mein Gesicht an seinem Nacken und atme so tief ein, wie es mir mein Körper erlaubt.

»Alles okay?« Er lehnt sich zurück, um mich ansehen zu können. Er hat mir diese Frage schon einmal gestellt, vor vielen Jahren in einem Auto in der Nacht. Damals dachte ich, er wäre ein Seitensprung, eine Abwechslung, mehr nicht.

»Und wie«, sage ich. Diesmal bin ich diejenige, die ihn küsst. Ich will das ganze schöne Leben jetzt und hier und alles davon gleichzeitig. Und ich kann nicht warten. Es ist, als hätte ich die gesamten siebzehn Jahre seit unserer Trennung Durst gelitten, und er ist der Kelch, der ihn stillt. Ich ziehe an seinem Hemd, ziehe ihn daran noch näher an mich heran. Seine Hand greift in mein Haar, als wollte er mich festhalten, selbst wenn es mich erdrückt.

Das Klingeln an der Tür reißt uns mit Brutalität zurück in unsere Galaxie, auf diese Erde, in meinen Flur. Wir sehen uns an, atemlos, wie zwei ertappte Teenager.

»Wer ist das?«

»Ich weiß nicht.« Ein Blick durch den Türspion macht mich schlagartig wieder nüchtern.

»Mia, wie schön, dich zu sehen«, sage ich mit überhitztem Gesicht und bitte sie in den Wohnungsflur. Lilith gluckst, als sie mich sieht, und ich widerstehe dem Drang, sie auf meinen Arm zu nehmen. Mia macht einen Schritt in die Wohnung und bleibt wie angewurzelt vor Kieran stehen. Wir stehen in diesem engen Schlauch wie in einem übervollen Bus. »Störe ich?«

»Ach was«, sage ich zu schnell.

Ich höre das Lachen, das er sich verkneift.

»Okaaaaay, ich wollte dich fragen, ob du Lilith heute Nacht nehmen kannst, aber das sieht wohl schlecht aus.«

»Wo musst du hin?«

»Ach, Leander ist in der Stadt, und wir müssten mal in Ruhe reden, wie das in Zukunft so weitergeht.«

Eine Schwere senkt sich auf meine Schultern, und ich schließe kurz die Augen. Ich weiß, was passiert, wenn sie sich allein mit ihrem Fotografen-Ex-Freund zum Reden trifft. Sie landen im Bett, und Mia ist wochenlang danach nicht ansprechbar. »Leander ist ihr Vater. Er sollte sie sehen wollen.«

»Aber du weißt doch, dass wir zu nichts kommen, wenn Lilith um uns herumwuselt.«

»Dann bekommt er wenigstens mal etwas von seiner Tochter mit.«

Mias Blick geht stumm zu Kierans Füßen, und ich verstehe.

»Tut mir leid. Mia, das ist Kieran. Kieran, Mia. Du erinnerst dich vielleicht an ihn?«

»Den Namen kenne ich. Bist du etwa ... nein, du bist der Schwimmlehrer, der mich damals gerettet hat!«

»Genau der.«

Sie lacht erstaunt. »Mein Gott, du bist der Held meiner Kindheit. Weißt du das?«

Ich beiße kurz und heftig in meine Wangentasche, um keinen Laut von mir zu geben.

»Das war purer Egoismus. Glaub mir, meine Karriere als Schwimmlehrer wäre schnell vorbei gewesen, wenn ich dich hätte ertrinken lassen.«

»Bringst du immer noch Leuten das Schwimmen bei?«

»Nein.« Er lacht leise, und ein warmes Gefühl perlt in mir hoch.

»Kieran ist USA-Korrespondent und nur kurze Zeit in

Deutschland. Und ich habe ihn wirklich lange nicht gesehen, also …«

»Und ihr zwei habt die gesamte Zeit über Kontakt gehalten?«, will sie wissen.

»Deine Mutter ist schuld daran, dass ich Journalist bin. Sie hat meine Uni-Arbeiten lektoriert und meinte, daraus lässt sich was machen.«

»Deine Kommasetzung war eine Katastrophe«, sage ich aus Reflex.

»Ist sie immer noch. Mein Glück ist, dass es meine Leser auch nicht besser wissen.«

»Und jetzt lebst du in den USA?«, fragt Mia weiter. Jetzt wäre der Moment, sie in meine Küche zu bitten, aber ich widerstehe. Genauso, wie ich weiterhin dem Drang widerstehe, ihr die zappelnde Lilith abzunehmen und die Spielzeugkiste auszupacken.

»New York. Zumindest bis jetzt.«

Er sagt es so beiläufig, als wäre es eine Selbstverständlichkeit. *New York. Bis jetzt.* Sein Blick sucht meinen, und ich kann die Gezeiten darin sehen. Ein Meer voller Möglichkeiten.

»Und was macht ihr zwei heute noch?« Mia mustert Kieran und kneift die Augen zusammen, als würde ihr wirklich kein guter Grund einfallen, warum er sich hier aufhalten sollte.

»Schätzchen, das besprechen wir irgendwann mal in Ruhe«, sage ich. Mias Groschen im Kopf fällt centweise und nicht vollständig. Als sich ihre Augen weiten, hat sie immerhin verstanden, dass es Dinge im Leben ihrer Mutter gibt, von denen sie keine Ahnung hat.

Nachdem ich die Tür hinter Mia und Lilith geschlossen habe, liegt eine nervöse Stille zwischen uns. Es erscheint nicht angemessen, gleich wieder übereinander herzufallen, wo noch das Parfum meiner Tochter in der Luft hängt.

Ich entscheide, dass dies der richtige Moment ist, um die Antipasti auf den Tisch zu stellen, die ich besorgt habe. Wir essen langsam und sprechen über seine Mutter, die immer noch im Hotel California lebt und jeden Artikel ausschneidet, den Kieran schreibt. Ganz sicher bewahrt sie sie in dem alten Schrank auf, der für das Leben steht, das mal war. So zieht auch bei ihr Neues ein.

Unterdessen gewöhnen wir uns wieder aneinander, an die kleinen Gesten des anderen, an unsere Stimmen und unsere Gedankensprünge, als wir von Thema zu Thema wandern. Wir schaffen es immer noch, Gespräche über die großen Dinge der Menschheit zu führen und am Ende auf uns zurückzukommen.

»Weißt du, was mein Problem mit der Bibel ist?«, fragt er beim letzten Stück Brot.

»Der Frauenhass, der Antisemitismus, die Homophobie?«

»Die Hoffnungslosigkeit. Es gibt keine Chance auf eine Absolution von der Erbsünde. Im Islam und im Judentum wurde Adam verziehen. Dort traut man uns zu, dass wir unsere Sünden überwinden. Nur im Christentum sind wir unwiederbringlich schlecht. Warum?«

Ich zupfe eine Weintraube ab und drehe sie zwischen den Fingern. »Keine Ahnung. Immer wenn ich in einer Kirche sitze, denke ich: Ich kann damit nichts anfangen, aber hoffentlich kriegt Gott das nicht raus. Das ist doch Quatsch, oder?«

Er fischt eine Olive vom Teller und wirft sie sich zielsicher in den Mund. »Ich weiß nichts über Gott, aber ich schreibe jeden Tag über Menschen und ihre Entscheidungen. Nach allem, was ich weiß, bringen sie ihre größten Opfer für andere. So schlecht können wir gar nicht sein.«

»Wir sind Herdentiere. Wir brauchen einander, um zu überleben. Das Schlimmste, was uns passieren kann, ist, von der Herde ausgestoßen zu werden. Das wollen wir mit allen Mitteln verhindern.«

Er lässt den Blick durch den Raum schweifen und schnalzt mit der Zunge. Ich könnte ihn mit verbundenen Augen an seinen Geräuschen erkennen. »Ist das der Grund, warum du damals nicht überlegt hast, deinen Mann zu verlassen?«

Ich schlucke und traue mich, nach seiner Hand zu greifen. Er hält sie fest, und auch dieses vertraute Gefühl kehrt zu mir zurück, als hätte sich mein Körper jede unserer kleinen Gesten genau eingeprägt, um genau dort weiterzumachen, wo wir aufgehört haben. »Weißt du, was ich wirklich bedaure?«

»Was?«

»Ich habe geglaubt, dass meine Gefühle für dich obszön sind. Dass etwas mit mir nicht stimmt, weil ich so verrückt nach dir bin.«

Ich stehe mit dem letzten, ungelenken Satz auf und beginne damit, den Tisch abzuräumen, weil ich Bewegung brauche. Ich habe diese Gedanken lange mit mir herumgetragen. Sie jetzt laut auszusprechen kommt einer Beichte gleich.

»Komm her«, sagt er leise.

Ich nehme seine ausgestreckte Hand, und er umfasst mit der anderen meine Taille. Ohne den Blick von mir abzuwenden, greift er das Band meines Wickelkleides, das ich Stunden zuvor in der Hoffnung zur Schleife gebunden habe, dass er sie später aufzieht. Der Stoff meines Kleides teilt sich und offenbart meine Körpermitte.

In unendlicher Langsamkeit streifen seine Lippen meinen Bauch. Mit Bedacht wandern sie meinen Körper empor. Meine Haut knistert wie elektrisiert. Ich vergesse, zu atmen. Erst als er aufsteht und mir die Haare aus dem Gesicht schiebt, um mich zu küssen, hole ich Luft, um mich daran zu erinnern, dass mein Körper noch so etwas Banales wie Sauerstoff braucht.

Wir entkleiden uns langsam, wir legen Stück für Stück alle Schichten ab, die das Leben aufgetragen hat. Alle Urteile, die jemals über uns hätten gefällt werden können. Sein Blick fällt auf die Narbe, die sich inzwischen nur noch als weißer Wall über meinen Körper zieht wie eine Grenzlinie.

»Macht es dich traurig?«, frage ich.

»Nein.« Er zieht mich an sich und küsst die Stelle mit einer Zärtlichkeit, die ich nur erahne, weil ich dort nichts mehr spüre. Seine Stimme klingt erstickt, als er sagt: »Die Vorstellung, dass ich dich damals fast verloren hätte. Das hätte mich den Verstand gekostet.« Ich nehme seine Hand und lege sie auf diese Leerstelle so wie er vor vielen Jahren. Ich spüre meinen eigenen Herzschlag durch seine Finger.

»Es ist immer noch deins.« Seine Hände wandern tiefer, umfassen meine Taille, er hebt mich auf den Tisch, und ich bin in unerträglicher Erwartung auf das, was jetzt kommt. Als er meinen Slip beiseiteschiebt, schließe ich die Augen. Seine

Stimme ist nur noch ein Raunen an meinem Ohr. »Ich werde jetzt etwas sagen, was ich immer schon sagen wollte: Sei laut.« Als ich ihn endlich spüre, verlässt ein Laut meine Lippen, der nur mit einem Wort zu beschreiben ist: Erlösung.

Später liegen wir auf meinem Bett und begutachten uns. Unsere Hände streichen über neue Narben, und unsere Lippen finden neue Linien, die die Lebensjahre mit sich gebracht haben. Ich vergrabe meine Stirn in dieser Kurve zwischen Nacken und Schulter, weil es dann wirklich nichts mehr von mir gibt, was er nicht berührt.

»Wenn es einen Schöpfer gibt und ich am Ende meines Lebens vor ihn treten muss, werde ich es in der Gewissheit tun, dass ich etwas wirklich Heiliges auf Erden erlebt habe.«

Ich lache, so gut ich es mit seinem Kopf auf meinem Bauch kann, und schaue auf die riesige Glühbirne mit der kupferfarbenen Verspiegelung an der Decke. Ich sehe uns darin wie zwei Dahintreibende in einem Meer aus weißem Stoff. Ich mag den Gedanken, mit ihm allein auf offener See zu sein.

Ich sehe mir selbst zu, wie ich meine Hand hebe und in die braunen Wellen greife, die sich über meinen Bauch ergießen. »Ich werde weit vor dir vor den Schöpfer treten, und ich werde ihn bitten, dass er dich im nächsten Leben ein wenig früher zu mir schickt.«

»Du meinst, wenn ich in der Grundschule bin und du Erstsemester?« Ich lache wieder, und er rollt von mir herunter. Mit dem Kopf auf eine Hand gestützt, sieht er mich mit schweren Lidern an.

»Warst du nie wütend auf mich?«

»Warum?«

»Weil ich nicht den Mut hatte, zu uns zu stehen.«

Sein Blick wandert durch den Raum, in dem die Schatten mit der schwindenden Abendsonne größer werden. »Das war ich.«

»Wie lange?«

»Vielleicht bin ich es immer noch.«

»Es tut mir leid.«

»Was genau?«

»Die Heimlichtuerei, keine gemeinsamen Ausflüge, so tun, als würden wir uns nicht kennen … ich habe viel von dir verlangt und dir wenig gegeben.«

Er setzt sich auf und betrachtet mich konzentriert, als würde er sich fragen, ob ihn meine Worte zufriedenstellen. »Hast du ein schlechtes Gewissen?«

»Ich glaube schon, ja.«

»Wie wäre es heute? Wir sind beide single. Würdest du mich mit zu Familienfeiern nehmen und deinen Freunden vorstellen?«

Ein vertrautes Gefühl des Verbotenen überkommt mich und zieht die übliche Stelle in meinem Magen zusammen. Es ist merkwürdig, dieses uralte Gefühl erneut zu spüren und zu wissen, dass es keinen Grund mehr dafür gibt. Kieran hat recht, wir sind frei. Doch so vertraut er mir schon immer war, so fremd ist noch immer das Gefühl, mich mit ihm zu zeigen. »Ich hätte immer noch Angst.«

»Wovor?« Etwas in seinen Augen funkelt. Vielleicht Humor, vielleicht alte Wut.

»Warum fragst du?«

Er legt sich auf den Rücken, alle viere von sich gestreckt, eine Hand auf meinem Oberschenkel, den Blick wieder gen Decke gerichtet. »Ich habe ein Angebot für eine Redakteursstelle in Hamburg. Festes Einkommen, berufliche Möglichkeiten, eine obszöne Liebschaft in der Nähe …«

»Ist das wahr?«

Unsere Blicke treffen sich wieder im Kupferspiegel der Lampe. Wir sehen so winzig aus. Als würden wir wirklich jeden Moment in einem unendlichen Ozean verschwinden.

»Du könntest bei mir Abbitte leisten für all deine Sünden, und vielleicht würde ich dir verzeihen.« Er dreht den Kopf in meine Richtung.

»Das wäre nur fair, oder?« Ich drehe auch den Kopf. Hinter dem glitzernden Schalk liegt mattschwarzer Ernst.

»Denk drüber nach.« Seine Hand, die bislang reglos auf meinem Oberschenkel gelegen hat, streichelt nun die empfindsame Innenseite. »Du hast viel wiedergutzumachen bei mir.« Er umfasst mein Bein, sodass ich es aufstelle. Er beginnt, die Innenseite meiner Schenkel entlangzuküssen.

Er nähert sich der Stelle, an der ich ihn haben will. Er bewegt sich langsam, zu langsam für meinen Geschmack.

»Na, na, nicht ungeduldig werden«, sagt er, als ich versuche, seinen Kopf sanft an die richtige Stelle zu ziehen. »Ich möchte, dass du wirklich sehr genau darüber nachdenkst, was dir dein Gewissen wert ist.«

Ich gebe ein frustriertes Stöhnen von mir, als er sein Spiel von Neuem oberhalb meines Knies beginnt.

»Ist es sehr schlecht oder nur ein bisschen schlecht?« Sein Atem kitzelt meine Haut.

»Sehr, sehr schlecht«, flüstere ich. Er beißt in die Innenseite meiner Oberschenkel, und ich möchte zerspringen.

»Bittest du um Absolution?« Sein warmer Atem streift meine Mitte. Ich will mein Becken anheben, um ihm näher zu kommen. Doch er drückt mich zurück auf das Laken und richtet sich auf. Ich werfe frustriert den Kopf in den Nacken.

»Bitte mich darum.«

Ich bringe all meine Kraft auf, meine Hände greifen seine Schultern, und wir drehen uns, bis ich diejenige bin, die von oben auf ihn herabblickt. »Ich leiste keine Abbitte. Ich erlöse mich selbst.« Ich gleite in einer einzigen fließenden Bewegung auf ihn, und als ich der Erlösung ganz nahe bin, bin ich mir sicher: Die spirituellsten Momente meines Lebens habe ich nicht in einer Kirche erlebt, sondern in einem Bett.

Selbst im Schlaf sucht mein Körper nach seinem, tastet nach ihm, drängt sich an ihn. Im Halbschlaf spüre ich seine Haut auf meiner und schlafe weiter in der Gewissheit, dass er wirklich da ist. Ich träume nicht, aber ich sehe halb wach Bilder an meinem inneren Auge vorbeiziehen. Von uns in meinem Bett, von seinen Händen auf mir, von Körpern, die nirgendwo mehr anfangen und nirgendwo mehr aufhören. Ich wecke ihn mit Küssen, wir lieben uns wortlos, sinken zurück in den tranceähnlichen Schlaf.

»Ich würde es riskieren«, sage ich, als das erste Licht des neuen Tages durch die Vorhangritzen fällt.

»Was?«

»Ein Leben mit dir. Eines, das nicht nur in meinem Kopf existiert.«

21
Kapitulation

Drei Monate später stehen wir uns an einem Hauptbahnhof gegenüber. Er mit zwei Koffern, ich mit der Aufregung eines Kindes am Tag der Einschulung. Man weiß, dass sich das Leben für immer verändert, aber man hat keine Ahnung, wie.

Ich sehe ihn schon von Weitem, während ich auf den Bahnsteig zugehe. Er ist größer als die meisten Menschen hier, und der Kragen seines Wollmantels ist aufgestellt.

Ich betrachte ihn wie eine Szene aus einem Film, wie er durch die Ankunftshalle geht und sein Blick die Wartenden entlangfährt. Er entdeckt mich, als er nur noch wenige Meter von mir entfernt ist, und unsere Blicke rasten ein. Ich werde ihn nie beobachten können, ohne fasziniert von ihm zu sein.

Die letzten Schritte mache ich langsam auf ihn zu, bis ich so nah vor ihm stehe, dass er den Kopf senken muss, um mir in die Augen zu sehen. »Passiert das wirklich?«, frage ich. Er lacht und küsst meine Stirn. »Sei vorsichtig, was du dir wünschst. Es könnte in Erfüllung gehen.«

»Wie lange haben wir?«

»Zehn Tage, dann bin ich Redakteur in Hamburg.« Er legt seinen Arm um mich, und wir schlendern aus der Ankunftshalle hinaus in das trübe Licht des Nachmittags. Ein Bettler streckt uns am Ausgang seinen Pappbecher entgegen, Autos stehen im Halteverbot mit geöffneten Türen und Kofferräumen. Die Tauben lassen sich Zeit, bis sie vor unseren Füßen davonrennen oder in die Luft steigen. Es ist alles wie immer an diesem Ort, und doch ist nichts wie sonst. Ein neues Leben beginnt, eines, für das es keinen vorgezeichneten Weg gibt, kein *so macht man das nun mal.* So viele Jahre habe ich von Freiheit geträumt und sie für unmöglich gehalten. Jetzt halte ich sie im Arm.

—

Wie beginnt man ein Leben, das man sich siebzehn Jahre lang ausgemalt hat, mit einem Menschen, den man mehr vermisst hat, als dass man mit ihm zusammen war?

Wir leben langsam, lassen die Tage fließen. Stück für Stück bringe ich den Mann, der er jetzt ist, in Einklang mit dem Mann, den ich gekannt habe. In einem früheren Leben, in einer anderen Zeit. Ich fahre mit dem Finger die feinen Linien nach, die sich in sein Gesicht geprägt haben, ich lerne seine Gewohnheiten kennen. Die Art, wie er telefoniert, wie er Gespräche führt und dabei klingt, als hätte er erst gestern mit jedem seiner alten Weggefährten gesprochen, obwohl es zum Teil Jahre her ist. Ich finde neue Stellen an ihm und entdecke alte wieder, die ich zu meinem Zuhause mache. Wie die kleine Vertiefung auf seiner Brust, in die ich mein Kinn lege.

Ich gewöhne mich daran, meine Gedanken sofort mit ihm teilen zu können, anstatt sie zu sammeln und in einer E-Mail zu komprimieren. Ich lasse seine Stimme in meinem Kopf gehen, die mich durch all die Jahre begleitet hat, die ein Eigenleben in mir geführt hat. Ich muss mir nicht mehr länger vorstellen, was er sagen würde. Ich kann ihn fragen.

Ich nehme seine kleinen Geräusche in mich auf. Wenn er leise über etwas lacht, was er in der Zeitung liest. Das schnalzende Geräusch seiner Zunge an seinen Zähnen, wenn er mit etwas nicht einverstanden ist.

Ich lerne mich selbst kennen in dieser neuen Art von Partnerschaft, in der es nur ihn und mich gibt, ohne die Notwendigkeiten, die eine Ehe mit Kindern mit sich bringt. Ich lerne Beziehung neu. Eine Beziehung um ihrer selbst willen, ohne weiteren Zweck.

Ich gewöhne mich daran, dass mein Körper anders ist als der Körper, den er gekannt hat. Dass das Alter Spuren an mir hinterlassen hat, die er noch nicht kennt. Dass diese Spuren offensichtlicher sind als früher. Ich bin neunundfünfzig Jahre alt, er ist vierzig. Ich erlaube mir, ihm zuzuhören, wenn er sagt, dass er mich schön findet, und widerspreche ihm nicht. Ich erlaube ihm seine eigene Wahrheit über mich.

—

»Es war eine Schnapsidee!«

Britta stemmt die Kiste mit dem Bordeaux hoch und stellt sie unnötig unsanft auf dem Küchentisch ab. »Jetzt hör auf, was soll schon passieren?«

»Sie könnten gehen. Ja, das wäre vermutlich das Schlimmste. Sie könnten sich gleich in der Tür umdrehen und gehen.«

Britta reißt den Pappkarton mit den Händen auf und räumt die Flaschen auf den Küchentresen. »So ein Blödsinn. Warum sollten sie das tun?«

»Oder sie gucken mich den ganzen Abend an, als wäre ich

ihnen fremd. Das wäre noch schlimmer.« Ich verteile Käsestangen und Erdnüsse auf Schalen und sortiere die Stangen so lange um, bis meine Finger vom Fett glänzen. Ich wollte diese Sache souverän lösen. Mein neues Ich wollte ganz cool bleiben, selbstbewusst. Es sollte gar nichts dabei sein. Paare trennen sich ständig, getrennte Eltern finden ständig neue Partner. Das ist kein Grund, sich aufzuführen wie ein Teenager, der seinen Eltern zum ersten Mal den neuen Freund vorstellt. *Nein,* sagt die Stimme in meinem Kopf. *Das ist schlimmer. Wenn Eltern herausfinden, dass man Sex hat, ist das schon unangenehm, aber die eigenen Kinder …*

»Herrje!« Ich verdrehe die Augen über mich selbst.

»Weißt du, was dein Problem ist, Ava?« Britta greift sich eine Käsestange und schiebt sie sich zur Hälfte in den Mund.

»Ja«, jammere ich.

»Nein«, sagt sie mit dem größtmöglichen Vorwurf in der Stimme, den ein voller Mund zulässt. »Du hast so lange bedürfnislos gelebt, dass sich deine Kinder nicht vorstellen können, dass du überhaupt Bedürfnisse hast. Für deine Kinder bist du geschlechtslos, alterslos, schmerzlos und sexlos.«

»Danke, Britta, ich fühle mich schon viel besser.«

»Ich meine ja nur. Natürlich werden sie geschockt sein. Aber das ist auch kein Wunder.«

»Was ist ein Wunder?« Kieran betritt die Küche und öffnet den Backofen. Darin steht ein gewaltiger Bräter.

»Mein Gott, man könnte ein Kalb darin rösten«, rutscht es mir heraus.

»Das hätte ich auch gern, wenn nicht gerade die Hälfte deiner Familie aus Vegetariern bestünde.« Er stochert mit einer langen Gabel im Bräter herum. »Ich habe keine Ahnung, ob das was wird.«

»Wahre Worte!«, pflichtet ihm Britta bei und öffnet die erste Flasche Wein.

»Lass das bloß sein. Ich mache uns Kaffee«, sage ich.

»Ich gehe rauchen«, raunt Britta und verschwindet mit der Flasche und einem Glas Richtung Balkon.

»Wirst du sechzig oder sechzehn?«, fragt Kieran und wandert mit den Händen unter mein T-Shirt.

»Du hörst auch sofort auf. Ich brauche einen klaren Kopf«, meckere ich. Er lacht unverschämt und küsst mich. Ich wische ihm meinen Lippenstift von der Oberlippe.

»Bist du wirklich bereit?«

Er küsst mich auf den Kopf und hält mich so fest, dass ich fühle, wie meine Schultern nachgeben. Es tut weh, sie zu lockern. »Nein, natürlich nicht.«

»Gut, dann sind wir schon zu zweit«, sage ich.

»Kinder, ihr treibt mir die Tränen in die Augen. Das wird schon. Immerhin kannst du jetzt schon sagen, dass keines deiner Kinder diesen Abend je vergessen wird.«

»Danke, Britta, ich …«

»… fühle mich schon viel besser. Ich weiß, Liebes.« Britta schenkt sich trotz meines Rüffels Rotwein ein und prostet Kieran zu. Sie hat angeboten, zur allgemeinen Erheiterung ihren neuen Lebenspartner, einen Labradoodle, mitzubringen, aber ich habe dankend abgelehnt. Sein ungewöhnlich nervöses Naturell hätte meinen Nerven den Rest gegeben.

Bislang habe ich meinen Kindern nur gesagt, dass es einen neuen Mann in meinem Leben gibt. Weder Nico noch Lana haben ihn bislang getroffen. Ich wollte meinen sechzigsten Geburtstag weder ohne Kieran noch ohne meine Kinder verbringen und hielt eine gemeinsame Feier für die einzig richtige Lösung. Das war vor zwei Wochen. Jetzt bin ich mir nicht mehr so sicher und stehe in meiner Wohnung wie vor einem Bungeesprung. Ich weiß wirklich nicht mehr, warum ich diese Idee jemals gut fand.

»Das wird schon.« Kieran küsst meine Wange, bevor er ein weiteres Mal den Riesenbräter öffnet.

—

»Schön, dich wiederzusehen«, sagt Mia, die als Erste vor ihm steht und grinst, als hätte sie uns bei sonst was erwischt. Ich hätte doch ein Glas Wein trinken sollen. Nur eins, für den entspannten Grundton. Mein Magen knurrt, und ich bin überrascht, dass er das überhaupt zustande bringt, wo doch mindestens ein ganzer Ameisenstaat in meinem Inneren herumrennt.

Ich nehme sofort Lilith auf meinen Arm, damit ich etwas zu tun habe und nicht nutzlos in der Gegend herumstehe.

»Oma«, sagt Lilith und patscht mir mit einer Spuckehand auf die Wange.

»Ach, Schatz, die blöden Zähne. Immer noch nicht alle durch?«

Sie bohrt ihren Finger in meinen Mund, als wollte sie nachgucken, wie ein fertiges Gebiss aussieht, und ich vergesse einen Moment, dass ich den Abend einigermaßen würdevoll begehen wollte.

»Können wir mal durchgehen bis ins Wohnzimmer? Bisschen eng hier.« Erst jetzt bemerke ich, dass Lana und ihre Freundin Vivian auch schon da sind. Ich hätte es mir denken können. Lana fährt, Mia lässt sich fahren. Das war schon immer so.

»Ach, ihr Lieben, lasst euch drücken«, sage ich und versuche, mit dem kleinen Spuckemädchen auf dem Arm eine Umarmung hinzubekommen. Wir verwickeln uns in ein Menschenknäuel und verstopfen den Flur.

»Kieran?« Ich suche nach dem Mann der Stunde, des Abends, meines Lebens und sehe nur im Augenwinkel, wie Lana stocksteif wird.

»Du musst Lana sein. Freut mich.«

»Hallo«, sagt meine Tochter, die gerade mal vierzehn Jahre jünger ist als mein Partner und damit einen geringeren Altersabstand zu ihm hat als ich. Ich hasse meinen Kopf dafür, dass er das ausgerechnet jetzt ausrechnet. Ich schließe kurz die Augen und spüre Brittas Hand an meinem Ellbogen. »Mensch, Leute, was steht ihr denn im Flur rum? Jetzt kommt doch mal durch. Hier gibt's auch Stühle.«

Lanas Pokerface ist vollkommen unbeweglich. Ich hätte am Telefon vielleicht näher erklären sollen, was ich mit *ein paar Jahre jünger* meine. Andererseits hätte sie auch nachfragen können.

Ich umarme noch schnell Vivian und lasse mich dann zurückfallen, um Kieran einen Blick zuzuwerfen. Er wackelt mit den Augenbrauen, grinst und verschwindet in der Küche. Ich beneide ihn.

»Setzt euch, wo Platz ist. Wir essen am Tisch, auf der Couch, überall«, sage ich.

Lana entscheidet sich für den Tisch und hebt einen Keramikteller hoch. »Ist das neu?«

»Habe ich mir zum Umzug gegönnt.«

»Wo ist das Geschirr mit den blauen Blumen?«

»Das habe ich gespendet. War nicht mehr mein Fall. Wolltest du es haben?« Ich schenke ihr Wasser ein, weil sie nichts anderes trinkt, und kläre mit Vivian per Blickkontakt, dass sie Cola nimmt.

»Nein, ich dachte nur, du magst es.«

Es klingelt an der Tür, und ich springe auf wie angepikst. »Das wird Nico sein.«

Nico hat es plötzlich sehr eilig mit dem Erwachsenwerden. Er ist gerade mal zweiundzwanzig, im dritten Jahr seiner IT-Ausbildung und frisch mit Chiara zusammengezogen. Ich weiß nicht, warum es ihn dermaßen drängt. Vielleicht, weil er immer schon am härtesten darum gekämpft hat, die Kontrolle über sein Leben zu bekommen. Seit ich denken kann, wollte er alles selbst bestimmen. Er hat mich mehr gebraucht als alle anderen und mich stärker verflucht.

»Herzlichen Glückwunsch, Mama«, sagt er zur Begrüßung und gibt mir einen Kuss auf die Wange. Chiara tätschelt ihm die Schulter beim Reingehen wie vor einer Prüfung. In der anderen Hand hält sie einen riesigen Blumenstrauß.

»Schön, dass ihr hier seid.« Ich nehme sie in den Arm.

»Herzlichen Glückwunsch. Der ist von meiner Mama.«

Chiara drückt mir den riesigen Strauß in die Hand, und ich erkenne Astern und Hortensien.

»Wow, der ist wunderschön.«

»Aus dem Garten«, sagt sie und sieht sich um.

Britta erscheint wie aus dem Nichts und nimmt mir das duftende Violett ab. Im Wohnzimmer sitzt Kieran auf dem Boden neben Mia und Lilith. Mia erzählt und gestikuliert mit dem Rotweinglas in der Hand. Kieran schaut Lilith dabei zu, wie sie Käsestangen auf dem Teppich zerbröselt. Sie sehen aus wie die perfekte Familie.

»Nico, Chiara, das ist Kieran«, stelle ich sie einander vor, und er steht sofort auf, um beiden die Hand zu schütteln. Weder Nico noch Chiara sagen ein Wort.

»Habt ihr Hunger? Wir können essen, wenn ihr wollt«, sagt Kieran, und ich bin ihm dankbar.

»Jetzt sag doch mal, Nico. Wann lädst du uns mal in deine Bude ein?« Mia isst mit der einen Hand Couscoussalat und hält mit der anderen Lilith davon ab, den Tisch abzuräumen.

»Komm her, ich bin fertig.« Ich nehme sie auf den Schoß. Kieran wirft mir einen irritierten Blick zu, und ich lächle entschuldigend. In meiner Magengegend revoltiert immer noch der Ameisenstaat und lässt keinen Platz für vegetarische Köstlichkeiten.

»Euch einladen? Dann kann ich ja gleich wieder von vorne renovieren.« Nico deutet auf Lilith, die sich ihr Festtagskleidchen großflächig mit Hollandaise verziert hat.

»Ha, ha, ganz schön spießig geworden, der kleine Bruder«, kontert Mia.

Ich weiß, dass Ralf bei Nicos und Chiaras Wohnungssuche seine Beziehungen hat spielen lassen. Selbst in unserer Gegend ist es nicht mehr so leicht, eine bezahlbare Wohnung zu finden. Ich bin bislang nicht eingeladen worden.

»Wir werden heiraten«, verkündet Nico, und auf einen Schlag ist es still.

»Wow!«, sagt Lana nach einer Weile und nimmt Vivians Hand.

»Echt?«, fragt Mia, und es klingt eher nach *Warum?*.

»Glückwunsch«, sagt Kieran. Keiner bewegt sich, keiner wechselt Blicke. Chiara strahlt.

»Ja, und wir werden nicht ewig warten. Wir haben noch dieses Jahr einen Termin bekommen. Winterhochzeit.« Chiara steht auf und zieht kleine Zettel aus ihrer Tasche, die sich als *Save-the-Date*-Karten herausstellen. Darauf ist ein Foto von ihnen zu sehen, das in einem Winterurlaub entstanden sein muss. Sie stehen mit Pudelmützen im Partnerlook im Schnee und werfen Schneebälle Richtung Kamera. »Ich wusste nicht, dass ihr Skiurlaub macht«, sage ich.

»Hattest ja auch viel um die Ohren in letzter Zeit«, sagt Chiara, und ich wechsele einen Blick mit Nico, der sofort zur Seite schaut.

»Ach, entschuldigt. Erst einmal herzlichen Glückwunsch.« Ich stehe mit Lilith auf dem Arm auf und drücke Chiara, so gut es geht. Nico hält mir seine Wange hin.

»Du bist mein kleiner Bruder. Du kannst noch nicht heiraten«, meint Mia, als sie ihm um den Hals fällt, und endlich wird gelacht.

»Warst du mal verheiratet, Kieran?« Nico spricht ihn zum ersten Mal direkt an.

Kieran wischt sich den Mund mit der Serviette ab und legt

sie zurück auf den Schoß. »Nein. Nicht verheiratet, keine Kinder.«

»Er ist Journalist. Vielleicht kann er dir mit Kontakten aushelfen, Chiara. Du studierst doch noch Germanistik, oder?« Mia nimmt Liliths Glas und reicht es mir rüber.

»Ich weiß nicht. Ich bin ja erst im Grundstudium«, sagt sie schulterzuckend. Ihr Blick wandert zu Nico.

»Danke, Papa hat schon angeboten, seine Kontakte zu nutzen.« Die Stille am Tisch kribbelt auf der Haut, die Ameisen fangen wieder an, durcheinanderzulaufen.

»Nico, Papa und ich stehen nicht in Konkurrenz zueinander. Das weißt du, oder?«, sage ich später in der Küche, in diesem einen kurzen Moment, den wir zu zweit haben, weil wir den Kaffee für den Nachtisch kochen.

»Hat Papa sich jemals als Konkurrenz zu ihm gefühlt?« Er reckt das Kinn in Richtung Wohnzimmer.

»Hast du mit Papa gesprochen?«

»Ja, stell dir vor, manchmal reden wir miteinander. Er hat mir gesagt, wie lange diese ganze Sache schon geht.«

»Es ist nicht richtig, dass Papa dir das erzählt hat.«

»Ach, und warum nicht? Ist es dir peinlich?« Er zischt die Worte mehr, als dass er spricht. Die Ameisen in mir graben Tunnel.

»Wir sollten mal in Ruhe miteinander reden«, sage ich beschwichtigend.

»Warum jetzt damit anfangen? Meine gesamte Kindheit über hast du so getan, als wären wir eine heile Familie, und in Wahrheit hast du uns alle verraten.«

»Nico, wie kannst du das sagen? Ich habe unsere Familie nie verraten. Ich war doch immer da.«

»Ach, wirklich? Papa hat mir erzählt, dass du sogar den Auftritt von Lana bei *Jugend musiziert* geschwänzt hast wegen dem da. Wollen wir da mal bei Tisch drüber reden?« Die gezischten Worte schneiden in meine Haut.

»Das ist nicht fair.« Ich bohre die Fingernägel in meine Handflächen, bis es wehtut.

»Wir müssen los«, erklärt er und lässt mich in der Küche stehen.

—

»Deine Kinder sind so unterschiedlich«, sagt Kieran später. Wir sitzen in meinem Wohnzimmer. Ich auf meiner Couch, er auf dem Boden davor. Es ist eine Angewohnheit, die er durch die Jahre gerettet hat. Er mag es, seine langen Beine auf dem Boden auszustrecken und eine Ansammlung von halb gelesenen Zeitungen und Zeitschriften um sich herum auszubreiten. Er hat immer einen Stapel von Artikeln, die er lesen will, wenn er mal die Zeit dazu findet. Auch neben meiner Couch gibt es bereits einen solchen Stapel. Manchmal berühre ich ihn im Vorbeigehen leicht mit den Fingerspitzen. Es ist wie ein greifbarer Beweis, dass er jetzt wirklich einen festen Platz in meinem Leben hat.

»Man meint immer, dass man als Eltern darüber entscheidet, wie die Kinder durchs Leben gehen, aber das stimmt nicht. Man entscheidet nur eine Zeit lang, durch welche Art von Leben sie gehen. Aber du kannst ihnen nichts abnehmen, und selbst wenn du ihnen jeden Tag sagst, dass sie alles schaffen können, hast du immer das eine Kind, das das sowieso schon weiß, und das andere Kind, das nichts davon hören will.«

»Und welches Kind ist Nico?«

»Manchmal habe ich das Gefühl, ich weiß nichts über ihn.«

»Du hast dir so viele Gedanken darüber gemacht, was aus deinen Kindern wird, wenn unsere Beziehung herauskommt.«

»Das stimmt.«

»Wie ist es jetzt?«

Ich hänge eine Weile seiner Frage nach. Die Ameisen beginnen wieder, zu krabbeln. Er dreht sich zu mir und legt eine Hand auf mein Knie. »Wir müssen nicht darüber reden.«

»Schon gut«, sage ich und lege meine Hand auf seine. Ich fahre die einzelnen Glieder seiner Finger nach.

»Du bist so kalt, als würdest du von innen erfrieren.« Er umschließt meine Finger ganz, um seinen Atem hineinzupusten.

»Ich wusste damals, dass ich ihnen diese Sache zwischen uns nicht erklären kann. Zwei pubertierende Mädchen und ein kleiner Junge können nicht verstehen, wie es sich anfühlt, als Frau in seinem Leben gefangen zu sein. Und ganz bestimmt hätten sie nicht verstanden, dass es einen Mann auf dieser Welt gibt, der mir wichtiger ist als ihr Vater.«

Er betrachtet unsere ineinander verschränkten Hände und fährt mit dem Daumen über meinen Handrücken. Ich habe die Hände meiner Mutter. Ich wusste immer schon, wie sie im Alter aussehen würden, und das Alter beginnt jetzt.

»Weißt du, was ich gefühlt habe, als mein Vater starb?«, fragt er leise.

Ich schüttele den Kopf.

»Wut. Ich fühlte mich sitzen gelassen. Ich habe damals nicht eine Sekunde daran gedacht, dass er um dreißig Jahre seines Lebens betrogen worden war.«

»Vielleicht war es einfacher für dich, wütend zu sein. Vielleicht war das in dem Moment ganz schön schlau.«

Ich betrachte sein Gesicht, seine störrischen Haare, die jetzt zu kurz sind, um in die Stirn zu fallen. Ich ertappe mich bei dem Gedanken, dass ich nie wissen werde, ob sie ihm im Alter ausgehen, weil ich dann schon nicht mehr da sein werde. Und er weiß nicht, ob sie seinem Vater ausgegangen wären. Dieser Teil der Familiengeschichte ist nie geschrieben worden. »Vermisst du deinen Vater?«

»Ich denke nicht oft an ihn. So traurig es ist, aber ich schätze, sein Tod hat mich mehr geprägt als sein Leben.«

»Wie meinst du das?«

»Ich habe von ihm gelernt, dass unsere Zeit begrenzt ist.«

Seine Stimme vibriert in meinem Ohr und in meiner Brust. »Warte ab, vielleicht muss Nico auch erst einmal wütend sein.«

Meine Augen werden schwer, und ich schließe sie. »Ralf hatte kein Recht, Nico seine Seite der Geschichte aufzuladen.«

»Hatte er nicht? Warum sollte er seine Geschichte nicht erzählen?«

»Das sagst ausgerechnet du? Er hat bis zuletzt nicht verstanden, dass du nicht bloß eine Abwechslung für mich warst.«

»Irgendwann wird Nico Fragen haben, die nur du ihm beantworten kannst.«

»Oder er entscheidet, dass es leichter ist, sich auf eine Seite zu schlagen.«

»Vertrau ein bisschen auf dich. Er wird dich nicht einfach aus seinem Leben streichen.«

Ich atme so tief aus, bis es mir schwerfällt, wieder einzuatmen. »Ich habe all die Jahre gedacht, dass ich für ein höheres Ziel gelebt habe. Ich habe uns geopfert, um für meine Familie da zu sein. Dass mich Nico trotzdem verachtet, nimmt mir diesen kleinen Trost.«

»Es ist alles noch ganz frisch für ihn. Für uns sind es siebzehn Jahre, für ihn ein paar Wochen.«

Ich suche seinen Blick. »Ich liebe dich.«

»Zu Recht.« Er küsst meine Hand.

»Das ist alles, was du dazu zu sagen hast?« Ich necke ihn, denn ich weiß, wie viel ihm meine Worte bedeuten. Ich sage es nicht oft, niemals leichtfertig, nie einfach so.

»Ich liebe dich entsetzlich, unendlich, ich kann nichts dagegen tun. Und glaube mir, ich hab's versucht.« Er sieht mich aus ernsten Augen an. Azurblau, wie das Meer an den tieferen Stellen.

»Ich weiß.« Ich schließe die Augen wieder.

Am Ende der Nacht, als das Schwarz zu Grau wird und wir im Schutz meines Schlafzimmers liegen, sagt er in die Stille: »Wir haben nichts Falsches getan, Ava. Wir haben kein Verbrechen begangen. Wir haben uns nur verliebt.«

22
Nachglut

In den Vierzigern geht man plötzlich nicht mehr arbeiten, sondern hat eine Laufbahn. Es ist die Zeit, in der alle irgendwie nach oben gespült werden, die längere Zeit einem Beruf treu geblieben sind. Bei mir ist es nicht anders. Als mir die stellvertretende Leitung der Auslandspolitik angeboten wird, ist es der nächste logische Schritt.

Am Anfang reichen der Tatendrang und vielleicht auch der Reiz der Macht. Doch der erschöpft sich schnell in nie enden wollenden Verlagskonferenzen und Strategiegesprächen. Was wir noch vor ein paar Jahren für die Medienkrise gehalten haben, war nur der Auftakt zu einem langen Dahinsiechen. Inzwischen erodiert die Print-Landschaft in Deutschland so großflächig, dass überall Großredaktionen entstehen, die fünf Zeitschriften gleichzeitig herstellen. Die Medienvielfalt existiert nur noch am Kiosk, nicht mehr in den Redaktionen. Wie bekommt man Menschen wieder zum Lesen, wenn es Meinungen häppchenweise und vorgekaut im Internet gibt?

Die Verzweiflung treibt wilde Blüten. Das merke ich, als ich mich in einer Sitzung mit der Geschäftsleitung wiederfinde, in der die Ergebnisse einer neuen Infratest-Umfrage vorgestellt werden. Demnach hält die Mehrheit der Deutschen unser Magazin für einen Mann fortgeschrittenen Alters mit eher konservativer Ausrichtung. Auf der Großleinwand im Konferenzraum wird ein Mann mit schütterem Haar, faltigem Gesicht und Tweedsakko abgebildet, der eine Pfeife in der Hand hält. »So sehen uns die Menschen«, sagt der Assistent der Geschäftsführung, der das Ruder herumreißen soll. Dann zeigt er auf die andere Seite der Leinwand. Dort ist eine junge Frau mit im Wind wehenden Haaren, perlweißen Zähnen und einem Eis in der Hand zu sehen. Er umkreist ihr Dekolleté mit einem Laserpointer: »Wir wollen sie sein«, erklärt er. Wie ich am Ende des Vortrags erfahre, bin ich nun Teil einer Arbeitsgruppe, die herausfinden soll, wie man Politik weiblicher, knackiger und – wie er sagt – »sexier« machen kann. Konkret bedeutet es einen weiteren festen Wochentermin in meinem randvollen Kalender.

Seit ich zurück in Deutschland bin, lebe ich in der Woche in Hamburg und am Wochenende bei Ava. Mit meiner neuen Stelle werden die Wochenenden kürzer. Der Freitagabend ist reserviert für Kennenlerngespräche mit einflussreichen Persönlichkeiten. Am Montagmorgen ist Verlagskonferenz. Ava kommt häufiger zu mir in meine kleine Wohnung, die nie dafür gedacht war, für uns beide zu reichen. Sie gibt ihre Pilates-Klasse auf. Ich hänge den Sport komplett an den Nagel, weil keine Zeit dafür bleibt. Ava verpasst Brittas Geburtstagsparty im Yoga-Retreat, weil es das einzige lange Wochenende auf absehbare Zeit für uns ist und ich dringend mal rausmuss.

Sie unterstützt mich bei allem, was mit meinem Beruf zu tun hat. Sie hält mir den Rücken frei. Sie hat das schon einmal für einen Mann getan.

»Ich will das nicht mehr«, sage ich. Die Woche war anstrengend gewesen, der Zug hatte Verspätung gehabt. Bei ihr angekommen, hatte ich erst geduscht und dann gegessen. Jetzt sitze ich im Bademantel an ihrem Küchentisch und könnte direkt ins Bett gehen, so schwer sind meine Knochen.

»Was meinst du?«, fragt sie.

»Dieses Vermissen. Ich könnte das nicht mehr aushalten. Ich merke erst jetzt, wie viel Kraft es mich gekostet hat. All die Jahre fühlte es sich an, als müsste ich mit aller Gewalt eine Tür zuhalten.«

»Aber es ist jetzt anders. Wir sind zusammen.«

»Nicht zusammen genug.«

Sie steht auf und setzt sich auf meinen Schoß. Sie schiebt eine Hand unter meinen Bademantel und legt sie auf meine Brust.

»Ich habe es dir nie erzählt, aber ich hatte damals ein bisschen Angst vor dir.«

Sie runzelt die Stirn, als würde ich sie verschaukeln.

»Damals im Supermarkt.«

»Du erinnerst dich an mich im Supermarkt?«

»Natürlich. Du hast mich mit Blicken verfolgt, und ich wusste wirklich nicht, ob du mich stalkst oder ob du irgendeine Art von Kaufhausdetektivin bist, die herausfinden soll, ob wir Studenten Bierdosen mitgehen lassen oder so was. Aber dein Blick. Der war nicht detektivisch. Der war … gierig.«

»Wie peinlich.«

Ich muss grinsen. »Dann standest du im Schwimmbad,

und ich dachte: Die traut sich was. Da wusste ich, dass du auf mich stehst.«

»Ich hatte keine Ahnung, wie durchschaubar ich war.«

»O nein, das warst du nicht. Ich war mir bis zuletzt nicht sicher, wie gefährlich du wirklich bist.« Das Lachen beginnt, und ich weiß, dass ich es nicht aufhalten kann. »Dieser Blick, ich wusste nicht, ob es Wut oder Hunger war. Und dann ...« Mein Lachen schüttelt mich jetzt so sehr, dass die nächsten Worte im Stakkato kommen. »... dann lagst du halb nackt in meinen Händen mit diesem Schwimmgürtel, und ich wollte dich in die nächste Umkleidekabine schleppen, und zur Hölle damit, wer das alles mitbekommen hätte. Schließlich dachte ich mir: Was soll's, Kieran, soll sie dich danach verspeisen oder dir den Kopf abbeißen wie eine verdammte Gottesanbeterin. Dann stirbst du wenigstens glücklich.« Ich wische mir mit der Hand die Lachtränen aus den Augen und schaue Ava blinzelnd an.

Sie schluckt ihr Wasser mit Mühe herunter, während sie lacht. Jetzt bin ich derjenige, der einfach nur beobachtet.

»Was ist?«, fragt sie, als sie sich wieder gefangen hat.

»Ich habe ein Buchangebot. Es geht um meine Zeit in den USA.«

»Das klingt gut«, sagt sie langsam. »Aber wann willst du das noch machen?«

Ich betrachte sie eine Weile, um abzuwarten, ob sie selbst darauf kommt. Dann erkläre ich: »Ich gebe die Stelle auf. Ich will wieder ganz normaler Redakteur sein. Teilzeit, drei Tage in der Woche in Hamburg, ein Tag im Homeoffice, ein Tag frei.«

Ich sehe, wie die Worte den Weg durch ihren Kopf nehmen und langsam sacken. »Du hast das schon durchgespielt.«

»Ich könnte hier schreiben.«

Sie sieht mich lange an, als bräuchte sie wirklich einen Moment, um zu verstehen, was sich vor ihr auftut. »Auf was für ein Leben lässt du dich da ein, Kieran? Ich werde bald eine alte Frau sein.«

Ich nehme ihre Hand, die auf meiner Brust liegt, und betrachte die Lebenslinien darin. Es werden immer mehr im Alter, nicht weniger. »Du wirst du sein, und ich werde ich sein, und das Leben wird zu kurz sein. So oder so.«

23
Kreise

»Herzlichen Glückwunsch, Liebes. Du bist jetzt offiziell in Altersteilzeit und machst mich damit todunglücklich.« Ich schraube den Füller wieder zu, den mir Britta mit einer dramatischen Geste gereicht hat, und lege ihn zu ihr auf den Schreibtisch. Im Gegensatz zu ihr ist mir der Schritt nicht schwergefallen. Drei Jahre ist es her, seit Kieran zurück nach Deutschland gekommen ist. Unser Leben ist voll ausgefüllt, manchmal zu voll, und Zeit noch immer ein rares Gut.

»Und was wirst du jetzt mit deiner vielen freien Zeit tun?« Früher hätten wir jetzt eine Flasche Champagner aufgemacht, aber seit Britta zum Ausgleich in diese Yoga-Retreats fährt, ist es mit dem Alkohol vorbei. Zumindest vor Nachtanbruch.

»Mia hat doch diese Ausstellung, die sie kuratiert. Ihre erste große. Sie ist heilfroh, dass ich Lilith jetzt öfter nehmen kann.«

Britta zieht eine Augenbraue hoch und die Mundwinkel nach unten und sieht auf so hinreißende Art missmutig aus, dass ich sie am liebsten fotografieren würde. »Ich dachte, du ziehst jetzt Teilzeit zu deinem Toyboy nach Hamburg.«

»Britta, musst du ihn immer so nennen?«

»Nennen dich seine Kollegen eigentlich Milf?«

»Britta! Wie kann man ein Vermögen für Achtsamkeitsseminare ausgeben und dann so reden?«

»Wird man zum Mönch, wenn man ein Wochenende ins Schweigekloster geht?«

»Natürlich nicht.«

»Siehst du. Außerdem will ich dich nur ärgern. Du siehst zehn Jahre jünger aus, wenn du rot wirst.«

»Na, danke.« Ich bin dreiundsechzig Jahre alt und habe immer noch Angst vor dem Altern, als würde es mich zu einem Menschen transformieren, der in einer Welt aus Grau- und Beigetönen lebt und ZDF-Vorabendfilme schaut.

»Hier ist niemand alt«, entgegne ich trotzig zu Brittas feuerroter Mähne und ihrem Kleid mit Zebra-Print.

»Das stimmt. Ich arbeite einfach weiter, bis ich in einer Holzkiste aus diesem Verlag getragen werde.«

Mein Blick wandert durch ihr Büro, in dem sich voll bepackte Bücherregale mit Pop-Art-Plakaten abwechseln. Eine chinesische Glückskatze winkt von der Fensterbank. Neben ihr steht ein Kaktus mit dem Hinweis *Achtung, stachelig.*

Ich kann mir tatsächlich nicht vorstellen, dass sich irgendetwas an Britta jemals grundlegend verändern wird, egal in welchem Alter. Als ich sie kennenlernte, stand sie auf Kitschdeko in Knallfarben, hörte die Sex Pistols aus Überzeugung, rauchte Selbstgedrehte, und wenn sie etwas zu viel getrunken hatte, sang sie *Lili Marleen*. Nichts daran hat sich geändert.

Zum ersten Mal will ich genauso sein wie Britta. Mein Leben soll einfach so weitergehen, wie es jetzt gerade ist.

–

»Wissen Sie, dass wir morgen schon um vierzehn Uhr schließen?« Liliths Erzieherin drückt mir einen Stapel mit selbst gemalten Bildern in die Hand, während sie mir das mitteilt.

»Ich weiß schon«, sage ich und halte Lilith meine Hand hin.

»Oma, ich bin doch kein Baby mehr. Ich lauf alleine.«

»Gut, aber nicht allein über die Straße.«

»Ich bin schon fühünf!« Sie hält mir ihre Hand mit gespreizten Fingern entgegen. Ich betrachte meine Enkeltochter, die einen Haarreifen mit Leopardenohren und einen Tüllrock in Regenbogenfarben trägt, und wünschte, sie könnte immer so frei bleiben wie gerade jetzt.

»Kiiiiiiiiii…«, schreit sie auf einmal und rennt auf den Parkeingang zu. Kieran hat es früher von Hamburg hierhergeschafft und steht mit einem Tee to go am Eingang.

»Ich hätte dir einen mitgebracht, aber glaub mir, das Zeug willst du nicht trinken.«

»Danke, ich bin randvoll mit Brittas Moringa-Tee.«

Er verzieht das Gesicht und will mir einen Kuss geben, aber Lilith versucht schon, seinen Rücken zu erklimmen.

»Heute kein Huckepack. Du hast gesagt, du bist groß und läufst alleine«, sage ich, als ich sehe, wie Kieran Luft einzieht.

»Rücken?«

»Zu viel Büro, zu wenig Bewegung.«

Ich nehme seine Hand und sehe Liliths Regenbogenfarben dabei zu, wie sie vor uns in der Sonne glitzern.

»Beruhigend, dass auch du älter wirst.«

»Ich werde nicht älter, ich werde fauler. Das ist ein Unterschied.«

Wir laufen um den See mit den hängenden Weiden und den kleinen Inseln, auf denen Enten leben. An schönen Tagen wie diesen, wenn die Herbstsonne wie ein reifer Kürbis am Himmel hängt, fühlt es sich an, als würde man durch ein Gemälde laufen. Lilith läuft vor. Wir laufen Slalom um Kinderwagen, Hunde und Kleinkinder auf Laufrädern und versuchen, Lilith im Blick zu behalten, die gern auf fremde Hunde zugeht, als wären sie nur Kuscheltiere mit Herzschlag.

»Wie geht's Britta?«, fragt Kieran und legt mir den Arm um die Schultern. Lilith rennt an einer Bank mit Jugendlichen vorbei, die Pizzakartons auf ihren Schößen balancieren. Es sind zwei Jungs und ein Mädchen, alle tragen Schwarz und diese Turnschuhe mit dicken Kunststoffsohlen.

»Sie findet, dass ich meine Lebenszeit nicht vernünftig nutze.«

Er lacht. »Was hält sie denn für vernünftig? Sollst du mehr Moringa trinken?«

»Lilith, nicht so weit«, rufe ich und sehe, wie sich die Köpfe der Jugendlichen in unsere Richtung drehen.

»Nein, sie möchte, dass ich mehr Zeit in Hamburg verbringe.«

»Möchtest du das auch?«

»Mehr Zeit mit dir … immer. Mehr Zeit in Hamburg … ich weiß nicht. Was soll ich da tun?«

»Du könntest unsere Geschichte aufschreiben.« Er gibt mir einen Kuss.

»Ey, Alter, hast du die gesehen?« Der Jugendliche ganz vorn auf der Bank dreht sich zu den anderen beiden um, die auf der Lehne sitzen. Das Mädchen verbirgt ihr Lachen hinter einer Hand, dem Jungen klappt theatralisch die Kinnlade runter. »Voll cringe.«

»Cringe? Glaubt der, ich weiß nicht, was das heißt?«, raune ich Kieran zu.

»Soll ich dir in den Hintern kneifen?« Seine Hand wandert nach unten, und ich mache einen Schlenker zur Seite. Natürlich lacht er.

»Warum glaubt jeder, uns seine Reaktion ungefiltert mitteilen zu müssen?«

»Wie hättest du denn mit sechzehn reagiert? In dem Alter kann man sich sein ganzes Leben ruinieren, wenn man für uncool gehalten wird.«

»Du findest uns also uncool.«

»Werde ich gerade rot oder du?« Er zieht mich an sich, und ich halte eine Hand an meine Wange, als müsste ich fühlen, wie warm sie ist.

Lilith ist bei einer Frau in einem weißen Daunenmantel und mit hohem schwarzen Zopf stehen geblieben und streichelt ihren Hund. »Lass uns da mal hin.« Ich beschleunige den Schritt. Die Frau erklärt Lilith irgendetwas über Hundespielzeug, als wir aufschließen, und spricht mit ihr, als wäre sie zwei und nicht fünf.

»Hallo«, sage ich.

Sie hebt den Blick. Ihre Augen sind schwarz gerändert, das Make-up beigefarben. Der Lidschatten glänzt golden unter den tiefschwarzen Augenbrauen. Sie blickt zu Kieran, und ihre sorgfältig umrandeten Augen werden riesig.

»Kieran?«

»Ja?«

»Ich bin's! Ronja!« Sie kommt auf ihn zu, und er lässt mich los, um sie in den Arm zu nehmen.

»Das gibt's doch nicht. Warum habe ich dich denn nicht gleich erkannt?«

»Tja, *black beauty* ist jetzt angesagt.« Sie fasst in ihren langen Zopf und zieht eine glänzende Strähne lang.

»Wie geht's dir?«

»Na ja, die Frage ist ja wohl, was aus dir geworden ist. Ich dachte, du hättest das Kaff hinter dir gelassen.«

»Ich hatte einen guten Grund, zurückzukommen«, sagt er und legt wieder den Arm um mich. »Das ist Ava. Und das ist Ronja. Wir sind beide im Hotel California groß geworden.«

Ich schüttele Ronja die Hand, aber ihr Griff bleibt auf unangenehme Art locker. Sie blickt zwischen uns hin und her, als würde sie erwarten, dass Kieran zu einer Erklärung ausholt. Nach einigen Sekunden peinlichen Schweigens sagt sie: »Weißt du, ich habe mich immer gefragt, was aus dir geworden ist.«

»Ich bin tatsächlich Journalist geworden. Und was machst du?«

»Ach, ich bin in der Altenpflege gelandet. Wie meine Mutter. Ferhat hat mir bei dem medizinischen Kram in der Ausbildung geholfen.« Sie sagt es so beiläufig, als wäre es gar nichts.

»Das ist gut. Wichtiger Job«, meint Kieran.

»Total«, bestätigt sie und mustert mich. »Und ihr zwei ...« Ihr Finger zeigt zwischen uns hin und her. »Ihr seid ... Freunde?«

»Wir sind zusammen.« Kieran klingt so lässig, als könnte sich dieses Gespräch auch ums Wetter drehen. Ich weiß nicht, woher er diese vollkommene Gleichgültigkeit darüber hernimmt, was andere Leute über ihn denken.

»Hm.« Ronja wirkt nicht überzeugt. »Ich habe mich ja immer gefragt, bei welcher Frau du mal hängen bleibst.« Sie mustert mich, als wäre sie nicht sicher, ob sie dieses Ergebnis akzeptiert. Es ist erstaunlich, wie wir Gefühle in uns konservieren, wie unser Körper sie auch nach vielen Jahren noch abrufen kann. Scham, das Gefühl, etwas Unverschämtes zu tun, sitzt besonders tief.

»Komm jetzt, Opa!«, drängelt sich Lilith dazwischen und zieht ihn am Ärmel.

Ronja bricht in schallendes Gelächter aus. »Die Kleine hat Humor.«

»Das ist mein Opa«, beteuert Lilith in ihrem beeindruckenden Motzton, und Ronja sieht Kieran an, als würde etwas mit ihm ganz und gar nicht stimmen. In mir löst sich etwas auf.

»Tja, wie das Leben so spielt.« Er zuckt mit den Schultern. »Ich habe noch ab und zu Kontakt zu Ferhat. Lass uns mal wieder einen trinken gehen.«

»Klar.« Ronja fängt an, auf einem Kaugummi herumzukauen, der mir bislang nicht aufgefallen ist.

Wir laufen los, und als wir endlich außer Hörweite sind, raune ich: »Wer war das?«

»Eine gute alte Bekannte.«

»War das vor oder nach uns?«

»Beides.«

»Hm.«

»Vielleicht hat sie einen Partner, dann könnten wir einen hübschen Pärchenabend machen.« Er kichert.

»Vielleicht wäre Hamburg doch was für mich«, sage ich trocken.

»O nein.« Er schüttelt den Kopf. »Nicht aus diesem Grund. Nicht, um zu fliehen. Wir haben nichts mehr zu verbergen, und wir haben uns jeden schiefen Blick redlich verdient.«

»Apropos«, sage ich, »wir müssen noch über Nicos Hochzeit reden.«

—

Drei Jahre nach der standesamtlichen Trauung steht für Nico und Chiara die kirchliche Hochzeit an, und alles daran wird perfekt: die auf Jahre ausgebuchte Location, das handgeschneiderte Brautkleid, die passende Blumendeko und die goldenen Tiffany-Stühle wie in Hollywood. Es wird ein Fest, bei dem nichts schiefgehen wird und alles passt. Außer vielleicht ich.

Vor ein paar Wochen auf Lanas Geburtstag hat mich Nico nach dem Essen beiseitegenommen, um mir zu sagen, dass ich Kieran nicht mitbringen soll. »Es wäre Papa gegenüber unfair.«

Ich musste ihn bitten, den Satz zu wiederholen, und verstand ihn auch beim zweiten Mal nicht. »Aber, Nico, wir sind durchaus in der Lage, uns auf deiner Hochzeit wie zivilisierte Menschen zu benehmen.«

»Mensch, Mama, findest du es nicht unpassend, ihn Papa vor die Nase zu setzen?«

»Ihr feiert mit hundertzwanzig Leuten!«

»Trotzdem.« Er hat mit den Schultern gezuckt und mich angesehen, als könne er daran nun mal nichts ändern.

»Gibt es noch jemanden, der seinen Partner nicht mitbringen darf unter diesen hundertzwanzig Leuten?«

»Es geht mir nicht um die Leute, es geht mir um Papa.«

»Bringt Papa seine Lebensgefährtin mit?«

»Ja, aber das ist was anderes.«

»Warum?«

Meine Frage blieb unbeantwortet im Raum stehen.

Stattdessen sagte er nur: »Denk darüber nach.«

24

Wie es war

Das Licht ist golden, und die Luft ist kalt am Morgen der Hochzeit. Kieran liegt noch im Bett. Er ist spätabends mit dem Zug aus Hamburg gekommen. Ich stehe am Fenster und betrachte sein schlafendes Gesicht, die Linie seiner Augenbrauen, die gerade Nase, das breite Kinn. Damals wollte ich ihn in Bronze gießen. Ich würde es immer noch tun. In dem Moment kommt es mir unwirklich vor, dass es dieses neue Leben gibt. Eine Sekunde lang halte ich es für möglich, dass ich aufwache und mich in unserem alten Haus wiederfinde, an der Terrassentür, den Blick auf das Loch in der Buche gerichtet.

Vor ein paar Nächten habe ich davon geträumt, die Buche zu fällen. Ich wurde wach und tastete nach ihm, aber er war in Hamburg.

»Hey.« Ich habe nicht bemerkt, dass er aufgewacht ist. »Du bist früh auf.« Er greift meine Hand und zieht mich zu sich auf die Bettkante.

»Ich wollte wissen, wie das Wetter ist.« Er riecht nach Bett, seine Haut ist warm. Ich möchte mich mit ihm zudecken.

»Sollen wir es wirklich tun?«, sagt er.

»Du hast mal gesagt: Wir haben kein Verbrechen begangen. Wir haben uns nur verliebt.«

Wir ziehen uns schweigend an, stehen nebeneinander vor dem Spiegel und betrachten uns. Ich bin wieder dreiundvierzig und er vierundzwanzig, und doch ist alles anders. Meine Fingerspitzen sind eiskalt, und ich schiebe meine Hand in seine.

Er nickt. »Ich bleibe dabei. Es gibt keinen Grund, sich zu verstecken.«

»Dann ist gut.«

–

Als Erstes sehe ich Mia. Sie steht vor der Kirche, ihre langen Haare wehen im Wind, und um ihren Körper bauscht sich roter Stoff, der in unzähligen Lagen von ihr herunterfließt. Sie ist die Einzige, die auf einer Hochzeit Rot tragen kann, ohne dass man es ihr übel nimmt. Sie trägt es mit Stolz, in keine Schublade zu passen. Es war nie ihr Ziel, nicht aufzufallen.

Ihr Mund öffnet sich, als sie uns sieht. »Ist Lana auch schon da?«, frage ich schnell.

»Bei Chiara. Papa ist bei Nico.« Sie umarmt Kieran und sieht wieder mich an. »Ganz schön mutig, Mama.«

»Findest du?« Ich ziehe die Bolerojacke vorn zusammen, ohne zu fragen, ob sie mein Kleid meint oder den Mann an meiner Seite.

Der Vorplatz füllt sich mit Menschen, die ich nicht kenne, und wir betreten den Dom mit seiner erdrückenden Opulenz. Ich frage mich, warum Menschen so viel daran liegt, an Orten zu heiraten, an denen man sich klein und unbedeutend fühlt. Vielleicht fällt es dort leichter, Versprechen für die Ewigkeit zu geben.

»Was muss ich tun?«, zischt Vivian in der Bank neben mir.

»Steh auf, wenn alle aufstehen«, höre ich Lana flüstern.

Vor einunddreißig Jahren stand ich vor diesem Altar, trug den Schleier meiner Mutter und die Perlen meiner Oma. Ich sehe all die Menschen vor mir, die damals in diesem Dom standen und jetzt nicht mehr sind. Ich sehe meinen Vater, meine Mutter, Ralfs Eltern. Ich sehe meinen Patenonkel, wie er sich die Augen reibt. Sie alle waren sich an diesem Tag sicher, mich in meine bestmögliche Zukunft zu entlassen. Ich auch. Damals dachte ich noch, dass wir alle nur ein Leben haben.

Ich schließe die Augen, als der Hochzeitsmarsch ertönt, und nehme Kierans Hand. Ich muss nicht hinsehen, nur die Finger ausstrecken. Einst wollte ich mich kleinmachen und in seiner Hand zusammenrollen. Nun reicht es mir, sie zu halten und zu wissen, dass ich es für den Rest meines Lebens tun kann.

Beim Jawort ringen so viele Gefühle in mir, dass ich nicht weiß, welches von ihnen die Tränen über den Rand treibt. Ich sehe Nico vor mir, wie er durch den Garten Richtung Baumhaus stolpert. Er konnte gerade erst laufen. Endlich brauchte er keine Hände mehr, die ihn hielten. Damals ließ ich ihn zum ersten Mal los. Jetzt tue ich es zum letzten Mal. Es fällt immer schwer. Egal, wie sicher ihr Gang ist, egal, wie sehr man sich freie Hände wünscht.

Und plötzlich ist es da, das Gefühl, loszulassen, frei zu laufen, dem Gefühl von Boden unter den Füßen nachzuspüren und der Gewissheit, dass es nicht schlimm ist, zu fallen, wenn man sich selbst wieder aufrichten kann. Ich bin nicht mehr die Hand, die hält. Ich bin das Kind, das frei läuft.

»Ich liebe dich«, flüstere ich Kieran zu, als wir die Kirche verlassen. Er hebt meine Hand und küsst sie.

Vor der Kirche stehen Nico und Chiara und eine lange Schlange von Gratulanten. Wir stellen uns hinten an.

»Du hast ihn tatsächlich mitgebracht«, sagt Nico, als ich endlich an der Reihe bin. Er lässt los, noch während ich ihn umarme.

»Du hast gesagt, ich soll nachdenken, und das habe ich getan.« Ich hoffe, dass er gerade an diesem Tag versteht, dass man manche Entscheidungen mit dem Herzen treffen muss.

Ich umarme seine Braut, küsse nur ihre Wange und sehe ihr in die Augen. Sie trägt die Diamanten ihrer Mutter und die Handschuhe ihrer Oma und die Hoffnung ihrer gesamten Familie, der bestmöglichen Zukunft entgegenzugehen.

Die Fotos werden auf der Wiese vor dem historischen Gasthof gemacht, in dem die Feier stattfindet. Wir kommen gleich zu Beginn dran. Ralf, Mia, Lilith, Lana, Vivian, Nico, Chiara und ich. Ralf und ich stehen wie zwei Säulen am rechten und linken Bildrand. In der Kirche haben wir uns nur kurz zugenickt, auch jetzt sagen wir nichts und spielen unseren vertrauten Part. »Was für eine schöne Familie«, sagt eine Frau mit Hut, die sich neben den Fotografen stellt und uns betrachtet. Sie muss zu Chiara gehören. Ich habe sie noch nie zuvor gesehen.

Am Ende des Shootings kommt er doch auf mich zu. Die abgestandene Vertrautheit zwischen uns ist weg. Die Gesten der Höflichkeit sind nur noch für das Publikum um uns herum bestimmt, das wissen will, wie zwei Menschen miteinander umgehen, die einst verheiratet waren und es nun nicht mehr sind. »Du hast deinen Lover mitgebracht.« Sein Gesicht ist freundlich, aber die Stimme kalt.

»Sein Name ist Kieran.«

»Nico wollte nicht, dass er kommt.«

»Weil er dachte, dass es dich stört. Aber wir können uns doch wohl benehmen wie Erwachsene, oder nicht?« Sein Blick ist verriegelt und starr wie alles andere an seinem kantigen Körper. Er kommt mir vor wie ein Monolith, der einsam und brachial in der Landschaft steht. Wir lassen das Gespräch unbeendet zwischen uns stehen wie so viele Gespräche.

Ich finde Kieran im Festsaal. Er ist in die Fänge von Chiaras Onkel geraten. Er hat ihn in eine Diskussion über den Untergang der Tageszeitungen verwickelt, und ich bekomme gerade noch mit, wie er erklärt, dass er alle wichtigen Nachrichten auf Facebook liest.

»Komm, wir gehen zum Tisch«, sage ich. Ich klaue einen Stuhl und ein Gedeck von einem Nachbartisch, weil sie wirklich keinen Platz für ihn gelassen haben.

»Da seid ihr ja. Wenn ich nicht bald was zu essen bekomme, verdaue ich mich selbst.« Mia lässt sich neben Kieran fallen und Lilith neben mich.

»Wann gibt's denn endlich die große Torte?« Sie trägt ein Wonder Woman Cape und eine riesige blaue Geschenkschleife im Haar, die Mia eigentlich für das Hochzeitspräsent vorgesehen hatte.

»Dauert. Hier, nimm das.« Mia drückt Lilith ihr Handy in die Hand, und sie entriegelt den Bildschirm mit geübtem Handgriff.

Bald ist die halbe Festgesellschaft beschwipst, weil es reichlich Sekt, aber keine Häppchen gibt und das Brautpaar immer noch beim Shooting ist. Es riecht säuerlich nach abgestandenem Sekt, und die Ersten haben sich müde getrunken.

»Ja, wen haben wir denn hier?«, fragt eine Frau, die nach dem Orangensaft auf unserem Tisch greifen will. Ihre Hand ist schon an der schweren Glaskaraffe, ihr Blick ist auf Lilith geheftet und wandert dann zu mir. »Sie haben's gut. Bei meinen Kindern tut sich gar nichts.«

Sie wendet sich Mia zu: »Und wann kommt das zweite?«

»Wie bitte?«

»Na, Sie und Ihr Mann planen doch bestimmt schon das zweite.« Sie deutet auf Kieran.

»Das ist nicht mein Mann. Das ist ...« Mia blickt sich Hilfe suchend um. Sie hat keinen Begriff für ihn.

»Mein Mann«, sage ich. Die Frau lässt die Karaffe los und stützt sich mit den Händen auf der Tischplatte ab. Sie kneift die Augen zusammen und mustert mich genauer. Erst jetzt bemerke ich, dass sie leicht wankt. »Er ist der Mann von Ihnen, und Sie sind die Oma von ihr? Was sind Sie dann?«, fragt sie und zeigt auf Mia.

»Ich bin die Mutter von ihr und die Tochter von ihr, und mit ihm bin ich nicht verwandt.« Mias Finger zeigt von mir zu Lilith auf Kieran. Der Blick der Frau folgt mit Verzögerung.

»Aha, und wer sind Sie jetzt?«

»Ich?« Kieran sieht herunter auf Lilith.

»Mein Opa!«, erklärt sie prompt. »Einen Papa habe ich nicht, aber das …«, Lilith zeigt mit dem Finger auf Lana und Vivian, die sich gerade unserem Tisch nähern, »das ist meine Tante mit ihrer Frau.«

Die Frau betrachtet uns, als wären wir ein Gemälde von Kandinsky. Irgendwie verschoben, etwas zu bunt, aber nicht uninteressant. »Muss es auch geben«, sagt sie dann nüchtern, greift die Karaffe und geht davon.

Das Lachen perlt von meinem Bauch hoch bis in meine Wangen wie Kohlensäure. Es schüttelt mich, als würde jemand kräftig umrühren, und ich muss meine Hände auf meine Wangen drücken, um nicht hysterisch zu werden. Ich blicke in diesen bunten Haufen Familie, auf meine Töchter und die Menschen, die sie lieben, die mir mehr über das Frau- und Muttersein beigebracht haben als alle Generationen vor ihnen. Ich sehe Kieran und Lilith, und ich spüre, wie eine gewaltige Brausebombe in meinem Innern zündet und alles mit Liebe flutet. Ich erlebe den ersten echten Lachkrampf seit der Postpubertät. Mia steigt als Nächste ein, dann Kieran, und ich glaube, in dem ganzen Kanon irgendwann auch Lanas Lachen zu hören. Ich wische unter meinen Augen entlang, schwarze Mascara klebt an meinen Fingern.

»Tja, Leute, damit sind wir jetzt wohl offiziell die schrägen Vögel hier«, stellt Mia trocken fest und klopft Kieran auf die Schulter. »Willkommen im Klub.« Und ich denke: Das ist Familie, wie sie uns gefällt.

—

Nach dem Essen hält erst Chiaras Vater eine Rede, dann die Trauzeugen. Als sich alle darauf einstellen, endlich tanzen zu gehen, lässt Ralf den Löffel gegen das Glas klirren. Er ist es gewohnt, vor Publikum zu sprechen. Ich hätte darauf kommen können, dass er es sich nicht nehmen lässt, zu Nicos Hochzeit eine Ansprache zu halten. Als er aufsteht, bemerke ich, dass er mit der Hand am Stuhl nachfasst, als wollte er sich Halt verschaffen.

»Ich weiß, ich weiß, ihr dachtet, ihr wärt fertig, aber da müsst ihr jetzt leider noch durch.« Er erntet natürlich die ersten Lacher. Reden kann er.

»Wenn der eigene Sohn heiratet, ertappt man sich bei der Frage, was man ihm mit auf den Weg geben will.«

Er hat getrunken. Ich höre es an der langsameren Sprache, und ich sehe es an den ausschweifenden Armbewegungen, als würde er von Wort zu Wort balancieren.

»Nun ja, was soll ich sagen. Ich hatte wirklich gute Sachen auf diesen Zettel geschrieben.« Er zieht umständlich ein zusammengefaltetes Blatt aus der Sakkotasche und zuckt mit den Schultern.

»Aber ich habe meine Lesebrille vergessen, deshalb muss ich wohl improvisieren.« Sein Blick fällt auf mich, und ich gefriere in seiner Kälte.

»Aber weißt du was, mein Sohn? Ich kann dir eh nichts sagen, weil ich ganz offensichtlich alles falsch gemacht habe.«

Ein Raunen geht durch den Saal. Die Kälte sickert in meinen Körper ein und lässt mich zittern. Ich spüre die Blicke auf mir. Kieran greift unter dem Tisch meine Hand, und sie fühlt sich merkwürdig taub an. Als wäre ich gar nicht wirklich da.

»Papa«, sagt Nico und steht auf.

Ralf winkt ab. »Nein, nein, es ist wichtig. Einmal müsst ihr dem alten weißen Mann noch zuhören.« Bei dem Wort *einmal* macht sein Arm eine ausladende Geste, und er kippt leicht nach vorn, fängt sich aber wieder. Erst jetzt fällt mir seine Lebensgefährtin auf, die ihre Hand ausstreckt und seinen Arm stützt. Ich betrachte das alles wie einen Film, bei dem ich nichts sein kann außer Zuschauerin.

»Es ist nämlich so: Wir kümmern uns darum, dass die Familie versorgt ist, bringen das Geld nach Hause, sorgen für ein schönes Haus, sichern die gesamte Existenz und müssen uns dann anhören, dass wir zu wenig kochen, wickeln und waschen.« Im Saal sind ein paar vereinzelte Lacher zu hören, die schnell abebben, als er den Arm um Nico legt und ihn fest an sich zieht. »Am Ende stellst du fest, dass sie alles an eurem Leben schlecht fand, was du geliebt hast. Und dann sucht sie sich einen Neuen, und alles, was du für sie getan hast, ist nichts mehr wert. Du bist nämlich der Ausbeuter, der Patriarch, der Dinosaurier, der nichts verstanden hat. Habe ich das richtig beschrieben, Ava?«

Sein Blick findet mich, bleibt auf mir haften, aber er ist längst nicht mehr so kühl wie eben. Er sieht ratlos aus.

Nicos Patenonkel Michael steht auf. Er ist einer von Ralfs ältesten Freunden. Ich rechne fest damit, dass er ihn am Kragen packt und zur Tür hinausbefördert. Doch Ralf fällt in sich zusammen wie eine Stoffpuppe und lässt sich zurück auf seinen Stuhl fallen. Michael kniet sich vor ihn hin wie ein Arzt, der seinen Zustand überprüft.

Ich sehe gerade noch, wie Nico zur Tür hinausstürmt, und

laufe ihm hinterher. Chiara steht ebenfalls auf, und als sich unsere Wege treffen, lege ich eine Hand auf ihren Arm. »Lass mich mit ihm sprechen, bitte.«

Sie nickt.

Ich laufe über den breiten Gang und finde Nico auf der Terrasse. Er hat die Hände auf das Geländer gestützt und den Kopf geneigt. Ich lege eine Hand auf seine Schulter und zucke zusammen, als er gewaltsam zu mir herumfährt. Seine Augen brennen.

»Du hast alles kaputtgemacht!« Er spricht durch zusammengebissene Zähne, sein Schmerz ist ein gepresstes Zischen.

»Was habe ich kaputtgemacht?«

»Alles. Meine Kindheit. All meine Erinnerungen. Ich dachte, wir wären eine glückliche Familie gewesen. Aber es war gelogen.« Er schleudert mir die Worte mit einer Heftigkeit entgegen. Sein Gesicht ist wutverzerrt.

»Wie kommst du darauf?«

»Du wolltest gar nicht bei uns sein. Du wolltest bei ihm sein. Du hast uns nur etwas vorgespielt!« Er schlägt mit der flachen Hand aufs Geländer, und ich kann sehen, wie seine Kiefer sich verspannen.

Die vielen Gefühle, die all die Jahre in mir getobt, mich umgewälzt und an den Rand der Verzweiflung getrieben haben, bilden in meinem Inneren einen Strudel. Ich will ihm so viel sagen und kann kein einziges Wort greifen. Liebe, Erschöpfung, Hingabe, Zwang, Selbstaufgabe, Erfüllung, das ewige schlechte Gewissen – all das vermischt sich in Mütterherzen zu einem trüben Gemisch, und jetzt steigt es meine Kehle hoch und macht alles dicht.

»Ich weiß nicht, wie ich es erklären soll. Ich weiß nur, dass man seine Kinder lieben und Mutterschaft trotzdem hassen kann.« Das ist die einfachste Wahrheit von allen. Der kleinste gemeinsame Nenner.

Er blickt in den Abgrund. Vielleicht vier Meter sind es, die uns vom Boden trennen. Ich lege ihm die Hand erneut auf die Schulter und bin erleichtert, als er sie nicht wegzieht.

»Weißt du, wie oft ich mir gewünscht habe, wir könnten einfach Spaß zusammen haben?«

»Was heißt das?«

»Ich habe so oft eure Freunde beneidet, mit denen ihr gelacht habt, eine gute Zeit hattet. Ich war immer die Spaßverderberin, zuständig für die Dinge, die getan werden müssen.«

»Ich bin nicht schuld daran, wenn dir dein Leben nicht passt.«

»Das sage ich doch gar nicht.«

»Aber du wirfst uns vor, dass wir dir Arbeit gemacht haben. Dass wir anstrengend waren.«

»Glaub mir, Nico, wenn wir anfangen, die Kinder für die Erschöpfung der Mütter verantwortlich zu machen, ist die Menschheit endgültig verloren.« Ich stelle mich neben ihn und lehne mich ebenfalls über das Geländer. In meinem trüben Herzblut schwimmen die Wörter, und ich versuche, die richtigen herauszufischen.

»Ich war oft wütend, aber nie auf euch. Manchmal war ich sauer auf mich, weil ich nicht einfach funktionieren konnte. Auf Papa, weil er sein Leben weiterleben konnte, als hätte er keine Kinder. Auf die Schulen, die immer die Mütter anrufen. Auf die Chefs, die einen schönen Feierabend wünschen, wenn man mittags geht, obwohl die richtige Arbeit dann erst beginnt.«

»Das klingt wirklich hart, wenn du das so sagst.«

»Familie ist hart, Muttersein ist hart. Und die Wahrheit ist das Allerhärteste: Kinder sind nicht die einzige Erfüllung einer Frau. Du stehst als Mutter auf einem abartig hohen Podest, und du bist verdammt, wenn sich herausstellt, dass du nur ein ganz normaler Mensch bist. Muttersein ist learning by doing, aber es sind keine Fehler erlaubt. Denn wenn etwas schiefläuft, dann kann es dafür nur einen einzigen Grund geben: Du hast deine Kinder nicht genug geliebt.«

Ich betrachte ihn von der Seite, aber sein Blick bleibt am Abgrund kleben. Die Stille zwischen uns kriecht kalt meine Arme hoch.

»Du willst mir sagen, dass du nur ein Mensch bist? Du hast gar keine Superkräfte?« Jetzt endlich dreht er sich zu mir um, und ich bilde mir ein, ein leichtes Zucken um seine Mundwinkel zu sehen.

»Leider nein.«

»Und es war nicht schön für dich, rund um die Uhr unsere Streitereien zu schlichten und mich nachts sternhagelvoll von der Straße aufzulesen?«

Ich lächle, und sein Bild verschwimmt vor meinen Augen. Ich nehme ihn in den Arm, und er lässt es zu, schließt seine Arme erst zögerlich und dann immer fester um mich. »Es ist nicht leicht, zu verstehen, dass du nicht immer glücklich mit uns warst.«

»Das verstehe ich.«

Wir verlassen die Terrasse ohne ein weiteres Wort, und ich bin erleichtert, im Saal Ralf im Gespräch mit Chiara zu sehen. Jemand hat ihm einen Kaffee hingestellt. Er steht sofort auf, als er Nico bemerkt.

—

»Alles in Ordnung?«, fragt Kieran, als ich an unseren Tisch zurückkomme. Ich setze mich gar nicht mehr hin, greife gleich seine Hand und ziehe ihn zu mir hoch. Ich nehme ihn mit ans andere Ende des Saals, wo bunte Lichter tanzen und ein DJ-Pult aufgebaut ist. »Tanz mit mir«, sage ich.

Er sieht sich um und zieht die Stirn kraus. Die Tanzfläche ist noch fast leer.

»Du willst hier tanzen?«

»Unbedingt.« Im Hintergrund läuft Fahrstuhlmusik von Van Morrison. Das Lied ist langsam und kitschig. Es handelt davon, dass das Beste noch vor uns liegt. Ich lege ihm meinen Arm um den Hals und meine Stirn an seine Wange und konzentriere mich auf das gleichmäßige Auf und Ab seines Atems. Es war ein weiter Weg bis hierher.

»Besser?« Seine Stimme vibriert in seinem Brustkorb, und ich schließe die Augen. Ich sehe ihn vor mir. Diesen wunderschönen jungen Mann mit den störrischen braunen Haaren, der all die Freiheiten noch besaß, die ich längst verloren hatte. Ich spüre die Sehnsucht, die damals an unsichtbaren Bändern an mir zog und das Korsett enger schnürte, das ich trug.

Ich sehe ihn vor mir, wie er, ohne zu zögern, zu Mia ins

Wasser sprang, wie er in die Notaufnahme des Krankenhauses kam, mit ihren Sachen in der Hand und diesem Blick, den ich nie zuvor an ihm gesehen hatte. Wie er mich zum ersten Mal in den Arm nahm und ich all die Einzelteile spürte, in die ich zerbrochen war.

Ich spüre seine Hände um meine Taille, als er mich im Wasser hielt und ich mich zum ersten Mal seit sehr langer Zeit umsorgt fühlte. Der erste Kuss im Auto, in den ich mich hineinfallen ließ und wusste, dass ich noch am Leben war. Das erste Mal Haut auf Haut, als alle Barrieren zwischen uns fielen. Der Abschied, als er nach dem Studium wegging, und die vielen Abschiede danach. Und schließlich der Moment, als er mit zwei Koffern am Bahnhof stand und ich wusste, dass es keine weiteren Abschiede geben wird.

Sollte ich traurig sein über die Zeit, die wir verloren haben? Was wäre, wenn wir im gleichen Jahr geboren worden wären und uns mit Anfang zwanzig gegenübergestanden hätten wie Ralf und ich? Hätte ich ihn damals schon so tief lieben können? Und wenn ja: Hätte dann nicht eine junge Frau, die unbedingt Kinder und Familie haben wollte, einem jungen Mann gegenübergestanden, der genau das nicht wollte?

Ich schaue ihm in die Augen, in denen ich alle Gezeiten gesehen habe, und das Meer voller Möglichkeiten liegt still vor mir.

»Kennst du das Gefühl, dass der Rest des Lebens genau jetzt beginnt?«

»Genau jetzt?«

Ich küsse ihn, und es interessiert mich nicht, wer uns dabei zusieht. »Ich werd's tun.«

»Was?«

»Nach Hamburg kommen und unsere Geschichte aufschreiben.«

»Wirklich?«

»Ich weiß ganz genau, wie ich beginnen werde.«

Er betrachtet mich, wartet geduldig auf meine Antwort.

»Es ist ein Donnerstag im Mai, als ich merke, dass ich noch am Leben bin.«

Wir bleiben stehen und betrachten uns, als wären wir ein Gemälde, das wir zum ersten Mal vollständig sehen. »Das ist ein scheußlicher Anfang für einen Liebesroman.«

»Es ist kein Liebesroman.«

»Was denn sonst?«

»Es geht darum, dass es nie zu spät ist, schwimmen zu lernen.«

Danksagung

Liebe Leserin, lieber Leser,

diese Danksagung wird keine schnelle Sache. So ein erstes Buch braucht Zeit. Viel Zeit. Nicht unbedingt fürs Schreiben. Ava und Kieran haben sich mir so dermaßen aufgedrängt, dass ich gar nicht anders konnte, als die Finger über die Tastatur fliegen zu lassen.

Nein, das erste Buch braucht Zeit, weil man als Autorin erst einmal darüber staunen muss, dass man wirklich einen Roman verfasst hat. Dann drückt man das Ding seinen Freundinnen in die Hände, verlangt Ehrlichkeit und fleht insgeheim, sie mögen gnadenlos lügen, falls sie es schrecklich finden.

Anschließend sucht man sich eine Agentin. Man stellt fest, dass sehr viele Menschen es irgendwann einmal schaffen, einen Roman zu schreiben. Und sie alle suchen jemanden, der das Geschriebene genauso grandios findet, wie man selbst. Nein, das stimmt nicht. Korrekt muss es heißen: Sie alle suchen jemanden, der sie daran erinnert, dass das Geschriebene in Ordnung … ganz okay … einigermaßen lesbar ist, wenn sie gerade mal wieder die Delete-Taste drücken wollen. Und wenn man dann eine Agentin gefunden hat und sich selbst immerzu kneifen muss, dann findet man einen Verlag und denkt sich noch beim Weiterkneifen: Ach, so fühlt sich das an, wenn ein Lebenstraum in Erfüllung geht. Es sind also viele Menschen daran beteiligt, ein Buch-Baby zur Welt zu bringen, und ein herzliches Dankeschön ist mehr als angebracht.

Danke, dass ihr an meiner Seite seid:

Meine Agentin Sabrina Haja von der Literaturagentur Tatwort, die als Erste dem Zauber vertraut hat. Ich wünsche jeder Autorin solch eine Partnerin in Crime an ihrer Seite.

Marion Wichmann, Programmleiterin von List, die dieser Geschichte mit so viel Wertschätzung und Fingerspitzengefühl ein Zuhause gegeben hat.

Mimi Kylling, meine verwandte Schreiberseele, die jede einzelne Fassung gelesen und mit mir über Ava und Kieran gesprochen hat, als wären sie gleich nebenan.

Meine Geheimnisträgerinnen und unermüdlichen Erstleserinnen Katrin, Sonja und Frauke, mit denen ich diese fixe Idee teilen konnte. Danke an Anna Schwartz, begnadetste Fotografin und kreative Komplizin. An Sarah, die für Ava buchstäblich ins kalte Wasser gesprungen ist und in deren Kopfkino der gleiche Film läuft wie in meinem. Danke auch an Vanessa, Marcus und Caroline für das Gefühl, zusammen in diesem Boot zu sitzen.

Mama, die mir grundsätzlich alles zutraut und alles mitmacht. Daniel, mein Zuhause, mein Atlas mit den himmelblauen Augen. Meine Kinder! Ja, ich weiß, dieses Buch hat zu wenige Bilder und zu viel Text. Aber wisst ihr was? Das ist der Beweis, dass Träume wirklich wahr werden.

Danke an Ava und Kieran, dass ihr zu mir gekommen seid und ich gar nicht anders konnte, als eure Geschichte aufzuschreiben. Das erste Buch ist das Wichtigste. Man muss sich einmal beweisen, dass man es kann. Der Rest ist Geschichte.

Und zuletzt: Danke an euch, liebe Leserin und lieber Leser! Wie schön, dass du dich für diese kleine Geschichte entschieden hast. Nein, schön ist zu wenig. Aber in diesem speziellen Fall reichen Worte nicht aus, um zu beschreiben, wie viel es mir bedeutet.

LESEPROBE

1.
Niemals, mein Schatz

Der Tag beginnt so normal, wie ein Tag im Leben von Pina Luxen beginnen kann. Gegen halb acht in der Früh steht sie in der Küche, drückt zuerst den Knopf an der Kaffeemaschine und dann zwei weiße, längliche Tabletten aus dem Blister, weil eine nicht mehr reicht.

Im Kinderzimmer muss derweil in der Lavalampe eine grasgrüne Blase emporgestiegen sein, denn der Kopf ihres Sohnes erscheint im Türrahmen und er steht niemals auf, bevor die erste Blase emporsteigt.

»Die Mutsch wach?«, fragt Leo und Pina sieht zu, wie seine dunkelblonden Haare beim Nicken wippen, weil sie kreuz und quer von seinem Kopf abstehen wie kleine Antennen. Sie schmunzelt und in ihr steigt ebenfalls etwas auf, denn wenn Leo so dasteht, dann sieht er aus wie ein Rockstar nach einer sehr langen Nacht. Pina liebt den Gedanken, dass Leo mal ein Rockstar werden könnte. Dann würde er auf einer Bühne stehen, sie in der ersten Reihe und in ihrem Rücken wären Tausende, wenn nicht Zehntausende, die ihm zujubeln, und es wäre einfach unglaublich.

»Guten Morgen, mein Schatz. Frühstück ist fertig«, sagt sie und deutet auf den Esstisch, wo schon der Löffel und die Müslischale stehen, exakt ausgerichtet auf den großen weißen Tupfen der Wachstischdecke, so wie jeden Morgen. Und wie jeden

Morgen setzt er sich, rückt den Stuhl umständlich nach vorne an die Tischkante, bis er ganz eingequetscht ist zwischen Rückenlehne und Tischplatte, und greift zu der Frosties-Packung, die in der Mitte steht.

Die Sache mit den Frosties geht seit etwa zwei Jahren und ist in gewisser Hinsicht ein Glücksfall. Frosties sind schnell besorgt und bezahlbar. Er hatte mal eine Himbeerphase, die hat Pinas Leben sehr kompliziert gemacht. Es mussten frische Himbeeren sein und die Phase zog sich bis in den Winter. Irgendwann waren die Himbeeren eher zartrosa als rot und kamen aus Uruguay und Pina rechnete damals aus, dass sie für eine Wochenration genauso gut vierundzwanzig Gläser Himbeermarmelade kaufen könnte. Vierundzwanzig! Aber Leo isst keine Marmelade und auch kein Brot und Butter schon mal gar nicht, und so blieb ihr nichts anderes übrig, als hellrosa Himbeeren vom anderen Ende der Welt zu kaufen und so lange durch Obstabteilungen zu rennen, bis sie welche fand. Denn Pina Luxen ist gut darin, Dinge zu tun, die getan werden müssen.

Es gab auch mal eine Ravioliphase. Die war praktisch, denn Dosenravioli gibt es nun wirklich überall. Und sie schmeckten immer exakt gleich. Bis sie nicht mehr exakt gleich schmeckten. Damals hat sie den Dosenravioli-Hersteller sogar angeschrieben und siehe da: *Wir haben die Rezeptur leicht verfeinert, den bewährten und beliebten Geschmack noch hervorgehoben … bla bla bla.* Danach wurde es wieder kompliziert, bis die Frosties in ihr Leben kamen.

Und nun sieht sie ihrem Sohn zum ungefähr eintausendvierhundertsten Mal – denn er isst zweimal täglich Frosties – dabei zu, wie er nach der Packung greift, die Schüssel exakt bis zur

Hälfte füllt und die Milch mit den gemörserten Vitaminpillen bis etwa einen Zentimeter unter den Rand dazugießt. Dann wartet er, weil er die Frosties erst isst, wenn sie schön matschig sind.

»Gleich kommt der Bus, Leo.«

»Kommt der Bus.«

Sie selbst bleibt bei schwarzem Kaffee, da macht sie ebenfalls keine Kompromisse. Schön heiß muss er sein beim Trinken, nur dann spült er den sauren Geschmack und die viel zu kurze letzte Nacht weg. Wenn er schon lau ist, schüttet sie ihn aus. Das ist sie sich einfach wert.

»Trinkst du Kaffee?«, fragt Leo und meint damit eigentlich »Prost« oder »Lass es dir schmecken, Mama«. Auch das ist wie jeden Morgen an diesem Tag, der so normal beginnt und so anders enden wird, und Pina antwortet ganz selbstverständlich: »Klar doch.«

»Magst du Kaffee?«, fragt er weiter und meint eigentlich »Ich weiß doch, wie gern du Kaffee magst«.

Wie jeden Morgen überschlägt sie den vor ihr liegenden Tag. Sie denkt an Harry, den übellaunigen Fahrer, der immer nur eine Zigarettenlänge vor der Tür wartet, niemals länger.

Dann denkt sie an Leos Tanz durchs Treppenhaus, bei dem er immer zwei Stufen nach unten geht und dann wieder eine zurück, und sie hält das alles nur aus, weil sie in ihrem Kopf die Walzer-Melodie aus *Sissi* Teil 2 abspielt. Die, bei der Graf Andrássy die Kaiserin zu schnell im Kreis dreht, und dann wird ihr schwindelig und sie fällt bildschön in Ohnmacht und als sie wieder zu sich kommt, sieht sie der Franz ganz selig an und sie verkündet ihm, dass sie schwanger ist.

Bei Leos Tanz durchs Treppenhaus fällt natürlich niemand in Ohnmacht. Da geht es darum, rechtzeitig unten an der Tür anzukommen, vor der Harry neben seinem Bus steht und eine Pall Mall durchzieht bis zum Filter. Länger wartet er wirklich nicht. Oder wie er sagt: »Ich mach das ja nicht zum Spaß.«

»Der Harry ist schon unterwegs, also schnell essen«, sagt Pina, obwohl das unnötig ist, denn Leo isst immer gleich schnell oder gleich langsam.

Hätte sie etwas anders gemacht, wenn sie am Morgen schon gewusst hätte, wie dieser Tag ausgeht? Hätte sie noch eine Weile an der Straße gestanden, als der Bus losfuhr und ihm hinterhergewunken? Hätte sie seine Hand zum Abschied gedrückt, ihm tief in die Augen gesehen, versucht, seine Pupillen festzuhalten, in ihn hineinzublicken, ganz tief rein, da, wo seine ernsthafte Seele sitzt und stillhält? Hätte sie noch etwas gesagt, etwas wie: »Leo Luxen, du bist jetzt zwanzig Jahre alt und ihr müsst langsam mal miteinander zurechtkommen, die Welt und du.«

Und dann wiederum ist es egal, ob sie es weiß oder nicht, denn was könnte sie schon anders machen und wie hätte sie eine Lösung finden sollen für ihr Problem, das Problem, das alle Eltern wie sie haben? Er braucht sie nicht nur, weil sie ihn versorgt. Er braucht sie auch, weil sie die Welt für ihn zusammenhält, sortiert, gelegentlich aussperrt und in verdaubare Häppchen einteilt. Ohne sie implodiert seine ganze Galaxie, fällt in sich zusammen, zerbröselt zu Staub und er fällt, fällt, fällt.

»Steig jetzt mal ein«, sagt Harry zu Leo. Da stehen sie schon unten am Bus.

»Der Harry, ja, der Harry, bist du mit dem Bus da?«

»Natürlich bin ich mit dem Bus da, pff«, macht Harry, der immer noch nicht versteht, wie Sprache bei Leo funktioniert.

»Harry Hanowski, 57, Wiesenstraße 104, Busfahrer. Ich werd auch Busfahrer«, sagt Leo, während er einsteigt, und Harry mosert wie immer: »Besser nicht.« Dann zieht er die Seitentür von seinem Bus mit lautem Ratschen zu und geht nach vorne zur Fahrertür, ohne Pina noch eines Blickes zu würdigen. Aus dem Busfenster sieht ihr die nicht sprechende Tina entgegen und Thore, der gerade auch nichts mehr sagt, weil er sauer ist, dass er seit dem letzten Anfall nicht mehr vorne sitzen darf. Sie alle fahren jetzt in die Werkstatt mit den Schrauben und den Muttern, die ineinander verdreht werden, auf dass sie für immer zusammenhalten und nie getrennt werden.

Pina bleibt an diesem Tag nicht noch eine Weile am Bordstein stehen, winkt nicht dem nach Dieselabgasen stinkenden Bus hinterher, hängt nicht noch diesem Gefühl der Erleichterung nach, das sie jedes Mal überkommt, wenn der Bus wegfährt, immer kleiner wird, hinter der Kurve verschwindet. Sie wirft nicht noch einen Blick auf das Haus, in dem sie leben. Das als kleinstes Haus der Straße im Schatten von großen Mehrfamilienhäusern steht, auf deren triste Fassade vor Jahren ein Regenbogenband gemalt worden ist, dessen Farbe aber nun auch wieder abblättert. Das Blau ist besonders brüchig, das Rot verwaschen. Sie hat diesen Regenbogen stundenlang vom Wohnzimmerfenster aus betrachtet, bis ihr das Band so vertraut wurde, dass sie es selbst mit geschlossenen Augen noch sah. Manchmal stellt sie sich vor, es sei ein Teppich, auf dem sie davonfliegen kann, bis über die Wolken. Aber sie hat keine Zeit für diese Gedanken.

Sie hat nicht einmal einen mitleidigen Blick für das Haus übrig, in dem sie leben.

Das Haus mit der nikotingelben Fassade und dem braunen Fliesensockel, aus dem einige Fliesen herausgebrochen sind. Es sieht aus wie ein Kettenraucher mit einem wirklich schlechten Gebiss. Hätte sie gewusst, was dieser Tag verändert, sie hätte vielleicht noch einmal hingeguckt, sich ein wenig Zeit gelassen. Ein bisschen über ihr Leben nachgedacht. Ganz sicher hätte sie befunden, dass es eigentlich ein ganz gutes Haus ist und ein gutes Dasein. Was man eben denkt, wenn man vor die Wahl gestellt wird, ob man das Leben nimmt, wie es ist, oder keines mehr hat.

Stattdessen macht Pina an diesem Morgen in der Hansastraße das, was sie jeden Morgen macht, folgt der immer gleichen Choreografie, zieht den Schultergurt ihrer Tasche straff, richtet sich auf, weil die Pillen jetzt wirken und Aufrichten wieder möglich ist, und geht zur Schwebebahn.

Die Bahn ist noch nicht voll, das ist gut. Sie hat jetzt ungefähr fünfzehn Minuten, um sich sinnlosen Kram auf dem Handy anzugucken. Wenn Leo dabei ist, sucht sie nach bösen Blicken, allzeit bereit, sich zu seinem Schutzschild zu machen. Morgens ist sie einfach ein ganz normaler Fahrgast. Eine blasse, etwas zu dünne Frau mit fransigem Haar, die getrost in der Menge untergehen kann.

An der nächsten Station lässt sich eine Mittdreißigerin auf den Sitz neben ihr fallen. Sie versteht nicht, wie man sich freiwillig neben einen anderen Menschen setzen kann, wenn es nicht sein muss, aber gut. Es ist Berufsverkehr. Von jetzt an wird die Bahn sowieso immer voller werden.

»Das war knapp.«

Pina reagiert nicht.

»Haben Sie Kinder?«

Sie kann unmöglich Signale gesendet haben, dass sie angesprochen werden möchte. »Einen Sohn«, antwortet sie trotzdem.

»Dann kennen Sie das ja. Bis alle mal das Haus verlassen haben, fühle ich mich, als wäre der Tag halb rum. Wenn ich zur Arbeit fahre, bin ich schon fix und fertig.«

»Tut mir leid«, sagt Pina, weil ihr nichts Besseres einfällt.

»Jetzt sagen Sie bloß, Sie haben diese Sorge nicht.«

Pina denkt an die Dreieinhalb-Minuten-Frosties, den Tanz durchs Treppenhaus und Harry mit dem gelb eingefärbten Schnäuzer. »Unser Morgen lief ziemlich gut.«

»Sie Glückliche.«

Den Rest der Fahrt verbringen sie schweigend und Pina genießt diesen kurzen Moment, um ihren ganz eigenen Gedanken nachzuhängen, abzuwarten, was ihr Kopf von allein ausspuckt. Sie schwebt nicht, denkt sie schließlich, und das nicht zum ersten Mal. Die Bahn schwebt nicht. Sie ruckelt eher, als würde sie ständig irgendwo ganz leicht anstoßen. Die Ruckelbahn, so müsste sie eigentlich heißen. Sie lächelt. Sie würde gerne mal mit Leo darüber sprechen. Vielleicht erzählt sie ihm heute Abend davon. Vielleicht auch nicht. Sie würde Dinge in seinem Kopf durcheinanderbringen und das macht sie eigentlich nur, wenn es um wirklich Wichtiges geht. Sie hat ihm mal gesagt, dass man in England bei Dauerregen auch davon spricht, dass es Hunde und Katzen regnet. Das ist Jahre her und manchmal fragt er heute noch danach, wenn er am Fenster steht und draußen auf der

Straße ein Platzregen losbricht. »Regnet es Hunde?«, fragt er dann und sie weiß nicht, ob er es ernst meint oder ob das einfach seine Form von Humor ist. Sie lacht meistens, um ihm zu zeigen, dass er sich wirklich keine Sorgen machen muss.

»Das sagt man so«, sagt sie dann ganz beiläufig und Leo sieht sie mit seinen großen, ernsten Augen an und entgegnet: »Sagt man so?« Als wäre es ganz und gar merkwürdig, einfach aus Spaß zu sprechen.

Sie lehnt den Kopf gegen die Scheibe und sieht dem Wasser der Wupper dabei zu, wie es unter ihr zu einem blauen Farbfilm wird, und stellt sich vor, es wären ihre Gedanken, die einfach immer weiter fließen dürfen.

* * *

Auf der Arbeit ist Alarm. Seit Stephanie die Teamleitung übernommen hat, fühlt sich die gleiche Arbeit nach doppelt so viel an. Außerdem hat Moni beschlossen, dass sie nicht mehr mit dem Aufzug fahren will, und deshalb gehen sie jetzt die fünf Etagen vom Kaffeeautomaten in der Cafeteria bis zum Callcenter im fünften Stock zu Fuß.

Moni erzählt von ihrer neuesten Selbstoptimierung. Sie schwört jetzt auf Arganöl, wobei Pina nicht lange genug zuhört, um zu wissen, wofür. Seit ihrem fünfundvierzigsten Geburtstag ist Moni damit beschäftigt, das Altern zu stoppen. Und man altert einfach überall. Sogar die Zusammensetzung der Fingernägel verändert sich, sagt sie.

»Wie wir jetzt leben, entscheidet darüber, wie wir alt werden.«

Alt werden, das klingt bei Moni wie ein Zimmer, das man

einrichtet, oder ein Urlaub, den man plant. Wenn man früh bucht, zahlt man weniger. Pina rennt ihr hinterher und verflucht sich ab der dritten Etage dafür, sich nicht einfach ausgeklinkt zu haben.

»Könnte dir auch nicht schaden, mal ein bisschen was für dich zu tun, Pina. Du siehst müde aus in letzter Zeit und blass bist du auch.«

»Was du nicht sagst.«

»Wusstest du, dass neunzig Prozent aller Herz-Kreislauf-Erkrankungen durch schlechte Gewohnheiten kommen? Jeder zweite Herzinfarkt könnte durch regelmäßige Untersuchungen verhindert werden. Diese Tode sind alle völlig überflüssig. Und was glaubst du, wie es das Gesundheitssystem Jahr für Jahr belastet?«

Moni klingt wie Pinas Vater. Der würde einem verunfallten Raser auch erst mal vorrechnen, wie viel sein Fehlverhalten den Steuerzahler kostet. Wir müssten alle nur das Richtige tun, dann würden wir anständig alt und es wäre genug Geld für alle da. Ja, ja, das Leben kann so einfach sein, alle Weisheit passt auf ein Kalenderblatt. Pina ist heiß und ihre Bluse fühlt sich enger an als eben.

»Guck mal.« Moni schiebt ihr eine Hand unter die Nase, an der neuerdings ein klobiger grauer Ring steckt, der ihren Körper abhorcht. »Mein kardiovaskuläres Alter liegt acht Jahre über meinem biologischen Alter. Ich weiß das jetzt, also kann ich was dagegen tun. Solltest dich auch mal durchchecken lassen.«

»Aha«, sagt Pina und denkt, dass es so vieles gibt, woran man sterben kann. Und dass sie überhaupt nicht wissen will, was ihr kardiovaskuläres Alter ist und wie hoch ihre theoretische Wahrscheinlichkeit, an einem Herzinfarkt zu sterben. Sie will gar nicht ans Altern denken und erst recht nicht ans Sterben. Denn wenn sie es tut und sich den Gedanken erlaubt, dann liegt sie wieder nachts wach und ihre Gedanken fahren Karussell. Denn wenn sie alt ist, ist sie immer noch diejenige, die sich kümmert, und wenn sie tot ist, ist niemand da, der sich kümmert, und dieser Gedanke ist so ungeheuerlich, dass er alle anderen verdrängt und sie sich keine Vorstellung von der Zukunft macht, außer die, dass sie da sein muss. Ihre Augen fangen an zu brennen, sie kann nicht an ihren Tod denken, ohne dass sie heulen könnte. Denn immer, immer, wenn sie an ihren Tod denkt, sieht sie Leo einsam auf einer Lichtung stehen.

Aber das alles kann sie Moni natürlich nicht sagen, nicht an diesem Tag und auch an keinem anderen. Das sind Gedankenwelten, von denen Moni nichts versteht. Wenn Pina auf der Arbeit ist, macht sie Sachen, die normale Menschen machen, und sagt Sachen, die normale Menschen sagen. Sachen wie »Frühling ist die beste Zeit für Urlaub« oder »Ich muss auch mal wieder zum Frisör«. Meistens kommt sie sich dabei vor wie eine Schauspielerin in der Rolle einer mittelalten Frau. Oft genießt sie es, so tun zu können, als wäre sie auch eine Moni, die sich nur einen Ring an den Finger stecken muss, um zu wissen, wie es um ihr Herz steht.

Wenn jemand Pina fragt, was ihr Beruf ist, sagt sie immer noch Floristin, obwohl das jetzt schon ewig her ist. Erst im Callcenter hat sich ihr Leben zu dem sortiert, was es heute ist. Sie versteht nicht, warum der Job so einen schlechten Ruf hat. Im Callcenter lernt man am besten, dass das Verhalten der Menschen immer mehr mit ihnen zu tun hat als mit einem selbst.

Wenn sie mit der Krankenkasse, der Pflegekasse und dem Medizinischen Dienst telefoniert, stellt sie sich einfach vor, sie wäre im Dienst. Als hätte das alles gar nichts mit ihr zu tun. Das hilft.

»Wir gehen heute Abend noch auf ein Bier an die Trasse«, sagt Moni Stunden später, da legt Pina schon wieder das Headset ab. »Viel Spaß«, antwortet sie. In ihrer Hosentasche knistern die Blister. Sie hat in jeder Tasche welche, so wie andere Kaugummi. Sie kann nachlässig mit ihnen umgehen. Wenn sie diese verliert, hat sie noch welche in der Schultertasche. Es ist ihr kleiner Luxus, immer mehr als genug davon zu haben.

»Ist immer so doof. Ich will nicht, dass du's hintenrum erfährst. Wir hätten dich echt gern dabei.«

»Irgendwann komme ich mal mit« sagt sie zum x-ten Mal. Es ist erst drei, sie hätte überhaupt nichts dagegen, noch ein paar Stunden länger zu arbeiten und später mit in den Biergarten vom Mirker Bahnhof zu gehen, um den ersten Hugo ihres Lebens zu trinken, oder was auch immer man gerade trinkt. Aber um Viertel vor vier steht der Bus wieder vor der Tür und Harry raucht nur eine bis zum Filter. »Danach bin ich weg.«

Als Pina in die Hansastraße einbiegt, hängt ihr der Tag in den Knochen. Der, der hinter ihr liegt, und mehr noch der, der vor ihr liegt. Sie ist jetzt Mitte vierzig und etwas hat sich verändert. Die Tage kommen ihr länger vor, die Routinen zäher, überhaupt alles an ihrem Körper schwerer. Moni hat recht, sie sieht nicht nur müder aus, sie fühlt sich auch so. Sie wollte heute eigentlich einen Termin bei der Ärztin ausmachen wegen der Magenschmerzen, die nicht mehr weggehen. Aber das wollte sie gestern auch schon und letzte Woche und die davor. Den Platz für den Termin zu schaffen, damit sie ohne Leo hingehen kann, das ist das Problem. Dafür reicht die Energie gerade nicht.

Sinéad O'Connor steht an Harrys Fahrertür, das sieht Pina schon von Weitem. Sie beschleunigt ihren Gang, die Schultertasche schlägt gegen ihre Hüfte. Nein, nein, bitte nicht. Sie ist heute nicht bereit für diesen Kampf.

Sinéad O'Connor, so nennt sie die Tochter des Vermieters, die seit Neuestem hier wohnt. Sie ist sicherlich noch keine achtzehn, der Schädel ist kahl rasiert und sie ist allzeit kampfbereit. Allerdings hat sie sich Harry als Ventil für ihre Wut ausgesucht und das findet Pina schon sehr ambitioniert.

»Herrgott«, raunt sie und will noch einen Gang zulegen, aber ihre Beine wollen nicht schneller. Es sind vielleicht noch zwanzig Schritte bis zum Bus, das Lamento hat bereits eingesetzt. »Gibt auch noch andere Menschen, die hier wohnen … Lärm … mitten in der Nacht … Scheißbus.« Es ist immer das gleiche Gezeter.

»Die Irre ist wieder da«, nuschelt Harry an der Pall Mall vorbei, als Pina endlich keuchend zu ihnen aufschließt.

»Sie sind echt asozial, wissen Sie das?«, sagt Sinéad O'Connor zu Harry, der sie konsequent ignoriert.

Pina betrachtet Leo, der wie versteinert durch das Seitenglas starrt.

»Sie müssen nur vier verdammte Meter weiterrollen, das ist doch nicht so schwer!«

Pina kann es nicht mehr hören. »Lass mal den Leo raus«, sagt sie zu Harry.

»Hallo? Hören Sie mir überhaupt zu?«